100 Historias EXTRAORDINARIAS DE ORACIÓN PARA NIÑAS VALIENTES

© 2021 por Barbour Español

ISBN 978-1-64352-760-4

Título en inglés: *100 Extraordinary Stories of Prayer for Courageous Girls: Unforgettable Tales of Women of Faith*
© 2021 por Barbour Publishing, Inc.

Todos los derechos reservados. Ninguna parte de esta publicación puede ser reproducida o transmitida con fines comerciales, excepto por breves referencias en revisiones impresas, sin el permiso por escrito de la editorial.

Las iglesias y otras entidades con intereses no comerciales pueden reproducir parte de este libro sin autorización escrita expresa de Casa Promesa, siempre y cuando el texto no exceda 500 palabras o el 5% de todo el libro o menos, y no sea material citado de otra editorial. Cuando se reproduzca el texto de este libro deben incluirse las siguientes líneas de crédito: «De *100 historias extraordinarias de oración para niñas valientes*, publicado por Casa Promesa. Usado con permiso».

A menos que se indique lo contrario, todas las citas bíblicas han sido tomadas de la versión Nueva Vida, © 1969 y 2003. Usada con permiso de Barbour Publishing, Inc., Uhrichsville, Ohio, 44683. Todos los derechos reservados.

El texto bíblico indicado con «DHH» sido tomado de la Biblia Dios habla hoy, Tercera edición © Sociedades Bíblicas Unidas, 1966, 1970, 1979, 1983, 1996. Todos los derechos reservados. Usado con permiso.

El texto bíblico indicado con «NTV» ha sido tomado de la Santa Biblia, Nueva Traducción Viviente, © Tyndale House Foundation, 2010. Usado con permiso de Tyndale House Publishers, Inc., 351 Executive Dr., Carol Stream, IL 60188, Estados Unidos de América. Todos los derechos reservados.

El texto bíblico indicado con «NVI» ha sido tomado de LA SANTA BIBLIA, NUEVA VERSIÓN INTERNACIONAL® NVI® Copyright © 1999, 2015 por Biblica, Inc.® Usado con permiso de Biblica, Inc.® Todos los derechos reservados mundialmente.

El texto bíblico indicado con «RVR1960» ha sido tomado de la versión Reina-Valera © 1960 Sociedades Bíblicas en América Latina; © renovado 1988 Sociedades Bíblicas Unidas. Utilizado con permiso.

Imagen de la portada: Emma Segal

Ilustraciones del interior por: Sumiti Collina, Thais Damiao, Aaliya Jaleel, Wendy Leach, Maria Maldonado, Mona Meslier, Isabel Muñoz, Sonya Abby Soekarno

Desarrollo editorial: Semantics, Inc. Semantics01@comcast.net

Publicado por Barbour Español, un sello de Barbour Publishing, Inc., 1810 Barbour Drive, Uhrichsville, Ohio 44683.

Nuestra misión es inspirar al mundo con el mensaje transformador de la Biblia.

Impreso en China.
000573 0221 DS

100 Historias EXTRAORDINARIAS DE ORACIÓN para NIÑAS VALIENTES

HISTORIAS INOLVIDABLES de MUJERES de FE

Jean Fischer

BARBOUR
ESPAÑOL
Un Sello de Barbour Publishing

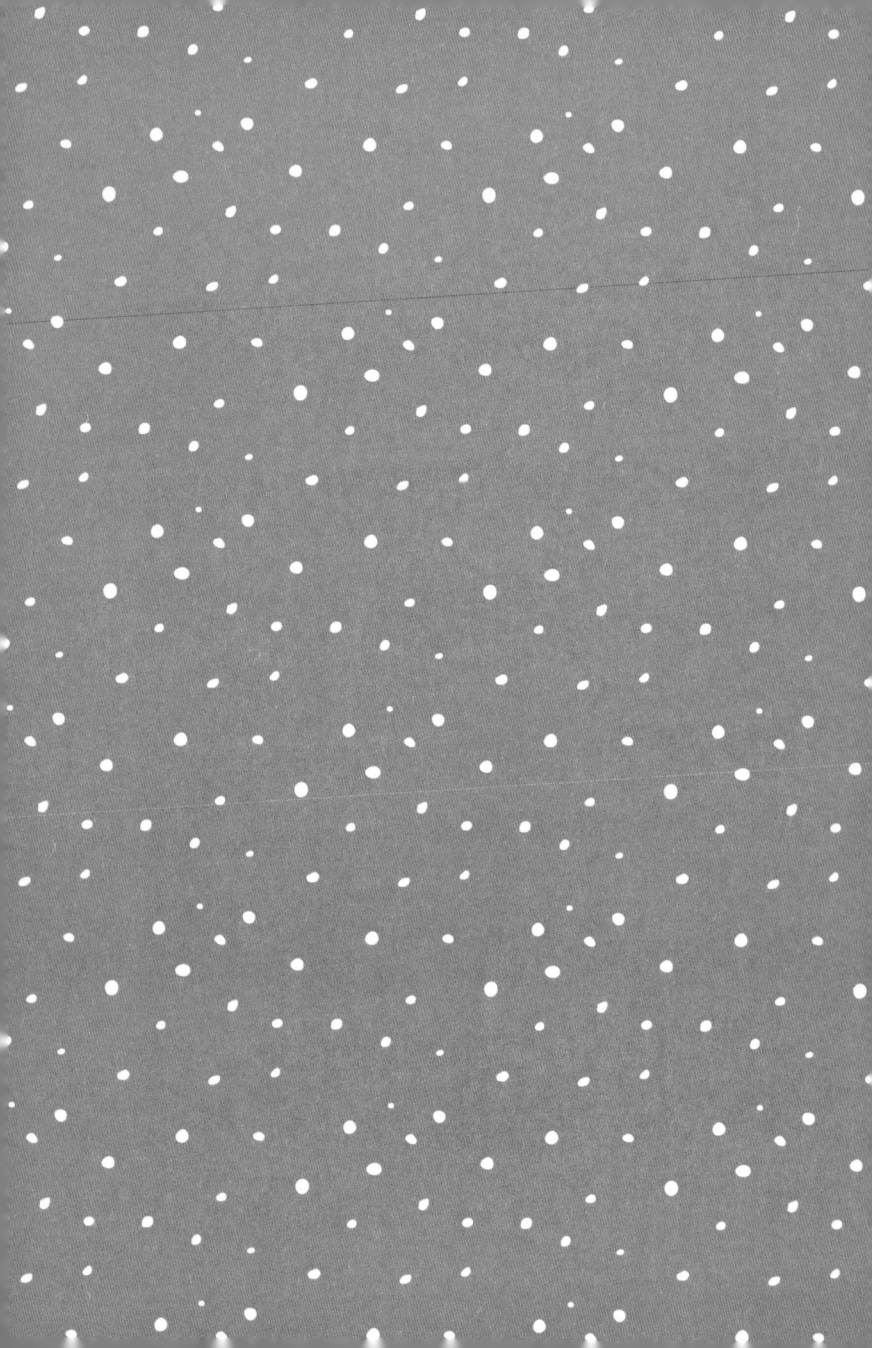

CONTENIDO

1. Maya Angelou 8
2. Ana 10
3. Anne Askew 12
4. Gladys Aylward 14
5. Mary McLeod Bethune 16
6. Santa Birgitta de Suecia 18
7. Antoinette Brown Blackwell 20
8. Catherine Booth 22
9. Anne Bradstreet 24
10. Candace Cameron-Bure 26
11. Bárbara Bush 28
12. La mujer cananea 30
13. Amy Carmichael 32
14. Catalina de Siena 34
15. Kelly Clark 36
16. Nadia Comaneci 38
17. Fanny Crosby 40
18. Dorothy Day 42
19. Débora 44
20. Shirley Dobson 46
21. Roma Downey 48
22. Faye Edgerton 50
23. Ester 52
24. Allyson Felix 54
25. Margaret Fell 56
26. Kim Fields 58
27. Vonetta Flowers 60
28. Elizabeth Fry 62
29. Kathie Lee Gifford 64
30. Morrow Graham 66
31. Ruth Bell Graham 68
32. Amy Grant 70

33. Fannie Lou Hamer 72
34. Bethany Hamilton 74
35. Ana 76
36. Hildegard de Bingen 78
37. Faith Hill 80
38. Anne Hutchinson 82
39. Esther Ibanga 84
40. Immaculée Ilibagiza 86
41. Kathy Ireland 88
42. Mahalia Jackson 90
43. Jocabed 92
44. Shawn Johnson 94
45. Tamara Jolee (Metcalfe) 96
46. Mary Jones 98
47. Ann Hasseltine Judson 100
48. Juliana de Norwich 102
49. Helen Keller 104
50. Coretta Scott King 106
51. Jarena Lee 108
52. Catalina de Lutero 110
53. Mary Lyon 112
54. Bailee Madison 114
55. Catherine Marshall 116
56. Marta 118
57. María, la madre de Jesús 120
58. María de Betania 122
59. Miriam 124
60. Mónica de Hipona 126
61. Lottie Moon 128
62. Hannah More 130
63. Noemí 132
64. Florence Nightingale 134
65. Flannery O'Connor 136
66. Phoebe Palmer 138
67. Moriah Smallbone (Peters) 140
68. Pandita Ramabai 142

69.	Helen Steiner Rice	144
70.	Darlene Deibler Rose	146
71.	Rut	148
72.	Salomé	150
73.	Dorothy Sayers	152
74.	Edith Schaeffer	154
75.	Lauren Scruggs	156
76.	Ida Scudder	158
77.	Mary Slessor	160
78.	Amanda Berry Smith	162
79.	Hannah Whitall Smith	164
80.	Bonnie St. John	166
81.	Betty Stam	168
82.	Edith Stein	170
83.	Harriet Beecher Stowe	172
84.	Clara Swain	174
85.	Joni Eareckson Tada	176
86.	Elana Meyers Taylor	178
87.	Niki Taylor	180
88.	Corrie ten Boom	182
89.	Madre Teresa	184
90.	Teresa de Ávila	186
91.	Teresa de Lisieux	188
92.	Sojourner Truth	190
93.	Harriet Tubman	192
94.	Mary Ball Washington	194
95.	Simone Weil	196
96.	Susanna Wesley	198
97.	Phillis Wheatley	200
98.	Laura Ingalls Wilder	202
99.	La mujer del pozo	204
100.	La mujer que necesitaba ser sanada	206

Maya Angelou
(1928-2014)
La oración cambia las cosas

Maya Angelou vivió una infancia difícil. Sus padres se habían separado y había problemas en casa. Maya se fue a vivir con su abuela a Arkansas, pero allí se enfrentó a más dificultades por ser negra. Algunas personas no aceptaron a Maya por el color de su piel. Acabó siendo demasiado para ella, así que dejó de hablar. Por cinco años, Maya se negó a decir ni una sola palabra.

Cuando se hizo adulta, Maya tomó decisiones que no agradaban a Dios. Pero incluso entonces sentía que algo movía su espíritu. Ella quería a Jesús; quería ser cristiana. Un día, mientras estaba en clase, Maya leyó las palabras «¡Dios me ama!». La idea de que Dios se preocupaba por ella le tocó el corazón y la hizo arrodillarse. Se convirtió en una mujer de oración. «Cuando oro, sucede algo maravilloso», decía. Descubrió que la oración cambia las cosas. Maya entendió que Dios la escuchaba cuando oraba, y estaba agradecida.

Poco a poco, su vida comenzó a dar un giro. Cuanto más se acercaba Maya a Dios, más sabiduría de la vida tenía. Escribió poesía y libros, y sus palabras la hicieron famosa. Con la fuerza y el coraje que Dios le daba, Maya estaba tranquila cuando hablaba frente a grandes multitudes, a veces de hasta diez mil personas. En 1993, Bill Clinton le pidió que escribiera un poema especial para su toma de posesión como presidente de los Estados Unidos y el mundo la vio recitar por televisión «On the Pulse of Morning» (Al vibrar de la madrugada).

Maya Angelou nunca tuvo miedo de compartir su fe y sabiduría con los demás. Sabía que el miedo impide que la gente alcance todo su potencial. Había sido una niña asustada rodeada de problemas. Pero, gracias a Dios y a la oración, Maya creció y fue una mujer sabia, fuerte y valiente, ¡una cristiana!

···

Pues la oración del hombre que está bien con Dios tiene mucho poder.

Santiago 5.16

Ana
(Lucas 2.36-38)
La persona especial de Ana

La historia de Ana comienza de una manera triste. Su marido murió cuando llevaban siete años casados, dejando a Ana joven y sola. Ana probablemente extrañaba la voz de su marido y saber que estaba ahí para hablar. Así que se volvió hacia Dios. Él pasó a ser su «Persona especial».

Ana pasaba muchas horas cada día hablando con Dios. Estaba tan cerca de Dios que aprendió a reconocer su voz en su corazón. Durante muchos años, el pueblo judío la consideró profetisa, una mujer que hablaba las palabras de Dios. Ella les contaba lo que Dios le decía.

Un día, cuando Ana era muy anciana, Dios la envió al templo para conocer a un bebé especial, a su Hijo Jesús. Cuando Ana vio al bebé, ya sabía quién era. Oró y dio gracias a Dios por él. Luego, Ana pasó el resto de su vida contándoles a los demás la Buena Nueva. Difundió la Palabra de que Dios había enviado a su Hijo, Jesús, a la tierra para salvar a las personas del pecado para que pudieran tener vida eterna en el cielo. ¡Ana se convirtió en la primera mujer misionera!

¡Al igual que ella, tú puedes hablar con Dios! No tienes que estar sola o sin nadie con quien hablar para decidirte a orar. Dios quiere saber de ti todo el tiempo. Ni siquiera tienes que hablarle en voz alta. Puedes decir tus oraciones en tu pensamiento y aun así sabes que él te escucha. A Dios le interesa todo lo que dices. Nada es demasiado pequeño o insignificante. Comienza hoy. Acostúmbrate a hablar con él todos los días y todo el día.

· ·

«Entonces ustedes me invocarán, y vendrán a mí en oración y yo los escucharé».

Jeremías 29.12 DHH

ANNE ASKEW
(1521-46)

¡Perdónalos!

«¡Oh Señor —oró Anne Askew—, ahora tengo más enemigos que pelos en la cabeza!». Sin embargo, Señor... deseo de todo corazón...que les... perdones la violencia que hacen». Anne pronunció esa oración minutos antes de morir.

Vivió en una época convulsa y difícil durante el reinado de Enrique VIII. El rey dirigía la Iglesia de Inglaterra y decretó que quien no obedeciera las enseñanzas de su iglesia era un enemigo del reino. El rey Enrique arrestaba a las personas que desobedecían, y a algunos los mandaba ejecutar.

Anne no creía en lo que la iglesia del rey enseñaba. Ella solo creía en lo que decía la Biblia. Cuando el rey Enrique decretó que las mujeres no podían leer ni enseñar la Biblia, ni nada que estuviera en desacuerdo con sus ideas religiosas, Anne no lo obedeció. Ella memorizaba las Escrituras y las enseñaba a los demás. Leía y hablaba de la Biblia todo lo que quería, y eso le trajo problemas.

Los hombres del rey arrestaron a Anne. Le ordenaron que se retractara de todo lo que creía y decía sobre la Biblia. Pero Anne se negó. Por desobedecer al rey Enrique, Anne fue torturada y asesinada, un castigo que se reservaba a los peores enemigos del monarca. Justo antes de morir, Enrique le dio a Anne una última oportunidad de negar la Biblia. ¡Pero ella no iba a hacer eso! En su lugar, Anne oró por aquellos que la odiaban. Ella siguió las enseñanzas de Jesús en la Biblia cuando dijo: «Respeta y da gracias por aquellos que tratan de hacerte mal. Ora por aquellos que te molestan» (Lucas 6.28).

La historia de Anne Askew nos recuerda que debemos orar en los peores momentos, y también que debemos perdonar a los que nos hacen daño y orar por ellos. ¿Hay alguien a quien tengas que perdonar hoy?

«Cuando estén orando, si tienen algo contra alguien, perdónenselo».

Marcos 11.25

Gladys Aylward
(1902-70)
Dios sabe lo que necesitas

Después de pasar tres meses estudiando en la facultad de la sociedad misionera, a Gladys Aylward le dijeron que no tenía la suficiente formación para ser misionera. Nadie creía que fuera capaz de aprender chino, por eso el comité no la aceptó. Pero la joven Gladys sabía en lo profundo de su corazón que era en China donde Dios la quería.

Así que Gladys buscó un trabajo como empleada doméstica y trabajó para ahorrar dinero para un pasaje de ida a China. En 1932 salió de Liverpool con una vieja maleta llena de comida y ropa.

Por ocho años, Gladys dirigió una posada en China, donde los que viajaban en mula podían descansar y disfrutar de una comida. Ella compartía la Palabra de Dios con ellos y con cualquiera que la escuchara. También acogía a niños huérfanos y les enseñaba sobre Jesús.

Gladys tenía más de cien huérfanos a su cargo cuando se enteró de que el ejército japonés venía a ocupar el lugar donde vivían. Gladys estaba desesperada por salvar a los niños, así que los reunió y comenzaron todos juntos una marcha hacia un lugar más seguro, un orfanato en Sian a muchos kilómetros de distancia.

Caminaron por doce días, y Gladys estaba cansada, pero no se rindió.

Cuando llegaron al río Amarillo, no tenían forma de cruzarlo.

«Pídele a Dios que nos haga cruzar —dijeron los niños—. ¡Él puede hacer cualquier cosa!».

Gladys y los niños se arrodillaron y oraron, pidiéndole a Dios que los ayudara a cruzar el río.

Dios escuchó sus oraciones. ¡Llegó un oficial chino, y tenía barcas! Gladys y los niños cruzaron el río a salvo y llegaron a Sian.

¡Qué maravillosa historia sobre el poder de la oración! Siempre que te enfrentes a un desafío, pídele ayuda a Dios. Él sabe lo que necesitas incluso antes de que se lo pidas.

••

«No tengas miedo, pues yo estoy contigo; no temas, pues yo soy tu Dios. Yo te doy fuerzas, yo te ayudo, yo te sostengo con mi mano victoriosa».

Isaías 41.10 DHH

Mary McLeod Bethune
(1875-1955)
La oración de una niña

Nacida poco después de la Guerra Civil, Mary McLeod Bethune vio a sus padres luchar por una vida sin esclavitud. Siguieron trabajando para su antiguo dueño, tratando de ganar suficiente dinero para comprar un terreno donde la familia pudiera cultivar algodón. Cuando finalmente lo lograron, la familia McLeod alabó a Dios. Confiaban en que él les había dado libertad para empezar una nueva vida.

Sus padres amaban a Dios y educaron a sus diecisiete hijos para amarlo también. La oración era parte importante de sus vidas. Ya de niña, Mary reconoció la grandeza de Dios y su capacidad para responder a las oraciones. Su sueño era saber leer y escribir, así que le pidió a Dios que le permitiera aprender. En aquel entonces, a los niños negros no se les admitía en la escuela junto a los niños blancos.

Cuando ella tenía diez años, se abrió una escuela para niños negros en un pueblo cercano. Mary recorría kilómetros para ir allí y aprender. ¡Dios respondió a la oración de Mary! Creció, se graduó en la universidad y se convirtió en maestra. Pero ella quería más. Mary quería proporcionar la mejor educación a todos los niños afroamericanos, así que abrió una escuela. Al principio tenía seis alumnos. Luego vinieron más. Y más. La escuela de Mary creció hasta que un día se convirtió en una universidad para hombres y mujeres afroamericanos.

Mary siguió orando y Dios siguió guiándola. Él tenía grandes planes para ella. Mary trabajó el resto de su vida para ayudar a los afroamericanos a lograr la igualdad. Su duro trabajo llamó la atención del presidente Franklin D. Roosevelt, quien la eligió como asesora para ayudar a unir a los estadounidenses como iguales, independientemente del color de su piel.

Dios tiene un plan para ti también. Cuando ores, sé como Mary. Pídele a Dios que te guíe dondequiera que vayas.

···

«Yo sé los planes que tengo para ustedes, planes para su bienestar y no para su mal, a fin de darles un futuro lleno de esperanza».

Jeremías 29.11 DHH

Santa Birgitta de Suecia
(1303-73)
Una vida dedicada a la oración

Birgitta tuvo un sueño en el que vio a Jesús en la cruz. Ella le preguntó: «¿Quién te hizo esto?». Jesús respondió: «Todos los que desprecian mi amor». A aquella niña de siete años, el sueño le pareció tan real que nunca lo olvidó.

Años más tarde, Birgitta se enamoró de un hombre llamado Ulf. Se casaron y vivieron felices en Suecia con sus ocho hijos.

El rey de Suecia, que era pariente suyo, le pidió que fuera dama de honor de su nueva reina. Así que, junto con su familia, viajó al castillo. Tras años de servicio, regresaron a casa. Pero, en el camino de vuelta, Ulf se puso muy enfermo. Birgitta se sentó a orar por su marido y entonces apareció un obispo. Dijo: «Dios tiene grandes cosas para ti».

Ulf murió, dejando viuda a Birgitta a los 41 años. Le pidió a Jesús que la guiara y dedicó su vida a la oración. Tuvo más sueños en los que Jesús le contaba cosas, y a menudo pasaba sus mensajes a otros. A veces, esos mensajes criticaban a gente importante, como el rey, los sacerdotes y los obispos. Birgitta no tenía miedo de decirles que fueran mejores cristianos y mejor influencia en la vida de los demás. Cuando Francia e Inglaterra entraron en guerra, ella se sentó con representantes de ambos lados e intentó resolver sus problemas, pero sin éxito.

Muchos de los intentos de Birgitta fracasaron, pero eso no le impidió orar y confiar en Jesús. Se mudó a Roma y abrió su casa a todos los que necesitaban ayuda, sobre todo a los enfermos, los sintecho y los pobres.

En 1391, la Iglesia Católica nombró a Birgitta santa patrona de Suecia, y en 1999 el papa Juan Pablo II la convirtió en una de las santas patronas de Europa.

¿Qué puedes hacer *tú* para ayudar a los demás en tu escuela, vecindario y comunidad? Pregúntale a Dios qué quiere que hagas. Él te guiará en la dirección correcta.

··

> OH DIOS, A TI MI VOZ ELEVO, PORQUE TÚ ME CONTESTAS.
>
> SALMOS 17.6 DHH

ANTOINETTE BROWN BLACKWELL
(1825-1921)
Se atrevió a hablar

Antoinette Brown Blackwell nació en una época en que los niños no solían hablar si no se les pedía. Pero ella, con ocho años, se atrevió a decir su propia oración en voz alta durante el tiempo familiar de oración. Su hermano preguntó: «¿Por qué oraste en voz alta?». Antoinette respondió: «Creo que soy cristiana, ¿por qué no debería orar?». Antoinette se unió a la iglesia de su familia a los nueve años de edad y siguió hablando en las reuniones de la iglesia.

¡Era muy inteligente! Le encantaba aprender y era una buena estudiante. Con quince años ya era maestra. Enseñando ganó dinero para cumplir su sueño de ir a la universidad y ser ministra de la iglesia. Algunos se preguntan cómo se atrevió a pensarlo en una época en que no había pastoras. ¡Eso no detuvo a Antoinette! Fue a la universidad y obtuvo su título. Pero, cuando trataba de predicar, algunos hombres gritaban y pataleaban. Aun así, Antoinette no se rindió. Quería ser pastora y dirigir una iglesia. Ella creía que ese día iba a llegar.

Antoinette sentía que las mujeres podían ser líderes igual que los hombres y tenían derecho a ser pastoras o lo que quisieran. Así que empezó a hablar de los derechos de las mujeres. Se juntó con otras mujeres que buscaban la igualdad. Siguió hablando y dando discursos en las convenciones de derechos de la mujer.

Finalmente llegó el día en que Antoinette fue invitada a ser pastora de la Primera Iglesia Congregacional de Butler y Savannah, Nueva York. ¡Su sueño se había hecho realidad! Aquella niña que se había atrevido a orar en voz alta se convirtió en la primera mujer ministra de Estados Unidos.

La historia de Antonieta inspiró a otras niñas a convertirse en pastoras o en lo que quisieran ser, y a ser lo suficientemente valientes para orar en voz alta.

....

> TENGAN GOZO EN SU ESPERANZA Y NO SE RINDAN EN LAS DIFICULTADES.
> NO DEJEN QUE HAYA NADA QUE LES IMPIDA ORAR.
>
> ROMANOS 12.12

XII
IX
III
VI
Dd Ee
Ii Jj Kk

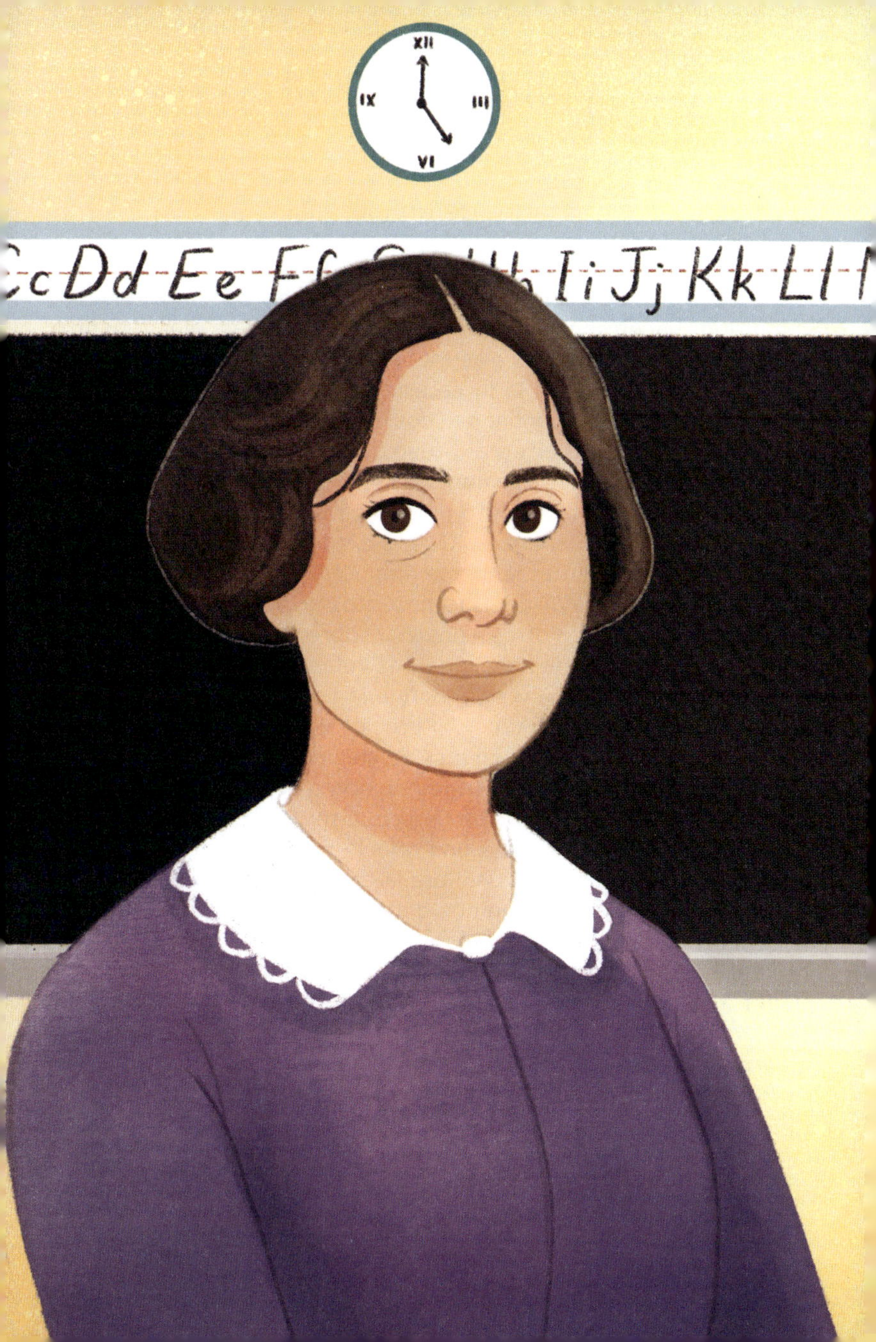

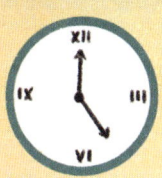

Catherine Booth
(1829-90)
Madre de un ejército

Seguro que has visto las calderas rojas del Ejército de Salvación en Navidad y probablemente has escuchado las campanas que los voluntarios hacen sonar mientras la gente dejaba caer dinero dentro. El Ejército de Salvación no existiría si no fuera por Catherine Booth.

Catherine creció en la Inglaterra del siglo XIX. Sus padres le enseñaron a amar y a confiar en Dios. En su adolescencia, Catherine se lesionó la columna vertebral y tuvo que permanecer en cama unos meses. Para no aburrirse, leía libros sobre Dios. Aprendió cómo quiere Dios que viva la gente. Cuanto más leía, más quería contar a todos sobre Jesús y sus enseñanzas. ¡Quería predicar!

Cuando se sanó, Catherine se enamoró y se casó con un joven predicador llamado William Booth. Juntos no solo predicaban, sino que también guiaban a otros a enseñar sobre Jesús. En poco tiempo, los Booth tenían más de mil ayudantes voluntarios. William los llamó «Ejército de Salvación», y a Catherine la conocían como la «Madre del Ejército». ¡El ejército creció y creció! Hoy en día, el Ejército de Salvación ayuda a la gente en más de cien países de todo el mundo.

Cuando predicaba, Catherine hablaba a menudo de la oración. Había aprendido que la oración tiene que ser algo más que palabras. La persona que ora necesita una relación estrecha con Jesús. Eso significa confiar y obedecerle. Para la oración también hace falta fe y creer que Dios, aunque no nos debe nada, nos dará exactamente lo que necesitamos.

Tal vez algún día Dios te lleve a predicar, como Catherine, o quizás tenga un plan diferente para ti. Ora en este momento y empieza a preguntarle a Dios qué quiere que hagas cuando seas mayor. Confía en él para que te lleve hasta ese punto. Te costará tiempo y paciencia, pero no pierdas la fe. Dios tiene algo bueno esperándote a la vuelta de la esquina.

....

El Señor está cerca de los que lo invocan, de los que lo invocan con sinceridad.

SALMOS 145.18 DHH

ANNE BRADSTREET
(1612-72)

La primera mujer poeta de Estados Unidos

Cierra los ojos e imagínate viviendo hace mucho tiempo en un castillo inglés. Anne Bradstreet no tuvo que imaginárselo. ¡Ella lo vivió! Anne nació en un castillo en Northampton, Inglaterra, donde su padre era mayordomo de un conde; administraba el castillo y lo que pasaba en él. Anne tuvo su escuela —o podría decirse «su castillo»— en casa, donde aprendió idiomas, música y danza. Descubrió que le gustaba escribir.

Ahora, imagina a Anne dejando atrás el castillo y toda su riqueza. A los 16 años, Anne se casó con un joven llamado Simon Bradstreet y se embarcaron rumbo a América para comenzar una nueva vida. Le fue difícil adaptarse. América era algo reciente, no había mucho allí y la vida era dura. Pero Anne oró y confió en que Dios la había llevado exactamente a donde él quería. Se instaló en una vida tranquila como esposa y más tarde como madre de ocho hijos.

A menudo escribía poemas sobre su vida. Las cosas no eran fáciles para ella y tenía muchos problemas. Muchos de sus poemas eran como oraciones a Dios. Ella luchaba por conocerlo mejor y entender sus caminos.

A lo largo de su vida, Anne escribió muchos poemas. ¡Sus escritos adquirieron fama! Hoy en día se la recuerda como la primera poetisa estadounidense. Sus poemas se enseñan en escuelas de todo el mundo.

Tal vez seas como Anne y te sientas más cómoda escribiendo tus oraciones que diciéndolas. ¡A Dios le parece bien! Él te escucha cuando oras en voz alta, cuando oras en silencio, e incluso cuando piensas palabras y las escribes.

Intenta escribir un poema-oración a Dios. Puede que descubras una pasión por escribir. ¿Quién sabe? ¡Quizás seas la próxima gran poetisa de Estados Unidos!

***

Ana estuvo orando largo rato ante el Señor [...] oraba mentalmente. No se escuchaba su voz; solo se movían sus labios.

1 Samuel 1.12-13 DHH

Candace Cameron-Bure
(1976-)

Dios es lo primero

Es muy probable que conozcas a Candace Cameron-Bure. Ella protagoniza las películas de Hallmark y fue protagonista de la serie de televisión *Make It or Break It*. Candace ha estado actuando desde que tenía cinco años. Comenzó haciendo comerciales. Luego, a los diez años, consiguió un gran papel en la exitosa comedia *Full House*. Además de como actriz, Candace es conocida por su fe cristiana.

Candace creció en una familia que no hablaba de Dios. Cuando tenía doce años, otra familia le preguntó si quería ir a la iglesia. Al principio, la iglesia le parecía extraña, pero, a medida que iba asistiendo, Candace sintió un cambio. Era más feliz. Candace sintió algo entrañable en su corazón cuando recibió a Jesús y estaba entusiasmada con su nueva vida cristiana.

Cuando se hizo mayor y empezó a tener más ocupaciones, Candace relegó a Dios a un puesto menos prioritario en su vida. Cuando hacía cosas que sabía que le disgustaban, simplemente le pedía perdón y seguía adelante. Pero entonces aprendió algo importante. No podía creer en Dios y hacer lo que le apetecía, viviendo su vida como mejor le parecía. Necesitaba vivir como Dios quería. Candace se arrodilló y le dijo a Dios que quería vivir su vida para él y que quería ser la mujer que él tenía en su propósito.

Hoy, Candace tiene a Dios como prioridad absoluta. Se esfuerza en vivir de una manera agradable a Dios y nunca es tímida a la hora de compartir su fe.

Igual que Candace Cameron-Bure, no eres perfecta, nadie lo es, pero, como ella, puedes pedirle a Dios que te ayude a vivir para agradarle.

···

Si estamos aquí en la tierra, o si estamos con él en el cielo, siempre querremos agradarle.

2 Corintios 5.9

Bárbara BUSH
(1925-2018)
Primera Dama

Bárbara Pierce Bush es recordada como la esposa del expresidente George H. W. Bush. También fue la madre del presidente George W. Bush.

La fe en Dios era importante para la señora Bush y su esposo. Criaron a sus hijos en un hogar cristiano y se aseguraron de que entendieran cómo quería Dios que se comportaran los niños, *y* los adultos. El presidente y la señora Bush oraban juntos a menudo. Eran conocidos como líderes mundiales; sin embargo, se comportaban como debería hacerlo todo cristiano: sirviendo a los demás. Enseñaban en la escuela dominical de su iglesia y ayudaban con los ministerios de evangelización de su iglesia.

Bárbara Bush se esforzaba por poner a Dios en primer lugar en su vida. Algunos pensaban que el presidente de Estados Unidos lo podía todo, pero la señora Bush sabía más. Ella decía: «Quizás piensen que el presidente es todopoderoso, pero no lo es. Necesita mucha guía del Señor».

La fe y la oración ayudaron a Bárbara Bush en los tiempos difíciles. Cuando su marido era un joven piloto de la marina, su avión se estrelló. Casi murió mientras esperaba ser rescatado. Luego, la madre de Bárbara murió en un accidente de auto y, no muchos años después, la joven hija de los Bush, Robin, murió de cáncer. Bárbara Bush sufrió tanto que sus cabellos se encanecieron, pero no tanto como para perder la fe en Dios. Dios la ayudó y la convirtió en una esposa, madre y primera dama aún más fuerte.

Cabría pensar que, después de perder a sus seres queridos, la señora Bush tenía miedo de morir, pero ella decía: «Creo fervientemente en un Dios de amor. Y no tengo miedo a la muerte... porque sé que hay un Dios grande». Murió en 2018 a la edad de 92 años. George, su esposo durante setenta y tres años, estaba allí tomándola de la mano.

....

La belleza no es más que ilusión, pero la mujer que honra al Señor es digna de alabanza.

Proverbios 31.30 dhh

La mujer cananea
(Mateo 15.21-28)

Paciencia, por favor

A los perros les encanta sentarse cerca de sus dueños a la hora de la cena. Si son pacientes, tal vez les den un poco de comida. Piensa en eso mientras lees la historia de la mujer cananea.

Jesús amaba a todos, pero su prioridad mientras estuvo en la tierra era salvar al pueblo judío del pecado. En su momento *todos* podrían recibir salvación del pecado por Jesús, pero los judíos fueron los primeros.

La mujer cananea no era judía; aun así, creía en el poder y el amor de Jesús. Tenía una hija muy enferma y estaba segura de que Jesús podría hacer que se recuperara. Así que le pidió ayuda.

La reacción de Jesús podría sorprenderte. Cuando ella lo llamó, la ignoró. Ella siguió clamando. Entonces fue hasta él, se puso de rodillas y rogó: «¡Señor, ayúdame!». La respuesta de Jesús no fue la que esperarías. Dijo: «No está bien quitarles el pan a los hijos para echarlo a los perros» (vv. 25-26). Quería decir que no estaba bien que le diera a ella lo que estaba destinado a los judíos. Puso a prueba la fe de la mujer. ¿Iba a renunciar a Jesús por aquellas palabras?

La mujer cananea respondió: «Sí, Señor, pero hasta los perros, comen de los pedazos que caen de las mesas de sus dueños» (v. 27). Sabía que no ella no era la primera en el plan de Jesús, pero aun así creía que él le daría lo que quería. La gran fe de la mujer agradó a Jesús y sanó a su hija de inmediato.

A veces, cuando oras, Dios te pedirá que seas como la mujer cananea, que seas como un perrito paciente en la mesa. Quiere que esperes y te aferres a tu fe, que sigas creyendo en él.

Piensa: ¿se te da bien esperar?

••

Aprendan bien a esperar y serán fuertes y completos. No les hará falta nada.

Santiago 1.4

Amy Carmichael
(1867-1951)
Ojos café

Cuando era pequeña, Amy Carmichael le pidió a Dios que hiciera que sus ojos color café fueran azules. Amy se sintió decepcionada al ver que no se cumplía su deseo, hasta que su madre le explicó que a veces la respuesta de Dios es no. Le dijo que Dios tiene una buena razón para cada respuesta, incluso si su respuesta es no. Él tiene un propósito para todo lo que hace.

En el corazón de Amy creció el amor de Dios, así como su necesidad de servir a los demás. De adolescente, vio a niñas de su edad que necesitaban esperanza. Estas niñas, conocidas como «las shawlies», trabajaban en los molinos de harina de Belfast, Irlanda, donde vivía Amy. Necesitaban conocer a Jesús, así que Amy les enseñaba.

El servicio de Amy no terminaba ahí. Quería ser misionera, pero se preguntaba si era lo que debía ser. Ella oró, y Dios dijo: «¡Ve!». Así que Amy fue primero a Japón y luego a la India.

En la India, venían muchas niñas a Amy para aprender sobre Jesús. Vinieron más, de todas las edades, niños sin familia que necesitaban un hogar. ¡En poco tiempo, tuvo más de cincuenta niños a su cuidado! Era un trabajo duro, pero Dios le dio a Amy todo lo que necesitaba.

Las jóvenes de la India a menudo eran secuestradas y utilizadas con fines perversos, por lo que Amy ayudaba a esconderlas. Se disfrazaba para parecer india. La mayoría tenía ojos marrones, como los de ella. Los ojos café de Amy la ayudaron a mezclarse entre la gente, en vez de destacar. ¡Amy entendió finalmente por qué Dios le había dado ojos color café en vez de azules!

¿Qué aprendiste de la historia de Amy? Dios siempre responderá a tus oraciones. Cuando la respuesta es no, puedes confiar en que él tiene una buena razón, Dios tiene algo aún mejor en su plan para ti.

Confía de todo corazón en el Señor y no en tu propia inteligencia. Ten presente al Señor en todo lo que hagas, y él te llevará por el camino recto.

Proverbios 3.5-6 DHH

Catalina de Siena
(1347-80)

El lugar tranquilo

Catalina nació en 1347, siendo la menor de veinticinco hermanos. ¿Te imaginas el ruido y el ajetreo en su casa? Como otras niñitas, Catherine era una niña feliz, pero más que nada apreciaba estar sola en algún lugar donde poder orar. Veía a Jesús como su mejor amigo.

Cuando Catalina llegó a la adolescencia, el mundo de su alrededor había cambiado. Las naciones y las ciudades luchaban unas contra otras. No había paz. Incluso había problemas en su casa.

Catalina y sus padres pensaban muy distinto en algo importante. Querían que se casara, pero ella no quería. Catalina se rebeló. Como castigo, sus padres le daban tareas para hacer. No le dejaban tener lo que más deseaba: estar sola y orar. Pero eso no impidió que Catalina hablara con Dios. Él le mostró que había un lugar tranquilo y privado en su corazón donde podía estar con Dios.

Sus padres finalmente le permitieron vivir como ella había elegido. Entraba en su habitación y se quedó allí sola, orando. ¡En tres años, no salió de su habitación sino para ir a la iglesia! Entonces Dios le dijo a Catalina que saliera y sirviera a los demás.

Ella sirvió a su familia con amor. Catalina también enseñaba sobre Jesús, aconsejaba para resolver problemas, cuidaba a los enfermos y ayudaba a los pobres. Escribió cartas a los dirigentes de las ciudades y naciones, y a los líderes de la iglesia, rogándoles que tuvieran paz unos con otros. Algunas de sus cartas aún se conservan.

No importa lo ocupada que estuviera Catalina, siempre tenía un lugar tranquilo en su corazón donde podía estar a solas con Jesús. ¿Sabías que, igual que Catalina, tú también tienes un lugar tranquilo en tu corazón donde puedes estar a solas con Jesús? Pídele que te lo enseñe.

PIDO QUE DIOS PUEDA VIVIR EN SUS CORAZONES POR LA FE,
Y ORO PARA QUE USTEDES SEAN LLENOS DE SU AMOR.

EFESIOS 3.17

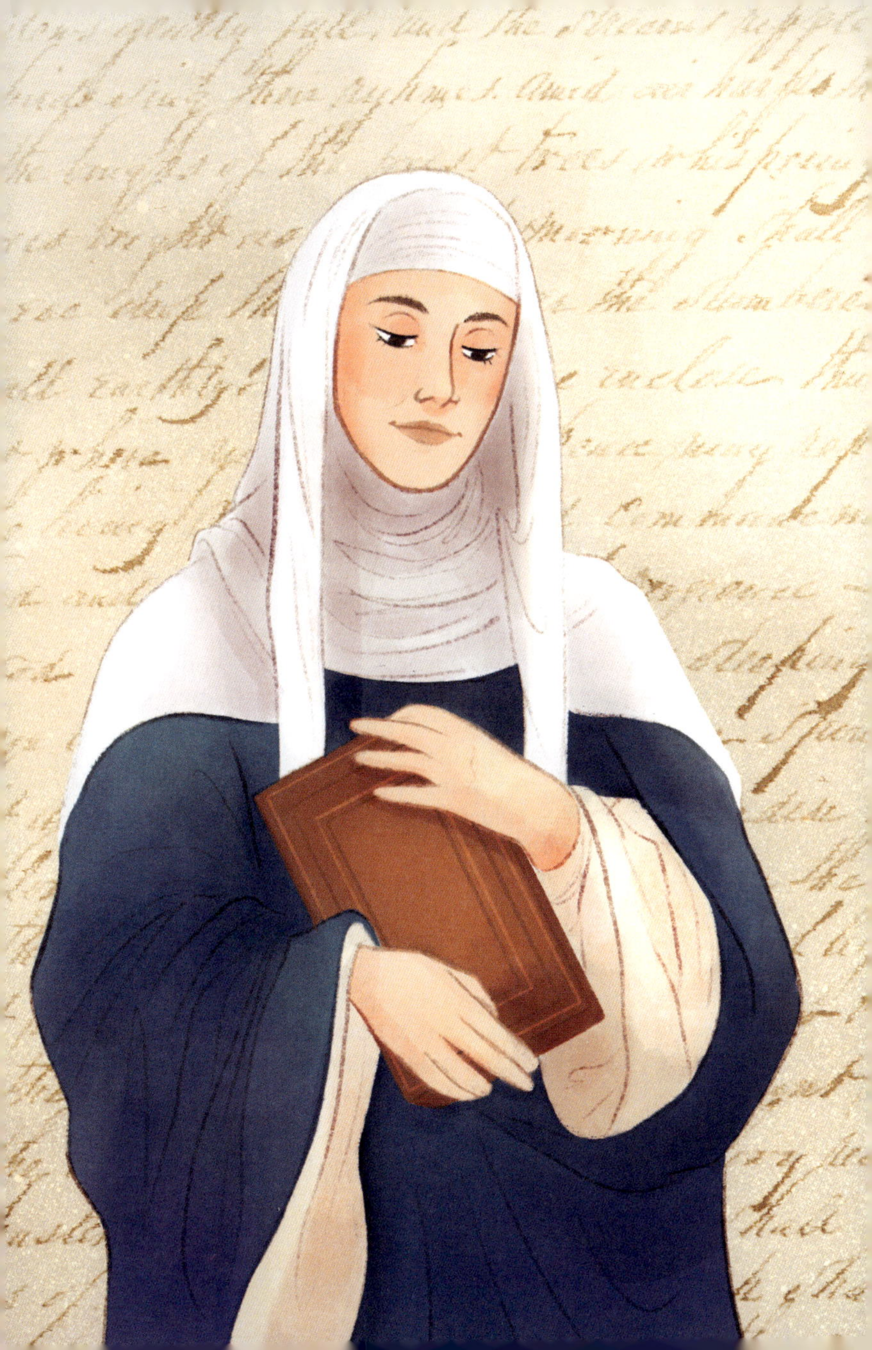

Kelly Clark
(1983–)
Llamó a la puerta correcta

Cuando escuchas el nombre Kelly Clark, piensas en una deportista olímpica de *snowboard*, ganadora de medallas... ¡y cristiana! La mejor parte de la historia de Kelly es cómo se convirtió en cristiana.

A los dieciocho años, había alcanzado sus objetivos. ¡Era famosa! Junto con la fama vinieron los amigos y la fiesta. Kelly parecía tenerlo todo, pero se sentía perdida y sin amor. *¿Y ahora qué?*, se preguntaba.

Otra deportista de *snowboard*, una cristiana llamada Natalie McLeod, puso el nombre de Kelly en su diario de oraciones. Oraba diciendo: «Jesús, te pido que salves a esta persona». Kelly no tenía ni idea de que Natalie estaba orando por ella.

Un día, mientras estaba de viaje, Kelly escuchó a una mujer que consolaba a una amiga que se había caído y no se había clasificado para la final. «¡Eh! Dios todavía te ama», dijo la mujer.

Cuando Kelly llegó al hotel, encontró una Biblia y comenzó a leer. Necesitaba ayuda para entenderlo. La mujer a la que había escuchado se alojaba en el mismo hotel. Así que fue a su habitación y llamó a la puerta. «Creo que eres cristiana —dijo—, y creo que tienes que hablarme de Dios». Con su ayuda, Kelly entregó su vida a Jesús.

La vida cambió para Kelly. Dejó de ir de fiestas y de preocuparse por el porvenir. Sabía que Dios tenía un propósito para su vida. Unos meses más tarde, Kelly se enteró de que Natalie McLeod había orado por ella. Entonces todo cobró sentido. Dios había llevado a Kelly a escuchar la conversación entre dos amigas, y también la llevó a llamar a la puerta de esa mujer y preguntarle sobre Dios.

Hoy comparte abiertamente su fe cristiana. En su tabla de *snowboard* tiene las palabras: «Jesús, no puedo esconder mi amor».

Recuerda, cuando oras por alguien, Dios te escucha. ¿Por quién vas a orar hoy?

······································

«Pidan, y lo que pidan, les será dado. Busquen, y lo que buscan, encontrarán. Llamen a la puerta, y se les abrirá».

Mateo 7.7

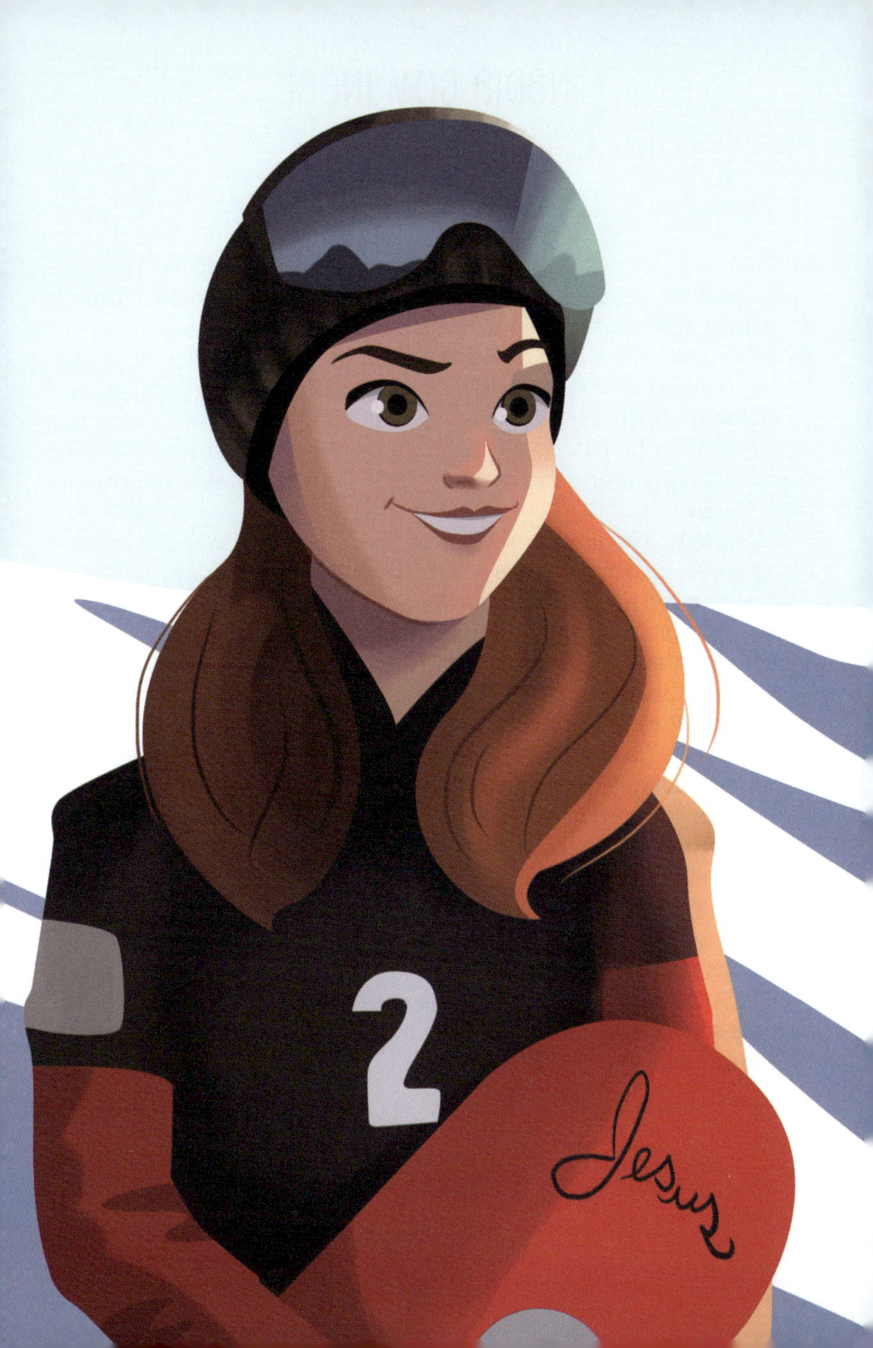
2
Jesus

Nadia Comaneci
(1961-)

La oración te hace fuerte

En 1976, a los catorce años, Nadia Comaneci se convirtió en la primera mujer que conseguía un diez absoluto en gimnasia olímpica. Cuatro años más tarde, ganó dos medallas de oro en las Olimpiadas. Las niñas de todo el mundo que amaban la gimnasia querían ser como Nadia. Pero en su historia había un lado oscuro.

Creció en Rumanía, un país comunista, donde no se permitía la oración. La familia de Nadia creía en Dios. Su abuela le enseñó a arrodillarse y orar cada noche, y Dios llegó a ser algo importante para Nadia.

Siendo una joven de veintitantos años, Nadia se retiró del deporte olímpico. Trabajó en Rumanía para mantenerse a sí misma y a su familia, pero su sueldo apenas alcanzaba para la calefacción y la comida. El gobierno vigilaba a Nadia de cerca. Les preocupaba que decidiera dejar Rumanía para vivir mejor en Estados Unidos. Eso sería una osadía y, si la atrapaban, bastaría para meterla en la cárcel.

¡Nadia decidió marcharse! Se escapó en una fría noche de invierno. Caminando en la oscuridad, Nadia confió en la oración y en Dios para ponerse a salvo. Oró para que el gobierno no reaccionara contra su familia por haber huido. Con la ayuda de Dios, llegó a la embajada estadounidense en Austria y de allí fue a Estados Unidos. Una vez allí, Nadia era libre de trabajar y enviar dinero a su familia en Rumanía.

Hoy, la frase favorita de Nadia es: «No ores por una vida fácil; ora para ser una persona fuerte». Nadia ora en todo momento.

Piensa en la historia de Nadia y recuerda que la oración te hace fuerte. Sea cual sea el problema que enfrentes, Dios está contigo, pero no ores solo cuando hay algún obstáculo en tu camino. Acostúmbrate a orar en todo momento.

··

DIOS ES NUESTRO REFUGIO Y NUESTRA FUERZA;
NUESTRA AYUDA EN MOMENTOS DE ANGUSTIA.

SALMOS 46.1 DHH

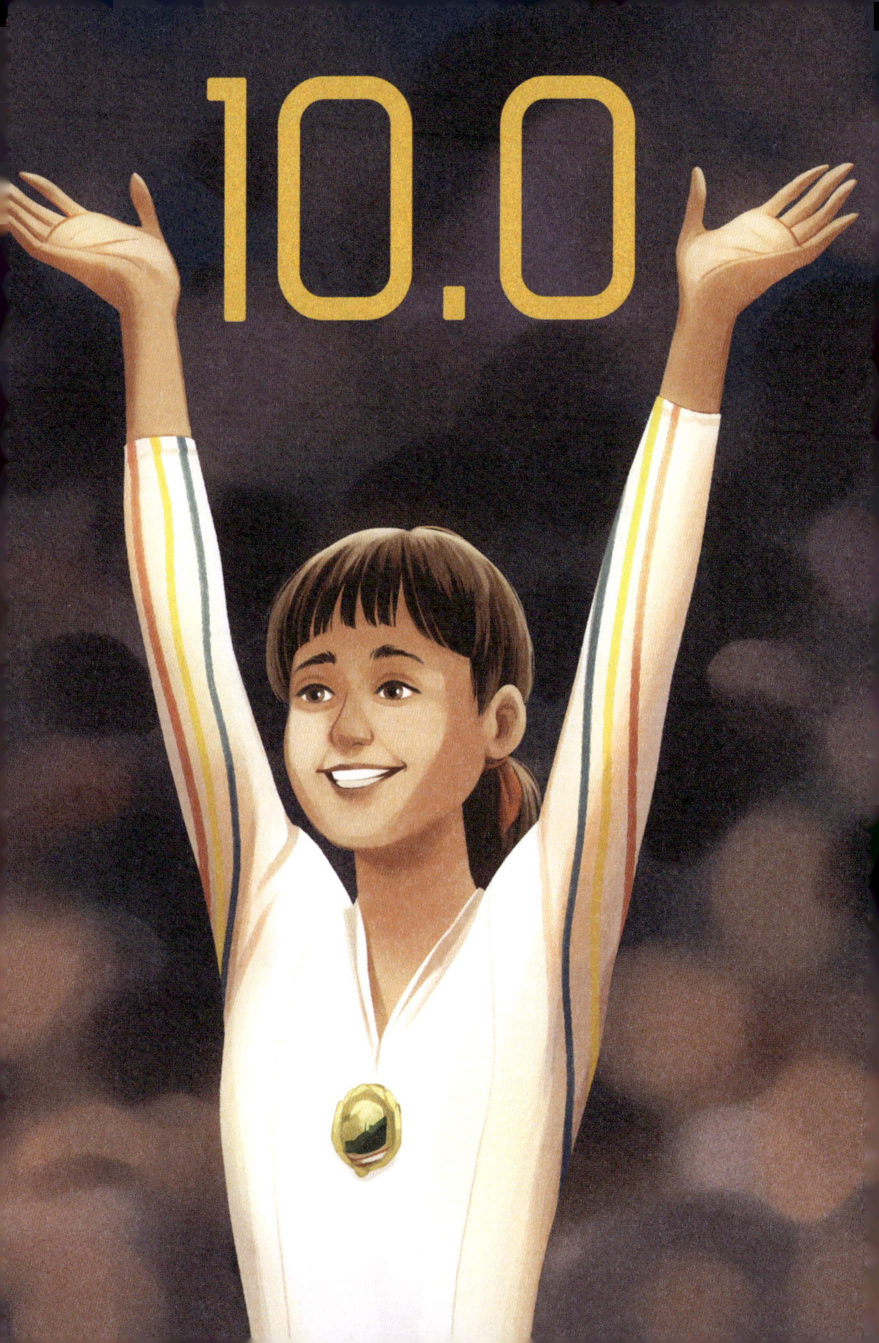
10.0

Fanny Crosby
(1820-1915)
La chica con nueve mil ideas

«Nunca compongo un himno sin antes pedirle al buen Dios que sea mi inspiración». Y Dios, de hecho, le dio a Fanny Crosby la inspiración que le pidió. Tanto es así que Fanny escribió casi nueve mil himnos, ¡aunque fue ciega casi desde su nacimiento!

Fanny no permitió que la ceguera le impidiera escribir o hacer cualquier otra cosa. En el Instituto para Ciegos de Nueva York, donde Fanny estuvo por veintitrés años, no solo aprendió a hacer lo mismo que la mayoría de las personas que ven, sino que también enseñó a otros estudiantes ciegos.

Su poesía llevó a Fanny a conocer a presidentes, gobernadores y otros famosos. Incluso leyó uno de sus poemas en la cámara del Senado de Estados Unidos en Washington, D. C. Sus poemas fueron publicados en libros, pero Fanny no llegó a ser famosa hasta que empezó a escribir letras para himnos y canciones de escuela dominical. Pronto, casi todo el mundo conocía su nombre.

A veces Fanny necesitaba ideas para sus letras. Cuando le pedía ayuda a Dios, ¡las ideas llegaban!

Fanny alabó a Dios por su ceguera. «Si mañana me ofrecieran una vista terrenal perfecta, no la aceptaría —dijo—. Podría no haber cantado himnos de alabanza a Dios si me hubiera distraído con las cosas hermosas e interesantes que hay en mí».

Tal vez a veces necesites ideas para proyectos escolares u otras cosas. Pídele ayuda a Dios. Puedes confiar en que sus ideas son buenas. Después de todo, él creó la tierra y todo lo que hay en ella, creó el universo, ¡y te creó *a ti*!

• •

TODO VIENE DE ÉL [DIOS].
ROMANOS 11.36

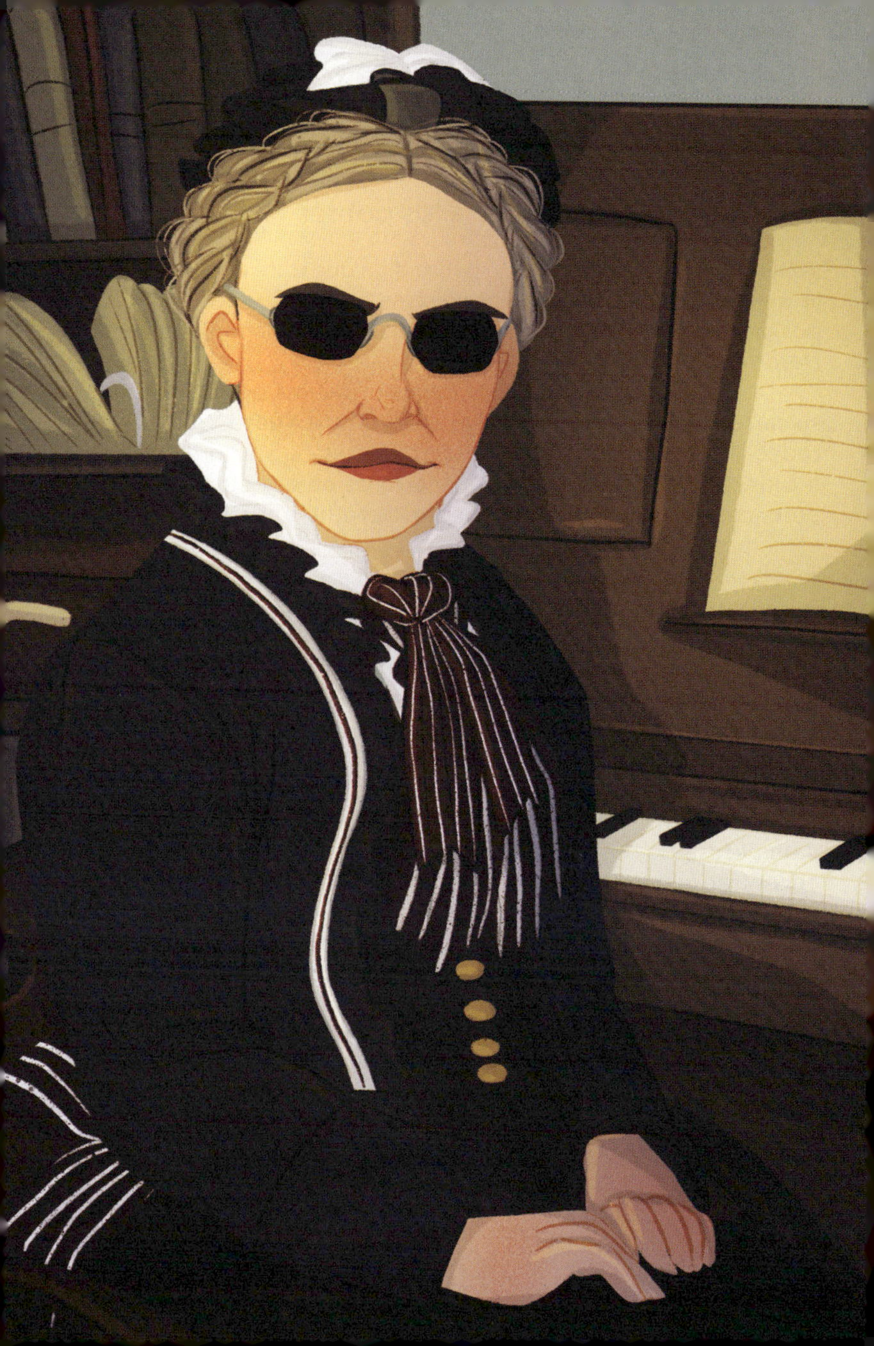

DOROTHY DAY
(1897–1980)
Ayudar a los pobres

«Cuando muera, espero que la gente diga que traté de tener presente lo que Jesús nos dijo, sus maravillosas historias, y que hice todo lo posible para vivir conforme a su ejemplo». Esas palabras las pronunció Dorothy Day.

Dorothy nació en 1897. Como mujer joven a principios de 1900, su carrera en el periodismo llevó a Dorothy a Nueva York, donde se rodeó de amistades que vivían de maneras no siempre agradables a Dios. Dorothy cometió muchos errores en esa etapa de su vida, pero, cuando se convirtió en madre, Dorothy sintió la necesidad de estar más cerca de Dios. Cuando sus amigos vieron que se volvía más religiosa, muchos la dejaron.

Dorothy sintió en su corazón que Dios la guiaba para ayudar a los pobres. Así que le pidió que le mostrara cómo podía usar su fe y su talento de escritora para ayudar a los demás.

Varios años después, Dorothy conoció a un hombre llamado Peter Maurin. Él le contó sus ideas sobre la ayuda a los pobres por medio de las enseñanzas de Jesús. Juntos comenzaron un periódico llamado *The Catholic Worker*. En él se animaba a los lectores a ser como Jesús y a servir a los demás. Dorothy y Peter fundaron un comedor benéfico y una «casa de hospitalidad», un lugar donde la gente pobre podía encontrar ayuda. Al poco tiempo, se presentaron voluntarios para ayudar y se establecieron más casas de hospitalidad. El movimiento Catholic Worker, del obrero católico, creció más y más. Aún hoy existen doscientas comunidades Catholic Worker en todo el mundo.

Dorothy Day pasó el resto de su vida sirviendo a los pobres, y siempre apartó tiempo para orar. «Algo que hay que recordar —dijo— es que no se trata de leer o hablar tanto de Dios, sino de hablar con Dios».

«Nunca dejará de haber necesitados en la tierra, y por eso yo te mando que seas generoso con aquellos compatriotas tuyos que sufran pobreza y miseria en tu país».

Deuteronomio 15.11 DHH

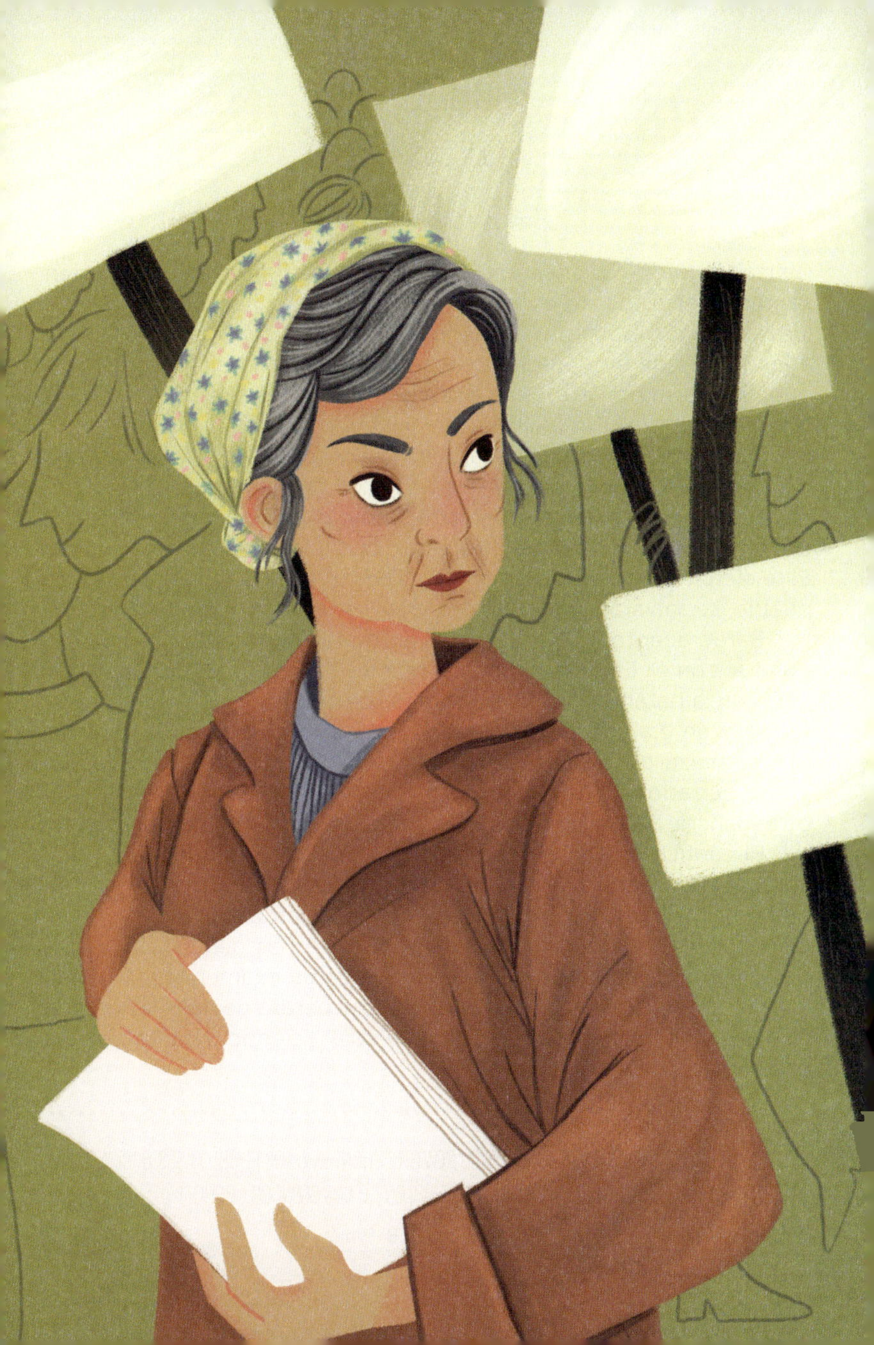

Débora
(Jueces 4-5)

La jueza Débora

Cierra los ojos y piensa en un juez. ¿Te vino a la mente alguien sentado detrás de un escritorio y con una bata negra? Débora fue jueza en algún momento en torno al 1150 a. C. No se parecía en nada a los jueces de hoy en día. Realizaba sus juicios bajo una palmera que llevaba su nombre. Ella se sentaba bajo el árbol de Débora y los israelitas le traían sus pleitos.

Débora era muy sabia. Igual que Ana, era profetisa. Dios le hablaba y luego ella les decía sus palabras a los demás.

Le dijo a un guerrero llamado Barac que Dios quería que él y sus tropas lucharan contra un ejército que lideraba el general Sísara. Este ejército iba tras los israelitas y Dios quería que los israelitas, su pueblo, se salvaran.

Barac aceptó ir, pero insistió en que Débora fuera con él. Así que fue con él. Estando ambos al mando de las tropas, los israelitas ganaron la batalla. Pero la historia no termina ahí.

Hoy en día, los jueces pueden cerrar un caso dando un golpe con su maza de madera en su escritorio, o simplemente diciendo: «Caso cerrado». Débora cerró el caso contra el ejército de Sísara de otra manera. Ella oró y alabó a Dios por la victoria. Lo hizo cantando.

El cántico de Débora, su oración, ocupa todo el capítulo 5 del libro de los Jueces. ¿Te imaginas a un juez levantándose y cantando una oración de agradecimiento a Dios en la actualidad?

Cada día, Dios te da muchas pequeñas victorias, pequeñas maneras de tener éxito, como un buen resultado en un examen, ganar en un juego o aprender a hacer algo nuevo. ¿Te acuerdas de darle las gracias a Dios? Acostúmbrate a terminar cada día diciendo o cantando una oración de gracias.

«¡Den gracias al Señor! ¡Proclamen su nombre! Cuenten a los pueblos sus acciones. Canten himnos en su honor. ¡Hablen de sus grandes hechos!».

1 Crónicas 16.8-9 DHH

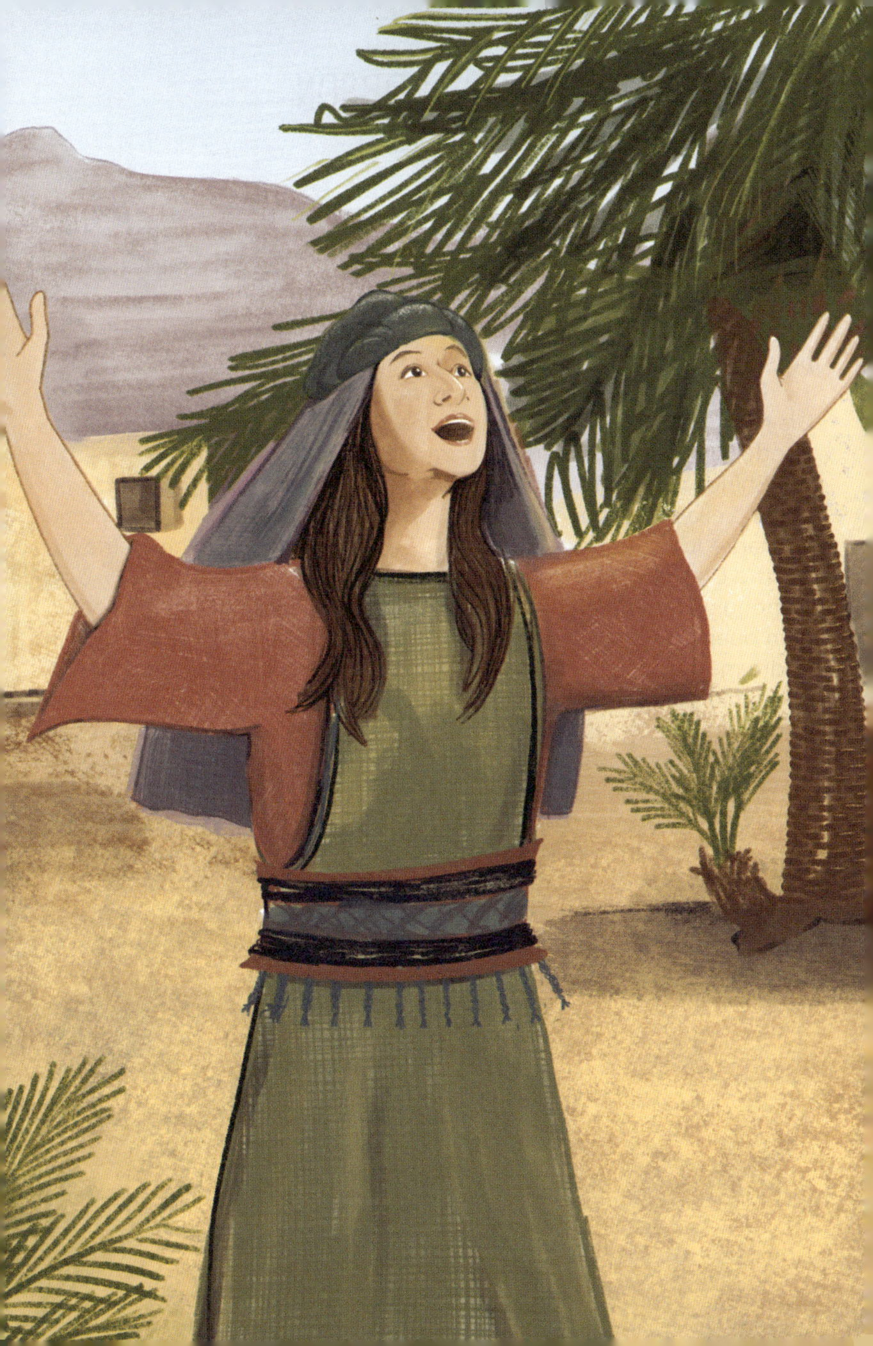

SHIRLEY DOBSON
(C. 1936–)

¡Oremos todos!

Examen sorpresa: ¿Qué día especial se celebra en Estados Unidos el primer jueves de mayo? Si respondiste el Día Nacional de Oración, ¡acertaste! El primer jueves de mayo es un día reservado para que personas de todos los credos oren unidas por Estados Unidos.

Por veinticinco años, Shirley Dobson dirigió la organización del Día Nacional de Oración. ¿Te imaginas el gran trabajo que era animar a todos los estadounidenses a orar?

Shirley había estado orando toda su vida. Sus padres se divorciaron cuando ella era pequeña. No veía mucho a su padre. Shirley vio cómo su madre luchaba para mantener a su familia. Cada noche, Shirley le pedía a Dios que les trajera un padrastro que los amara y cuidara. Dios respondió afirmativamente a esa oración. La madre de Shirley conoció a un buen hombre llamado Joe y se casó con él y se convirtió en un padre maravilloso para Shirley. Años más tarde, cuando Shirley llegó a la edad adecuada, oraba por un esposo. Dios también respondió afirmativamente a esa oración. Shirley se casó con James Dobson y juntos dedicaron sus vidas a servir a Dios y levantaron un gran ministerio: Enfoque a la familia.

Cuando le pidieron a Shirley que dirigiera el Día Nacional de Oración, al principio dijo que no. Ya estaba demasiado ocupada. Pero Dios quería que lo hiciera. Él siguió hablándole al corazón, diciéndole que aceptara. Cuando Shirley supo que algunos de sus amigos más queridos también oraban para que aceptara el trabajo, aceptó. Shirley se puso a trabajar y contribuyó al crecimiento del Día Nacional de Oración. Hoy, millones de personas apartan tiempo el primer jueves de mayo para orar por Estados Unidos, sus líderes y otras personas.

¿Te has sentido como Shirley y has querido negarte a algo que Dios quería que aceptaras? Pon atención y pídele que te muestre su plan.

••

señor, muéstrame tus caminos; guíame por tus senderos.

SALMOS 25.4 DHH

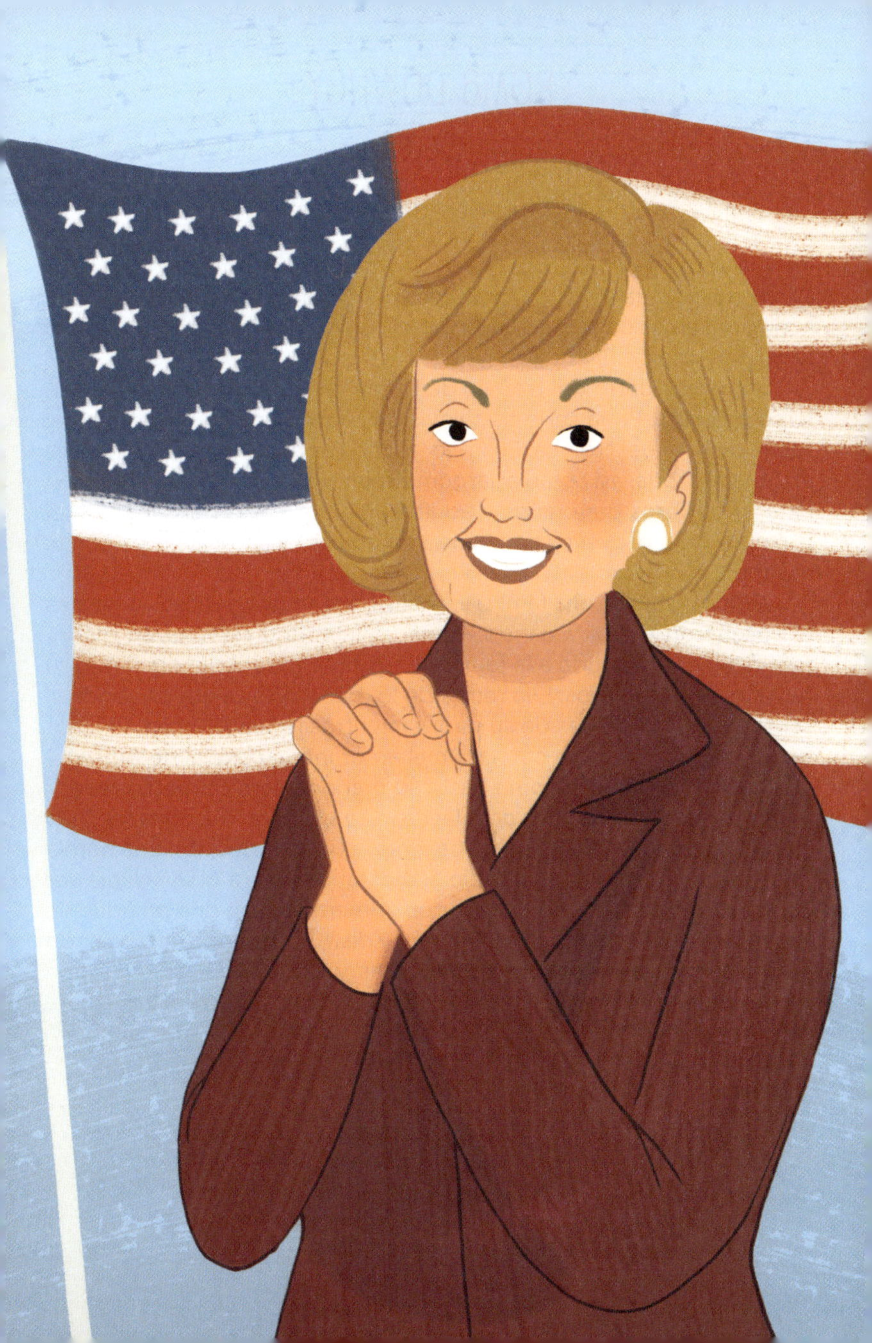

ROMA DOWNEY
(1960-)
Una vida centrada en la oración

Para la actriz y productora Roma Downey, la oración es importante. Ella ora por cada decisión, grande o pequeña. Cuando trabaja como actriz, ora antes de actuar. En su papel como productora, ora pidiendo la guía de Dios.

La mayor parte del trabajo de Roma en Hollywood se centra en su fe cristiana. En la serie de televisión *El toque de un ángel*, hizo el papel de la ángel Mónica. Produjo la popular miniserie *La Biblia* para el Canal Historia, así como el largometraje *Hijo de Dios*. Roma también ha escrito libros para niños y adultos. Siempre está pensando en el próximo gran proyecto con el que compartir el amor de Dios con el mundo.

Roma creció en una familia irlandesa que amaba a Dios. Sus padres le enseñaron a orar. Cuando Roma tenía solo diez años, su madre murió. Su padre ayudó a la familia a afrontar la tragedia poniendo su fe y confianza en Dios. Ella recuerda lo reconfortada que se sentía al sentarse en las rodillas de su padre mientras le leía la Biblia. El amor de su padre la ayudó a confiar en el amor incondicional de Dios.

La oración guio a Roma hasta su marido, Mark Burnett, creador de los exitosos programas de televisión *La Voz*, *Are You Smarter Than a 5th Grader?*, *Shark Tank* y otros. Podría decirse que son una pareja hecha en el cielo. Roma le pidió a Dios que eligiera quién debía ser su esposo y, cuando vio a Mark por primera vez, en una peluquería, Roma supo que era él. Se casaron y hoy disfrutan orando y trabajando juntos mientras crean nuevas películas y programas de televisión basados en la verdad del amor de Dios. ¿Qué es lo próximo que hará esta pareja cristiana? ¡Solo el tiempo lo dirá, pero seguro que será algo maravilloso!

Escucha, Dios mío, mi oración; presta oído a mis palabras.

SALMOS 54.2 DHH

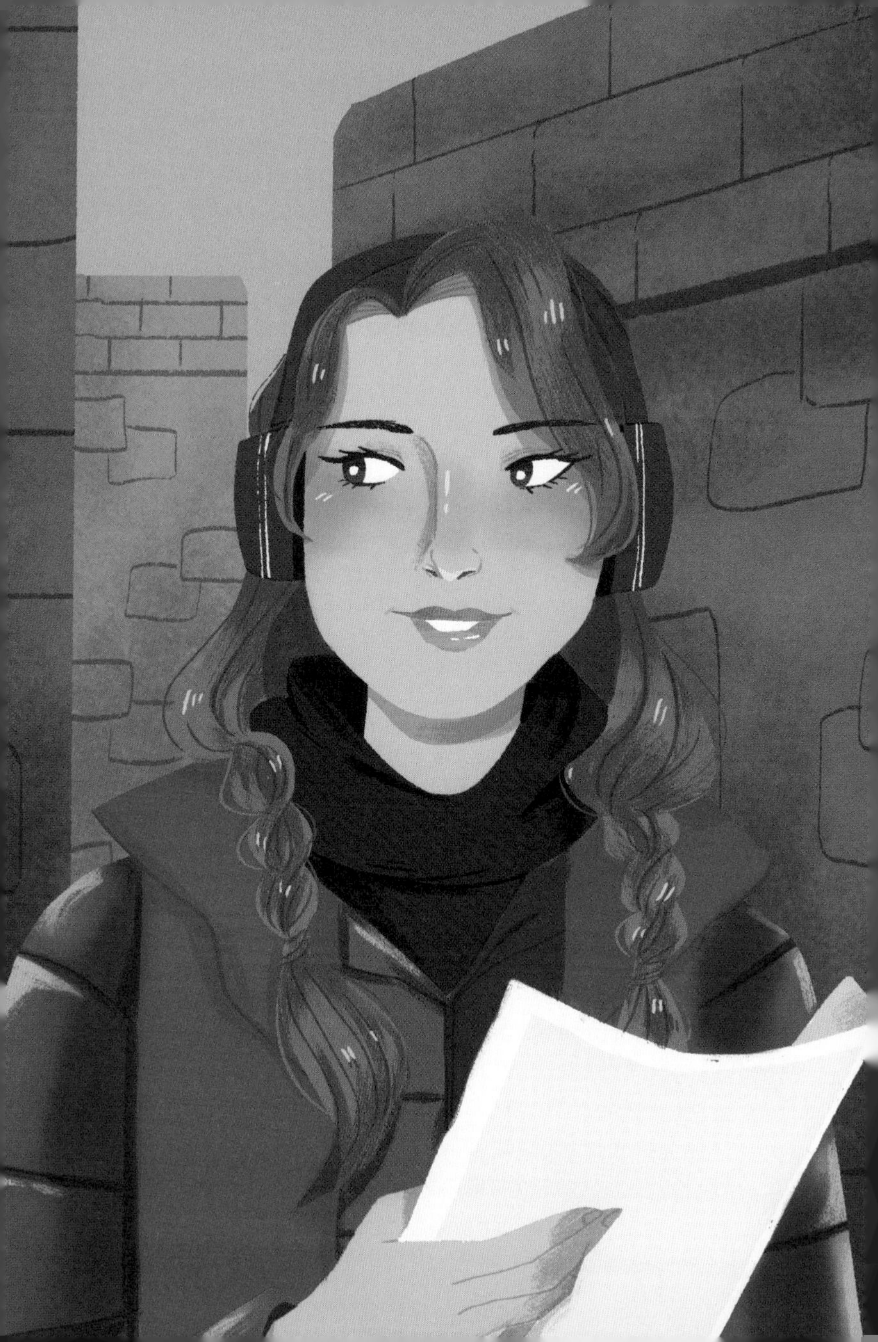

Faye Edgerton
(1889–1968)

¿Qué idioma habla Dios?

¿Alguna vez te has preguntado si Dios te entiende cuando oras? ¿Habla tu idioma? ¡Sí! Dios creó todos los idiomas que existen. Él entiende cuando oras en español, cuando tu amigo anglo ora en inglés o cuando tu amigo de Uganda ora en swahili. Dios es mucho más inteligente que los humanos, pero confía en que los seres humanos compartamos su Palabra, la Biblia, con los demás. Eso podría ser un problema si la Biblia no existe en el idioma de alguna persona.

Faye Edgerton, una misionera estadounidense, entendió la importancia de compartir la Biblia con los demás. Sirvió en Corea, aprendiendo el idioma y enseñando la Biblia al pueblo coreano. Era fácil enseñar a la gente porque la Biblia había sido traducida a su lengua. Luego le pidieron que regresara a Estados Unidos y sirviera en una reserva navajo en Arizona.

Faye no hablaba navajo, así que se sirvió de un intérprete, alguien que sabía tanto inglés como navajo, para hablar con la gente. Cuando intentaba enseñar de la Biblia, ¡a menudo la necesidad de traducción era un enredo! Faye necesitaba aprender su idioma para poder enseñarles la Biblia. Le pidió a su familia que orara con ella para que Dios la ayudara a aprender uno de los idiomas más difíciles del mundo.

Dios los escuchó. Y ayudó a Faye a aprender. Él tenía aún más que enconmendarle. Dios la llevó a dejar el trabajo misionero y hacerse traductora de la Biblia. Faye y dos de sus amigos trabajaron juntos para traducir el Nuevo Testamento, la historia de Jesús y sus seguidores, al navajo. Actualmente, el Nuevo Testamento no solo existe en navajo, sino también en más de mil quinientos idiomas más.

Tal vez te gustaría aprender otro idioma para poder contarles a los demás sobre Jesús. Si oras, Dios te guiará.

Hay muchos idiomas en el mundo. Todos ellos tienen un significado para los que entienden.

1 Corintios 14.10

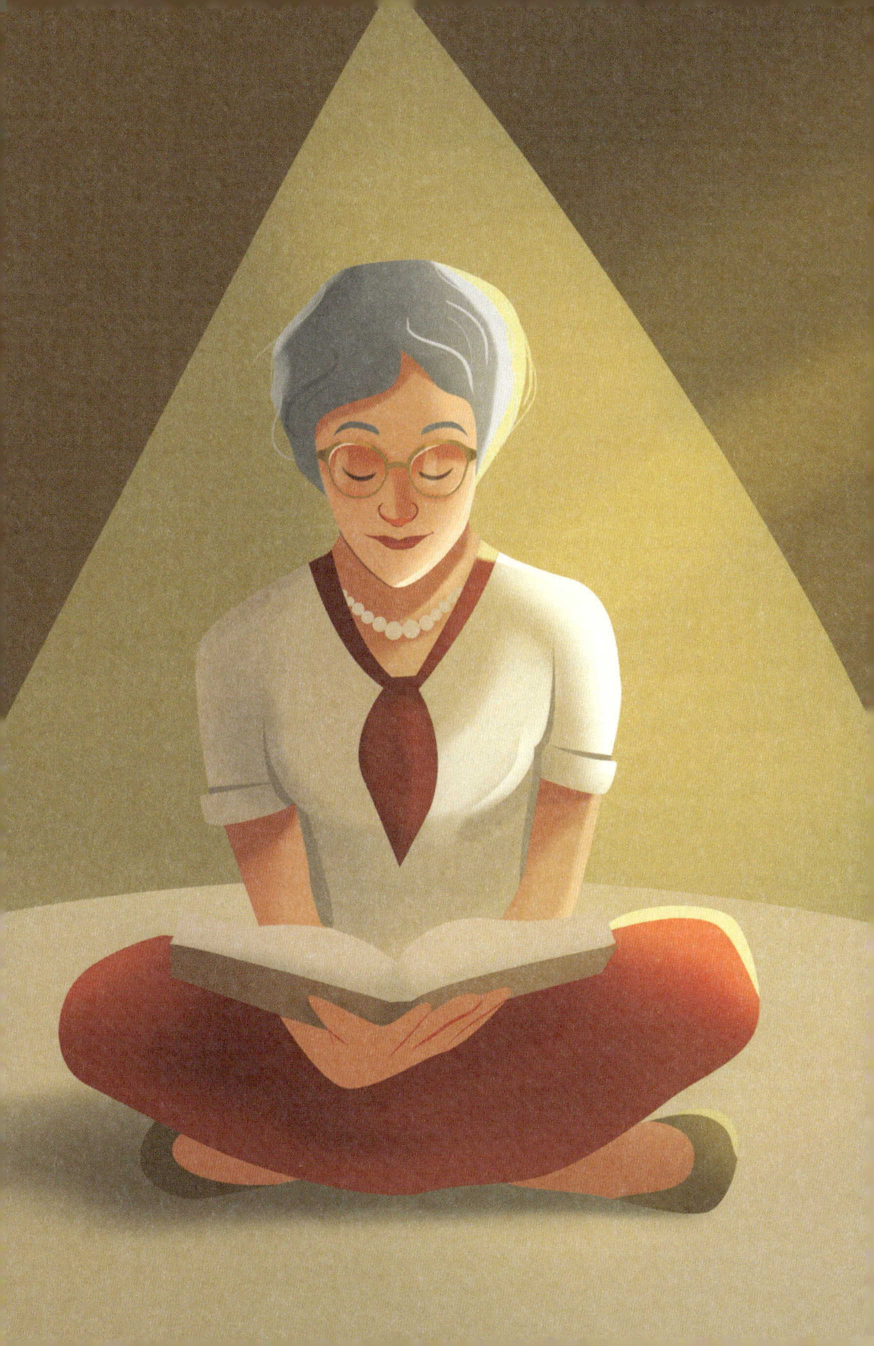

Ester
(Ester 2.1-9.32)

«Y si muero, que muera».

Ester, una huérfana judía, vivía con su primo Mardoqueo en el tiempo en que su rey buscaba una esposa. El rey quería a la más bella del reino, y eligió a Ester. Pero entonces la historia da un giro. Mardoqueo le dijo a Ester: «Mantén en secreto que eres judía». (La Biblia no cuenta por qué).

Ester llegó a ser reina. Un día, cuando Mardoqueo estaba cerca del palacio para vigilarla, oyó un complot para matar al rey. Mardoqueo se lo dijo a Ester, y ella a su marido. El rey estaba tan agradecido que escribió el nombre de Mardoqueo en su libro de memorias.

Uno de los hombres del rey, Amán, odiaba a los judíos. Cuando vio a Mardoqueo por allí, le ordenó que se inclinara. Los súbditos del rey debían inclinarse ante los hombres de la corte, pero Mardoqueo no quiso. Así que, para vengarse de Mardoqueo, Amán inventó mentiras sobre los judíos y convenció al rey para que mandara matar a todos los judíos.

Mardoqueo se enteró y se lo dijo a Ester. Pero a Ester le preocupaba que, si se lo decía al rey, podría morir como el resto de los judíos. Necesitaba decírselo a su esposo y salvar a su pueblo. ¿Pero qué pasaría entonces? Ester le dijo a Mardoqueo que hiciera que todos los judíos orasen por ella, y ella también lo haría. Ester confiaba en el poder de la oración y le entregó su problema a Dios. «Y si muero, que muera», dijo.

Cuando Ester le reveló al rey que era judía y le pidió que salvara a su pueblo, este aceptó. El rey se acordó de Mardoqueo, el judío que le había salvado la vida. ¡Y al final castigó a Amán por sus mentiras!

Lee el resto de la historia de Ester en la Biblia (Ester 1-10). Y, recuerda, cuando le pidas ayuda a Dios, no te preocupes. Puedes confiar en qué él resolverá tus problemas.

....

NO TENGAN CUIDADO. APRENDAN A ORAR POR TODO. AL PEDIR A DIOS LO QUE NECESITEN, DENLE TAMBIÉN LAS GRACIAS.

FILIPENSES 4.6

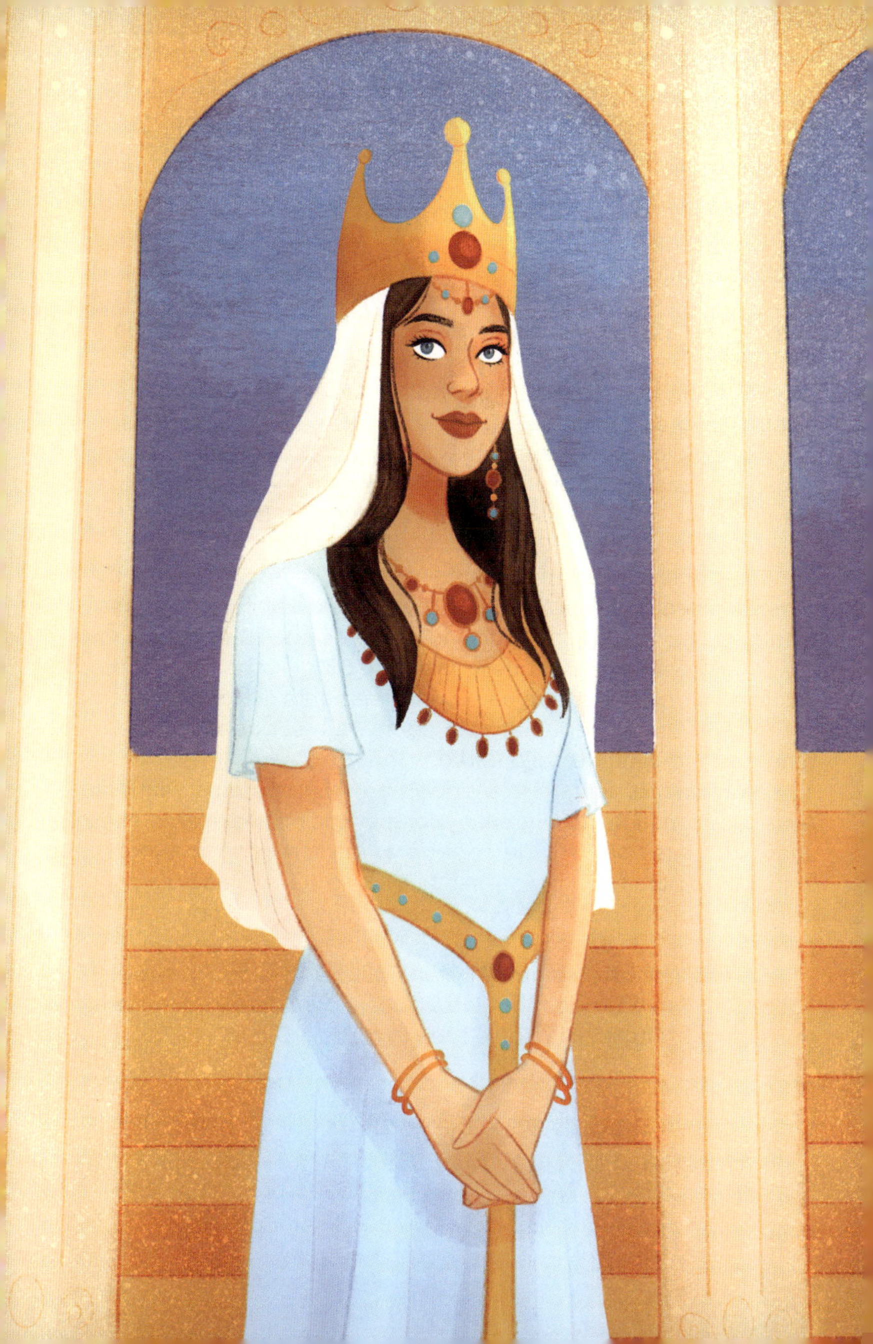

ALLYSON FELIX
(1985-)

Para glorificarlo

¡La atleta olímpica Allyson Felix es una ganadora! Ha ganado más medallas de oro olímpicas que ninguna otra atleta femenina. Trabaja duro, entrena duro y corre con fuerza. Y, cuando gana, le da todo el mérito a Dios. Ella sabe que su talento viene de él y, haga lo que haga, Allyson lo hace para honrarlo. De esa forma, Allyson cree que su propósito es dar gloria a Dios.

Allyson dice que la fe es lo más importante en su vida. Creció en un hogar cristiano, como hija de pastor, y entregó su vida a Jesús cuando era una niña. Sus padres le enseñaron a leer la Biblia, a memorizar las Escrituras y a orar.

La velocidad al correr es el talento de Allyson, su don de parte de Dios. Siempre se esfuerza por ser mejor, pero a veces no lo consigue y no gana. La vida es así. Todos nos equivocamos a veces. Cuando a Allyson le pasa eso, sabe que igualmente Dios la ama. Ella ora mucho y confía en que él le traerá paz cuando se sienta estresada. «Siempre tenemos nuestra propia idea de cómo va a ser nuestra vida, pero tenemos que seguir la voluntad del Señor», dice.

Mientras continúa entrenando para las próximas Olimpiadas, Allyson se concentra en entrenar y competir de manera más inteligente. Junto con sus objetivos de corredora, Allyson tiene una meta más importante para toda la vida: ser más como Jesús. Cada día ora para ser más como él, para que otros vean lo que es vivir con Jesús en el corazón.

Sea cual sea tu talento, Allyson Felix es tu modelo a seguir. Sé como ella. Ora en todo momento, trabaja duro para dar lo mejor de ti y, cuando tengas éxito, dale toda la gloria a Dios.

······

Eliminemos de nuestras vidas todo lo que nos impide hacer lo que debemos. Sigamos corriendo la carrera que Dios ha planeado para nosotros.

Hebreos 12.1

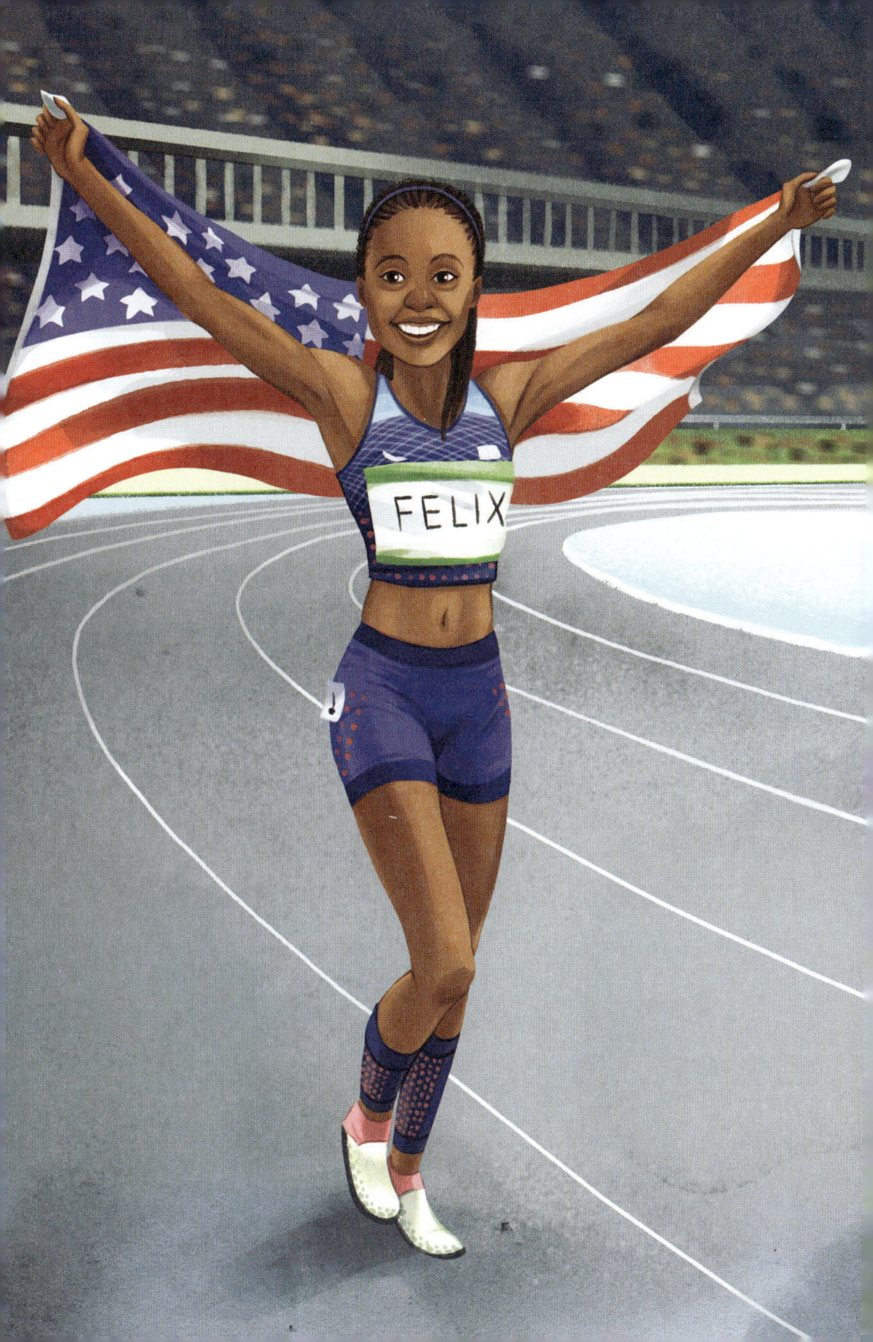
FELIX

Margaret Fell
(1614-1702)
Madre del cuaquerismo

Margaret Fell vivió en Inglaterra en una época en que los reyes mandaban en la iglesia. Había muchas leyes sobre cómo se podía adorar. A las mujeres no se les permitía servir en la iglesia ni hablar sobre el gobierno, la iglesia y la mayoría de los temas.

Cuando Margaret tenía dieciséis años, se casó con un juez rico, Thomas Fell. Vivían en una mansión, Swarthmoor Hall, y Margaret aceptó el papel de esposa y, con el tiempo, el de madre de nueve hijos. Pasaron veinte años y entonces ocurrió algo que cambió su vida.

Un predicador itinerante llamado George Fox visitó Swarthmoor Hall. Había formado un nuevo grupo de cristianos: los cuáqueros. Sus ideas diferían de las de la iglesia del rey. Ellos creían que las personas, tanto hombres como mujeres, podían hablar directamente con Dios. Cuando Margaret escuchó sus ideas, se dio cuenta de que las mujeres, al igual que los hombres, tenían derecho a hablar de sus creencias y también a servir en la iglesia. Abrió Swarthmoor Hall a otros que creían en las ideas cuáqueras, y se convirtió en su lugar de encuentro.

En su lectura de la Biblia, Margaret veía que muchas mujeres de su historia se habían atrevido a hablar, ¡así que ella también lo iba a hacer! Margaret fue puesta encarcelada por hablar y no seguir las reglas impuestas por la iglesia del rey. Pero eso no la detuvo. Escribió sobre la igualdad de las mujeres en la iglesia, y sus ideas fueron publicadas.

Después de la muerte de Thomas, su esposo, Margaret se casó con George Fox. Margaret llegó a ser conocida como la Madre del Cuaquerismo, ya que juntos predicaban sus ideas cuáqueras.

Su historia nos enseña que los hombres y las mujeres son iguales. Dios nos creó a todos. Nos muestra que todo el mundo puede hablar directamente con Dios en oración. Si Margaret estuviera aquí, podría decir: «Guarda silencio y escucha su voz».

¿Escuchas cuando oras?

....

DIOS HABLABA CON MOISÉS CARA A CARA, COMO QUIEN HABLA CON UN AMIGO.

Éxodo 33.11 DHH

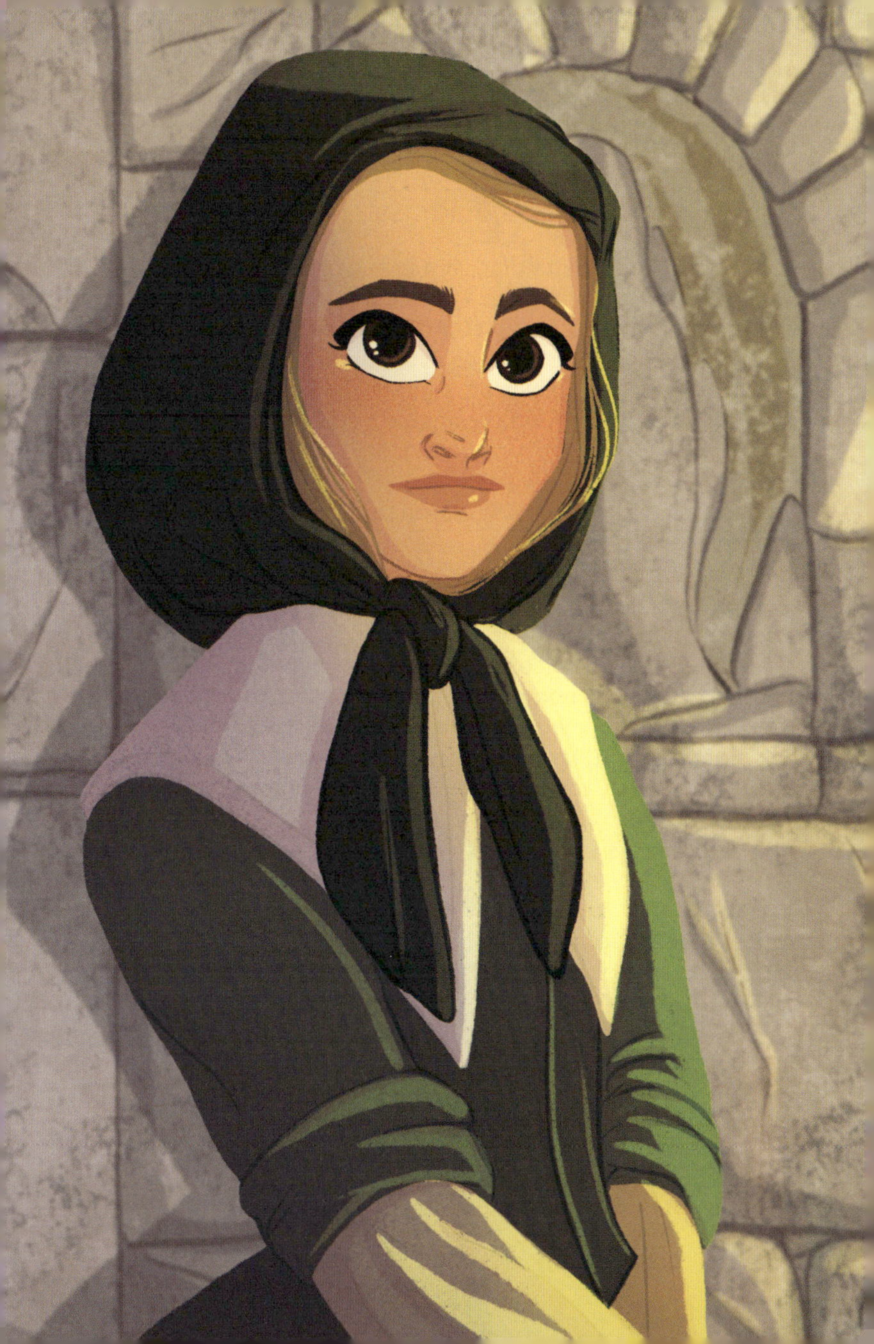

KIM FIELDS
(1969-)
¡Famosa!

A los famosos les resulta difícil ir a la mayoría de los lugares porque son muy fáciles de reconocer. Así es con Kim Fields. Se hizo popular de niña cuando protagonizó el programa de televisión *The Facts of Life*. Más recientemente, Kim ha estado en *Dancing with the Stars* y otros programas de televisión. Cuando quiso visitar el Capitolio, a Kim y a un pequeño grupo de amigos se les ofreció un *tour* privado fuera de horario. Cuando Kim vio todas las cosas increíbles que había dentro, dijo: «¿Cómo no inspirarse para hacer grandes cosas aquí?». Entonces, ella y sus amigos se dieron la mano y oraron por los líderes del gobierno.

La fe es importante para Kim. Su relación con Dios comenzó a los catorce años y la acompañó a través de los altibajos de la carrera de actriz. En un trabajo donde puede ser fácil quedar atrapado en el dinero y la fama, Kim dice que su fe la mantiene firme.

Como cualquier persona, tiene momentos en los que se siente triste, frustrada o simplemente abrumada por la vida. Kim ha aprendido a ser sincera con Dios sobre sus sentimientos. Encuentra tiempo para hacer un alto, tomarse un minuto para orar, estar en silencio y encontrar la paz.

A los cuarenta y siete años, Kim comenzó a pensar en su pasado y en todas las formas en que Dios la había bendecido. Aunque es muy reservada en cuanto a su vida personal, decidió escribir un libro sobre su fe y las lecciones que había aprendido sobre la vida. *Blessed Life: My Surprising Journey of Joy, Tears, and Tales from Harlem to Hollywood* se publicó en 2017.

Piensa en tu vida y en todas las formas en que Dios te ha bendecido. A continuación, tómate un minuto para agradecerle todo lo que ha hecho.

....

Gracias a Dios por su regalo que no puede expresarse con palabras.

2 Corintios 9.15

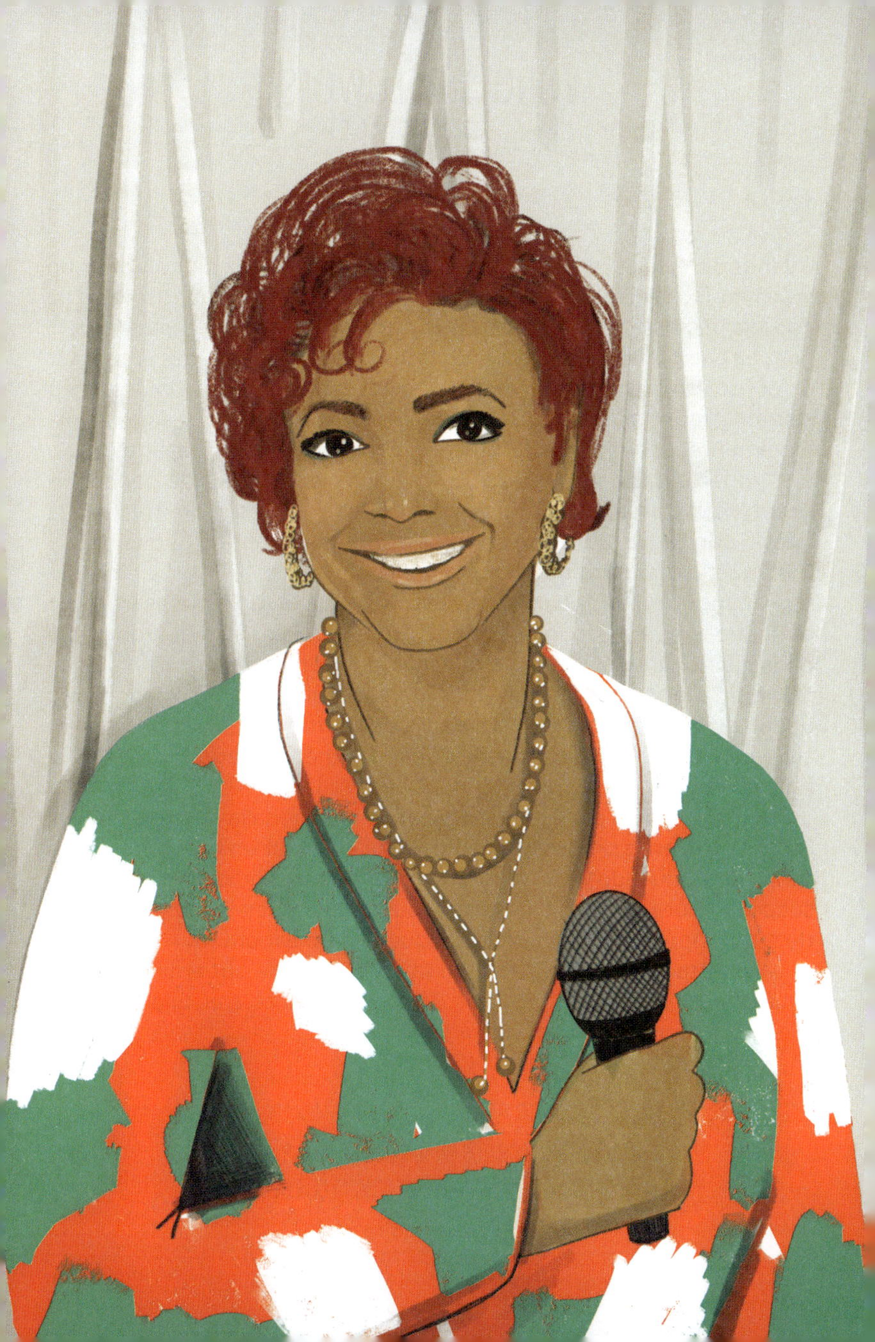

Vonetta Flowers
(1973-)

La chica del trineo

Cuando tenía nueve años, Vonetta Flowers soñaba con competir en las Olimpiadas en atletismo. Empezó con el equipo de atletismo de su escuela de primaria. Durante toda la primaria y luego en la universidad, ganaba casi todas las carreras. Vonetta intentó varias veces conseguir un puesto en el equipo olímpico de atletismo de Estados Unidos, pero siempre se interponía algo en el camino, normalmente una lesión. Finalmente, decidió que Dios estaba tratando de decirle algo.

Vonetta había entregado su vida a Jesús después de conocer a su futuro esposo, Johnny Flowers, que era cristiano. Vonetta iba a la iglesia con Johnny, y su fe se fortalecía. Oraba mucho, pidiéndole a Dios que le mostrara qué hacer.

Cuando Johnny vio un panfleto que animaba a los atletas a probar para el equipo estadounidense de *bobsled*, algo dentro de Vonetta le dijo que debería intentarlo. Era obvio que tenía talento. ¡Entró en el equipo! Su labor consistía en dar el impulso inicial al trineo al principio de la carrera. Vonetta era rápida y podía proporcionarle una buena salida. Después del impulso, se subía al trineo y luego lo frenaba al final de la carrera.

¡En su primera carrera, Vonetta ganó una medalla de oro olímpica! Se convirtió en la primera afroamericana en ganar un oro en deportes de invierno. Cuando ganó su medalla, Vonetta entendió que todo había sucedido por una razón: Dios la había guiado hacia el cumplimiento de su sueño, pero de una manera que ella no esperaba.

Vonetta confía en Dios y en la oración para superar todas las situaciones, y cuando lo logra le da todo el mérito a él. Ella cree que fue la oración lo que la ayudó a ganar el oro.

¿Por qué estás orando hoy?

· ·

> Mis ojos están puestos en ti. Yo te daré instrucciones,
> te daré consejos, te enseñaré el camino que debes seguir.
>
> Salmos 32.8 dhh

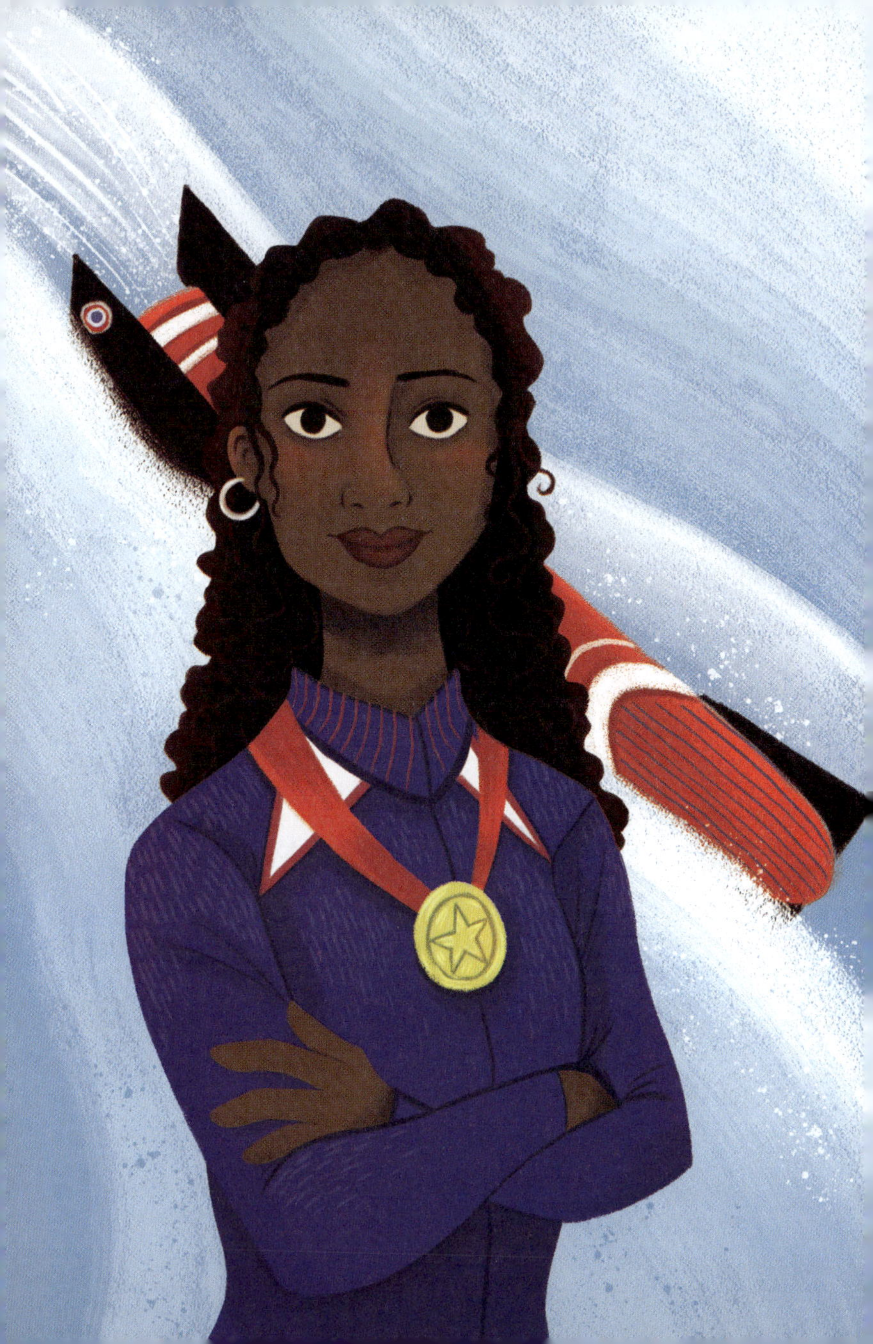

ELIZABETH FRY
(1780-1845)
Un ángel para los pobres

Elizabeth Fry, una joven que creció en Inglaterra, no sabía lo que era ser pobre. Su padre era banquero y les daba a sus hijos más de lo que necesitaban.

En su abundancia, la adolescente Elizabeth se preocupaba por aquellos que tenían muy poco. Incluso empezó a preguntarse si existía Dios. Se preguntaba: *¿Por qué iba Dios a permitir que la gente tuviera tanta escasez?* ¡Dios escuchaba sus pensamientos! Y arraigó una idea en su corazón: ¡en lugar de cuestionar la existencia de Dios, Elizabeth decidió que debía hacer algo para ayudar! Empezó recogiendo ropa para los pobres y ayudando a los niños que trabajaban en las fábricas. Elizabeth comenzó una escuela dominical para ellos y les enseñó a leer, pero sentía que no estaba haciendo lo suficiente.

De adulta, visitaba a los pobres en sus casas. ¡Vivían miserablemente! Hacía lo que podía para ayudar, pero Elizabeth seguía sintiendo que no era suficiente. Necesitaba un propósito, un objetivo concreto.

Y, cuando visitó una prisión de mujeres y vio aquel lugar tan sucio y terrible, supo que había encontrado su propósito. Se convirtió en un ángel para las mujeres de allí. Oraba por ellas y con ellas, y les enseñaba a convivir y a tratarse bien. Cuando las mujeres quisieron poner una escuela en la cárcel, Elizabeth ayudó a hacerlo realidad.

Su ayuda a las presas la llevó a vivir mejorando la vida de los pobres. Adquirió renombre y pudo obtener ayuda de la reina y otros dirigentes. Su misión creció en toda Europa. La vida en las prisiones mejoró. Muchos se beneficiaron de la amabilidad de Elizabeth. Ella nunca se rendía. Oraba con fuerza y se enfrentaba a los que estaban en su contra, y perseveraba hasta que conseguía hacer las cosas.

¿Cómo puedes imitar a Elizabeth y ayudar a los demás? Pídele a Dios que te lo muestre.

....

EL ESPÍRITU DEL SEÑOR ESTÁ SOBRE MÍ, PORQUE EL SEÑOR ME HA CONSAGRADO; ME HA ENVIADO A DAR BUENAS NOTICIAS A LOS POBRES, A ALIVIAR A LOS AFLIGIDOS.

ISAÍAS 61.1 DHH

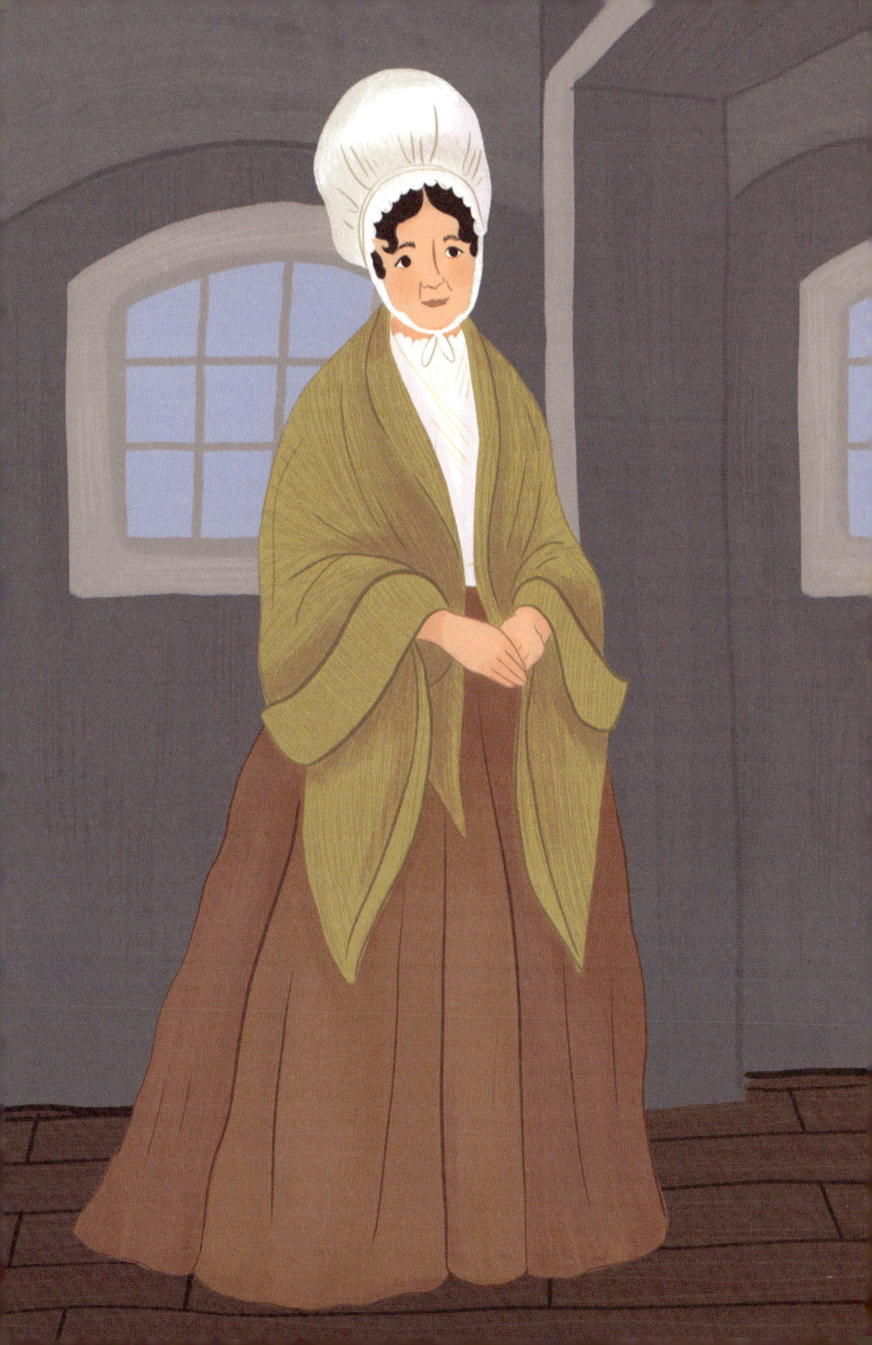

Kathie Lee Gifford
(1953–)
Compartir las Buenas Noticias

¿Te resulta fácil compartir tu fe cristiana con amigos no creyentes? A algunos cristianos les cuesta hablar de Jesús, ¡pero ese no es el caso de Kathie Lee Gifford! Ella le habla de Jesús a todo el que la escuche. No le preocupa si creen en él o no. Kathie sabe que tiene la responsabilidad de compartir la buena nueva de que Jesús es el único camino para llegar al cielo. Kathie es feliz cada vez que alguien entrega su vida a Jesús como Salvador y Señor.

Como cantante y personaje televisivo famoso, Kathie conoce y habla con mucha gente. Siempre que puede, introduce su fe cristiana en sus conversaciones. Le gusta recordarles a los demás el poder de la oración. La Biblia dice que debemos orar sin cesar. Kathie Lee lo explica así: «Haz de tu vida una oración». Si piensas en Dios todo el tiempo y oras todo el día, eso ayuda a que tu fe crezca. Dios se convierte en parte de todo lo que haces y confías en él no solo para que te ayude con las cosas grandes, sino también con las pequeñas.

La fe de Kathie la ha guiado por su vida. Le entregó su vida a Jesús cuando tenía doce años y lo considera su mejor amigo. Su confianza en él la ha ayudado a saber cuándo alguien está siendo auténtico o falso, y eso la ha mantenido encarrilada en su vida como cristiana. Algo que la gente nota en Kathie es que no tiene miedo de hablar de su fe. En su papel como presentadora de un programa de entrevistas en la televisión, a menudo habla de la fe y la oración y la escuchan millones de espectadores.

Sé valiente como Kathie Lee. A partir de hoy, comparte tu fe con los demás.

....

No me avergüenzo de las buenas nuevas porque son el poder de Dios; es la manera en que él salva a los hombres del castigo de sus pecados si confían en él.

Romanos 1.16

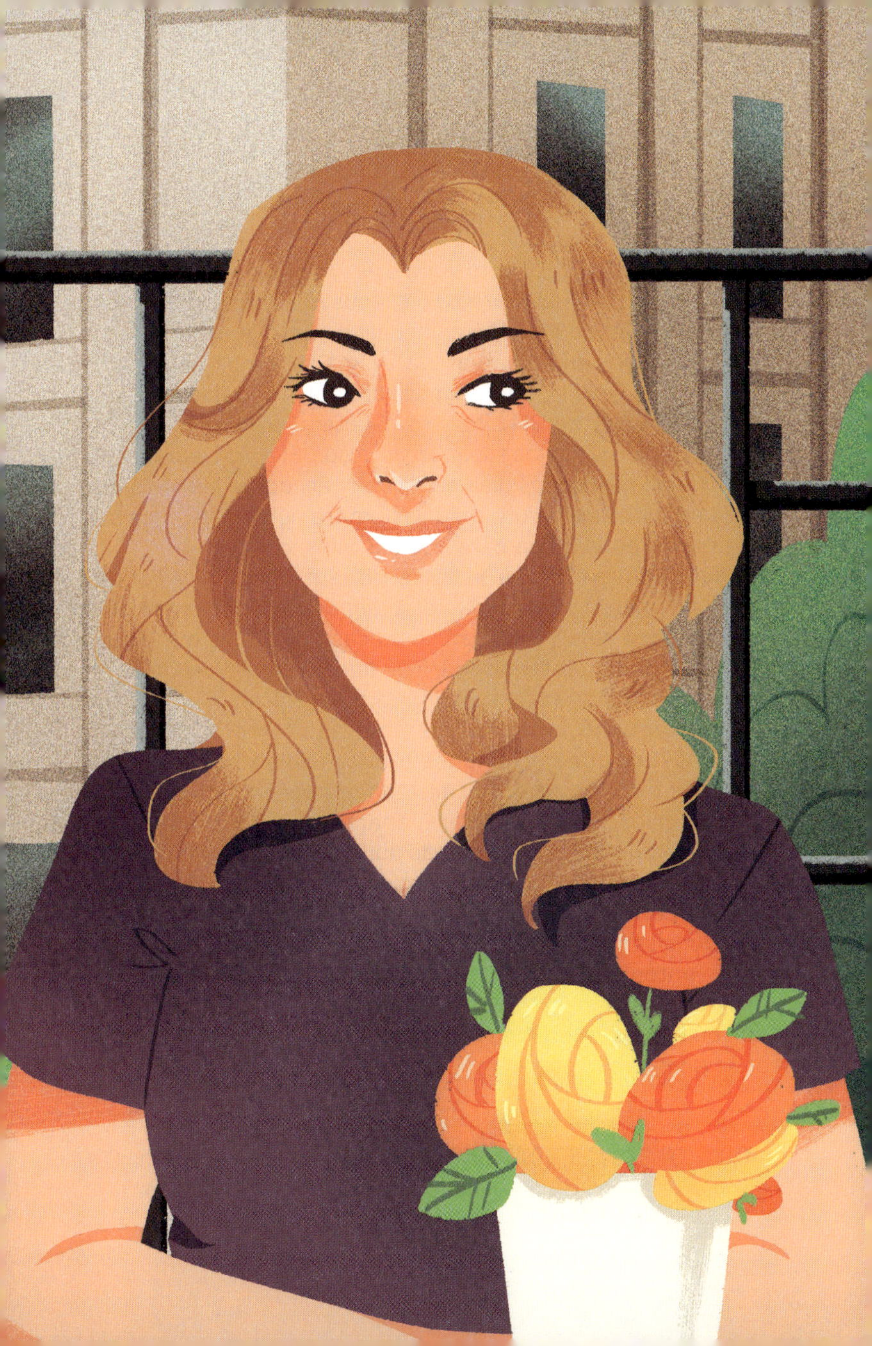

Morrow Graham
(1892-1981)
La madre de Billy

En un hogar cristiano, es importante orar, y también leer la Biblia. Las mamás y los papás se aseguran de que sus hijos crezcan conociendo a Dios y entendiendo lo que significa vivir como le agrada.

Tal vez hayas oído hablar de Billy Graham. Fue un famoso predicador que llevó a mucha gente al Señor, y creció en un hogar cristiano. La madre de Billy, Morrow Graham, era una mamá que se aseguraba de que sus hijos supieran de Jesús. Ella y su esposo reunían a toda la familia todos los días para orar y escuchar las historias que leían de la Biblia. Se aseguró de que siempre hubiera en casa buenos libros basados en la Biblia para que sus hijos los leyeran.

Morrow Graham oraba siempre por sus hijos. Billy contó que, cuando estaba en la universidad estudiando para ser predicador, su mamá y su papá se arrodillaban en su casa todas las mañanas a las diez y oraban por él. Estaba seguro de que las oraciones de su madre eran una de las razones de su éxito como predicador.

Eso fue mucho antes de las computadoras y los teléfonos inteligentes. Las comunicaciones a distancia se hacían por carta. Morrow Graham le escribía a su hijo con frecuencia cuando estaba en la escuela bíblica. El día que Billy Graham se fue a estudiar, le pidió a Dios que la ayudara a escribir cartas que lo animaran y ayudaran. Una de las cartas de Billy a su madre decía que apreciaba especialmente las alegres cartas que ella le escribía. ¡Dios había respondido a la oración de la señora Graham!

Orar juntos y el uno por el otro era importante para Morrow Graham. ¿Lo es para ti? Si aún no tienen un tiempo en común de oración en familia, puedes sugerir que todos se reúnan para escuchar historias de la Biblia y orar.

«Porque donde dos o tres están reunidos en mi nombre, allí estoy yo con ellos».

Mateo 18.20

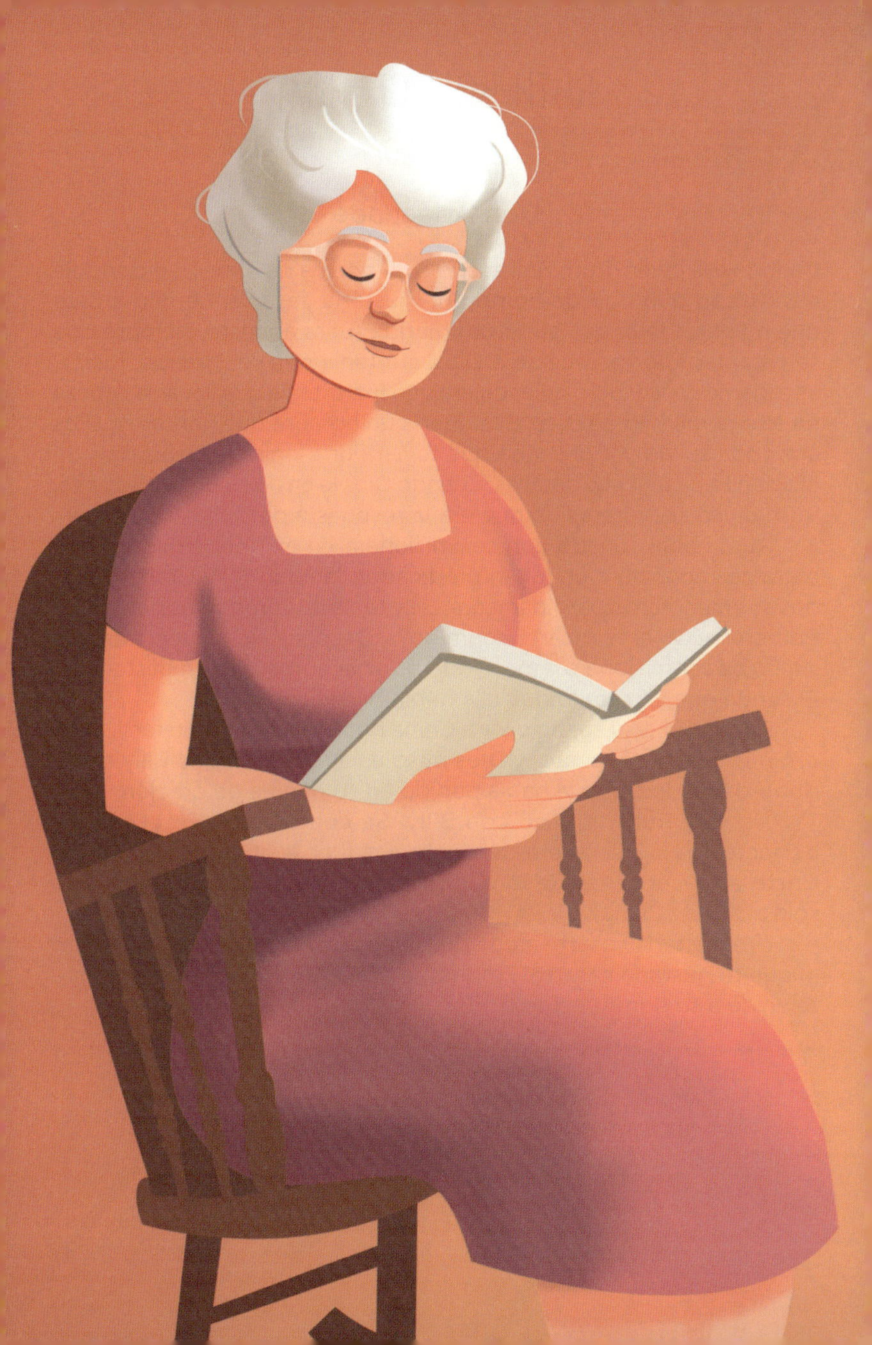

RUTH BELL GRAHAM
(1920–2007)
Don Adecuado

Cuando era joven, Ruth Bell escribió un poema de oración diciéndole a Dios con qué tipo de hombre le gustaría casarse. Le dijo a Dios que no hacía falta que su futuro marido fuera apuesto, siempre que se esforzara por parecerse a Dios. No tenía que ser grande, fuerte, inteligente ni rico, pero quienquiera que fuera, tenía que llevar la cabeza en alto como hijo de Dios. Ella quería un hombre que honrara a Dios con toda su vida. Y deseaba que tuviera una «mirada tranquila». Su oración tenía muchos detalles. Cuando Dios le envió su don Adecuado, Ruth quiso asegurarse de que era la respuesta de Dios a su oración.

Ruth había soñado con ser misionera en el Tíbet (China). Pero entonces conoció a un joven predicador llamado Billy Graham. Los dos se enamoraron perdidamente. Billy tenía dos preguntas para Ruth. Primero: «¿Quieres casarte conmigo?». Después: «¿Renunciarás a tu sueño de ser misionera y me ayudarás a hacer crecer mi ministerio?». Él sentía que eso era lo que ella debía hacer.

Renunciar a su sueño de ir a China no fue una decisión fácil. Ruth oró mucho por el asunto, y Dios puso en su corazón que Billy era el don Adecuado que ella había pedido en su poema de oración.

Así que Ruth se casó con Billy. Se convirtieron en el equipo perfecto. En lo que él era débil, ella era fuerte. Juntos hablaron de Cristo a muchos más de lo que Ruth hubiera hecho si hubiera ido sola al Tíbet (China).

¿Te gustaría casarte algún día? Piensa en el tipo de hombre con el que te gustaría casarte. Empieza a orar ahora y pídele a Dios que te envíe a su don Adecuado.

....

> LUEGO, DIOS EL SEÑOR DIJO: «NO ES BUENO QUE EL HOMBRE ESTÉ SOLO. LE VOY A HACER ALGUIEN QUE SEA UNA AYUDA ADECUADA PARA ÉL».
>
> GÉNESIS 2.18 DHH

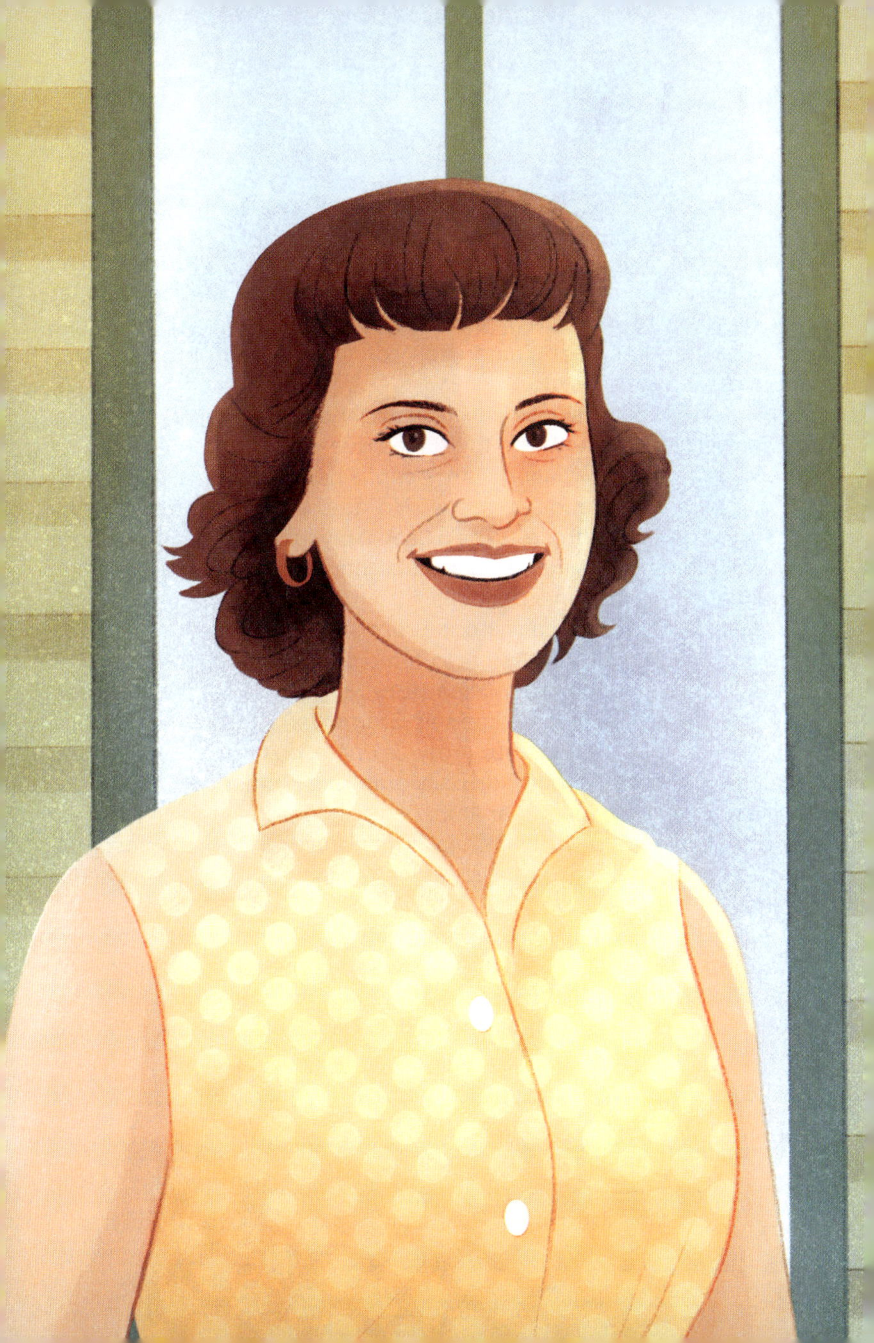

Amy Grant

(1960-)

Cantante y compositora

¿Alguna vez has cantado canciones de alabanza y adoración y te has fijado en las palabras? Si lo piensas, puede parecer que las canciones son en realidad oraciones, cosas que le dirías a Dios en una conversación de corazón a corazón con él. Si le preguntaras a Amy Grant, estaría de acuerdo.

Amy empezó a escribir canciones cuando tenía quince años. Sus amigos se dieron cuenta de lo buenas que eran sus canciones y de lo bien que cantaba. Cuando Amy cantó para un grupo de jóvenes de su iglesia, uno de los chicos le dijo que, si permitía que Dios se encargara de su talento, él la iba a usar. Amy les pidió que oraran por ella. Les pidió que oraran en particular para no ser un obstáculo en los planes que Dios tenía para ella.

Cuando empezó a cantar con propósito, a compartir el amor de Dios con los demás, Amy se hizo famosa por introducir canciones cristianas en el estilo de música pop. Sus canciones han ganado numerosos premios, entre ellos seis Grammys.

Hoy, además de cantante, Amy es una esposa y madre que ora. No tiene una hora y lugar fijos para orar. ¡Simplemente ora! Ora por un corazón limpio y un hogar lleno de amor, y por su relación con su marido y por cada uno de sus hijos. Cuando ve algo maravilloso que Dios ha hecho, le da las gracias. Además, ella considera que su canto es una forma de oración.

Amy dice que lo más importante que ha aprendido sobre la oración es cuán profundo es el amor de Dios por nosotros. A veces ha cometido errores en su vida, pero sabe que Dios siempre la perdona. Cuando pide perdón, nada la separa del Señor. Dios siempre está listo para sanar su culpa y perdonar.

....

El Señor dice: «Vengan, vamos a discutir este asunto. Aunque sus pecados sean como el rojo más vivo, yo los dejaré blancos como la nieve; aunque sean como tela teñida de púrpura, yo los dejaré blancos como la lana».

Isaías 1.18 DHH

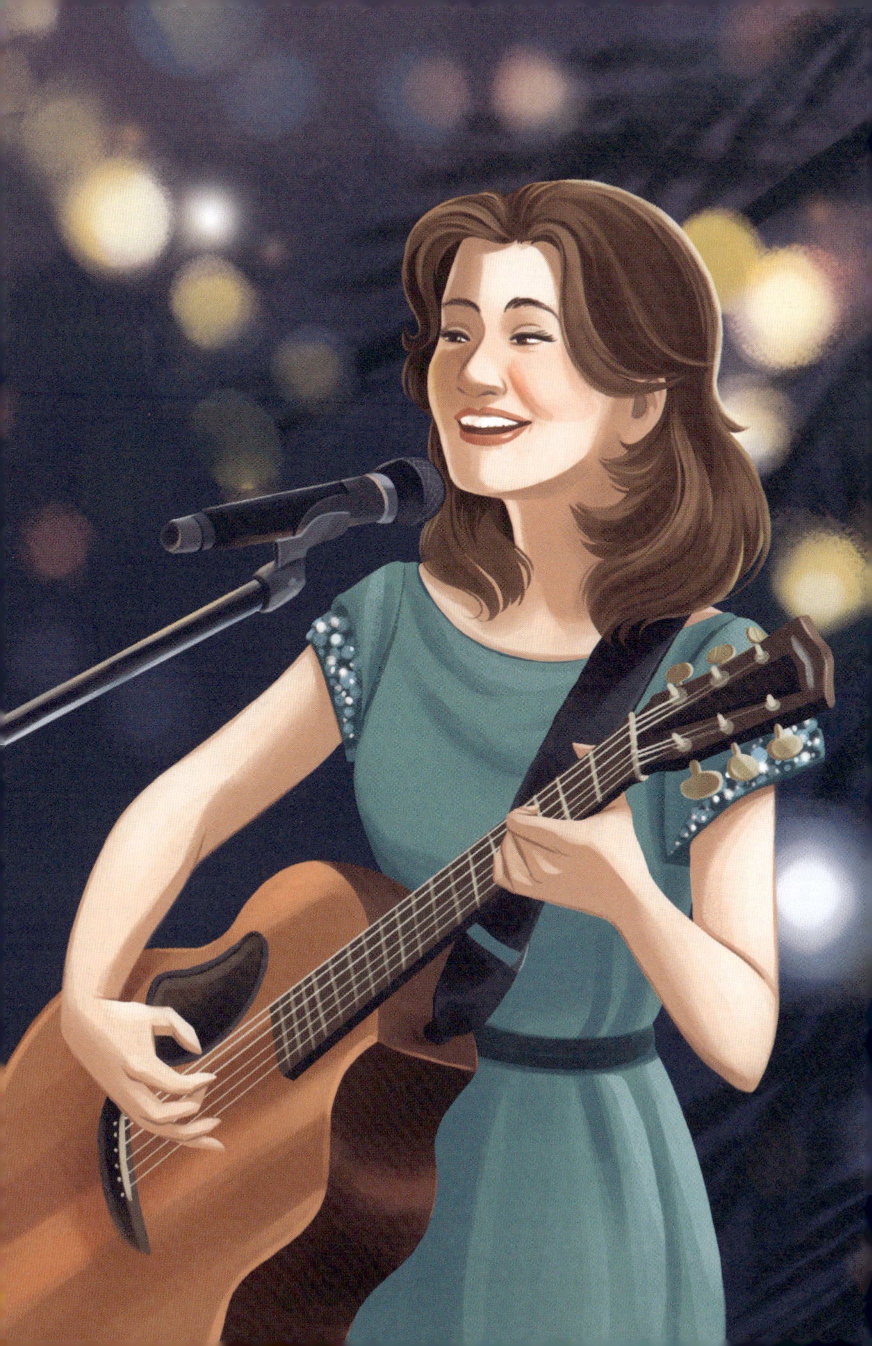

Fannie Lou Hamer
(1917-77)
Líder de los derechos civiles

Estoy harta de estar harta. Eso es lo que se lee en la lápida de Fannie Lou Hamer. ¿Por qué estaba tan harta? Porque se había enfrentado a muchos obstáculos en su vida.

Creció en el Sur unas décadas después del fin de la esclavitud. Su familia era muy pobre, tenía apenas lo justo para vivir. A Fannie empezaron a importarle los problemas de los afroamericanos. Los veía luchando por sus derechos, y cuando fue mayor se unió a ellos.

Donde Fannie se sentía más bienvenida era en la iglesia. Después de escuchar un sermón, sintió que Dios guiaba a los estadounidenses negros a defender sus derechos, sobre todo el derecho al voto.

Fannie fue junto con otros en un viejo autobús al juzgado donde se realizaba el registro de votantes. Dentro los sometieron a un test. Fannie pensaba que habían escrito las preguntas para hacer que los afroamericanos no superaran la prueba. De camino a casa, un policía detuvo el autobús. Arrestó al conductor por conducir un autobús demasiado amarillo, ¡demasiado parecido a un autobús escolar! Fue entonces cuando Fannie se levantó y cantó, animando a todos a orar:

Ahora vamos a tener una pequeña charla con Jesús,
Contémosle todos nuestros problemas...
Cuando sientas una pequeña rueda de oración girando...
Encontrarás que una pequeña charla con Jesús lo arregla todo.

Fannie pasó el resto de su vida liderando la lucha por la igualdad de derechos. El canto a Dios y la oración la ayudaron a superar todos los obstáculos. En 1964, hablando a un comité demócrata sobre los problemas que enfrentaba su gente, dijo: «¡Estoy harta de estar harta!».

Hoy, Fannie es recordada como una líder esforzada del movimiento de derechos civiles, una mujer sin miedo a decir lo que pensaba, y una mujer que oraba.

¿Qué has aprendido de su historia?

....

«Vengan a mí todos ustedes que están cansados y agobiados, y yo les daré descanso».

Mateo 11.28 NVI

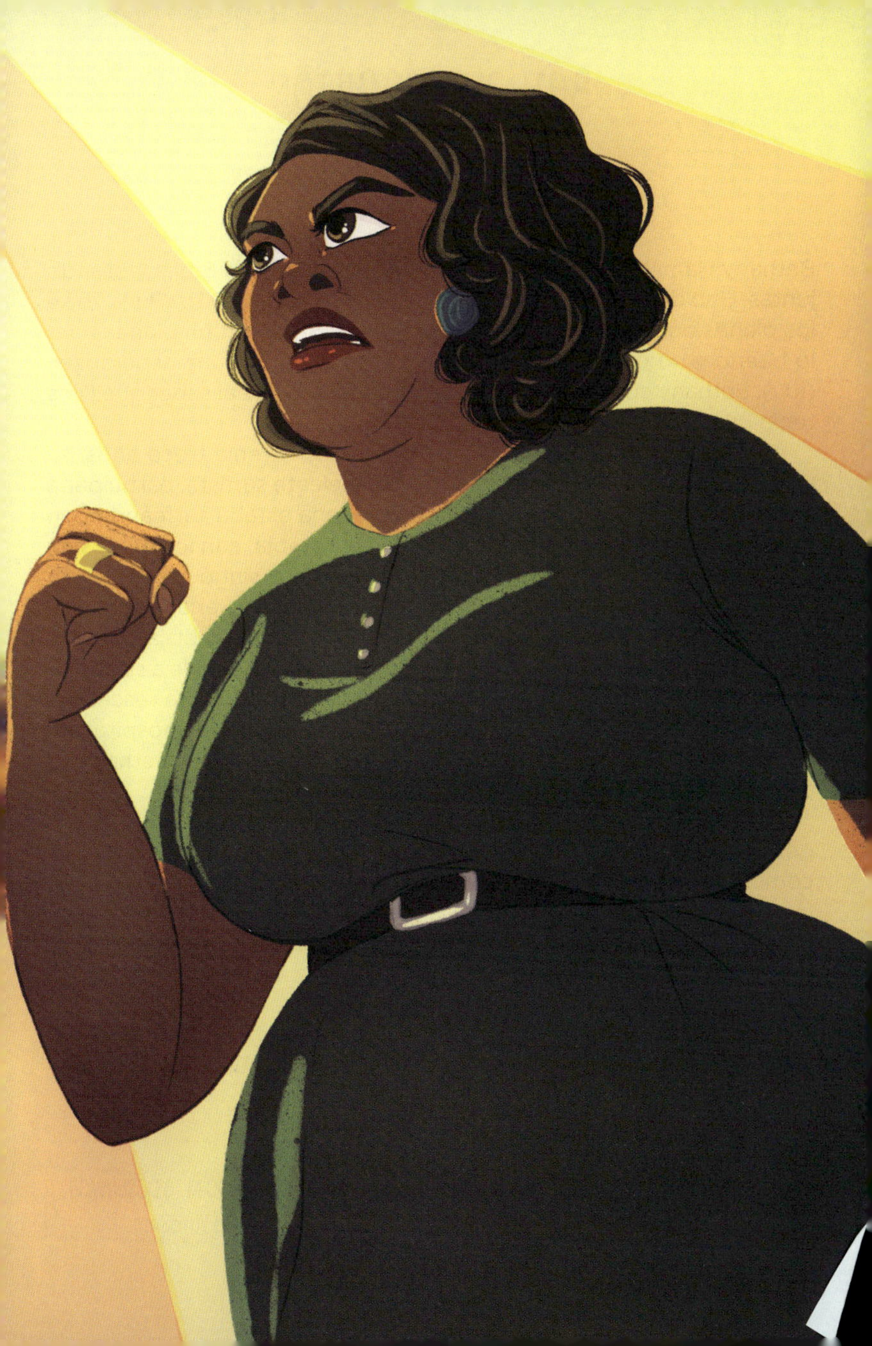

BETHANY HAMILTON
(1990-)

La surfista

Bethany Hamilton y su madre disfrutaban leyendo la Biblia y orando juntas. Uno de sus versículos favoritos era Jeremías 29.11: «Pues yo sé los planes que tengo para ustedes —dice el Señor—. Son planes para lo bueno y no para lo malo, para darles un futuro y una esperanza» (NTV). Bethany confiaba en esas palabras. Sentía paz al saber que Dios tenía un plan para ella.

El 31 de octubre de 2003, cuando Bethany tenía trece años, su vida cambió para siempre. Ella era una excelente surfista, participaba a menudo en campeonatos. Pero esa mañana estaba surfeando con su padre por diversión. Estaba tendida en su tabla, con los brazos en el agua, esperando una ola. Entonces, de repente, sintió presión en su brazo izquierdo. Un fuerte tirón le sacudió el brazo varias veces y el agua a su alrededor se tiñó de rojo. Bethany vio que le había arrancado el brazo izquierdo por el hombro. Se las arregló para decirle a su padre: «¡Me ha atacado un tiburón!». Luego le pidió a Dios que la rescatara.

La ayuda llegó rápido. En la ambulancia, camino del hospital, un paramédico le dijo: «Dios no te dejará ni te abandonará». Bethany se aferró a esas palabras. Sabía que Dios la había rescatado.

La pérdida de su brazo no apartó a Bethany del surf. Un mes después del ataque, estaba de nuevo en su tabla y ganando más competencias. Se convirtió en una surfista profesional.

En la actualidad, Bethany está casada con un pastor y es madre. Continúa surfeando e inspira a otros dando charlas sobre el surf, el ataque de tiburones y Dios. Ella cree que está viviendo el plan de Dios para su vida.

La próxima vez que te enfrentes a un problema, piensa en Bethany Hamilton y recuerda que Dios está contigo. Haz lo que hizo ella: pídele ayuda a Dios.

«YO SOY QUIEN TE MANDA QUE TENGAS VALOR Y FIRMEZA. NO TENGAS MIEDO NI TE DESANIMES PORQUE YO, TU SEÑOR Y DIOS, ESTARÉ CONTIGO DONDEQUIERA QUE VAYAS».

Josué 1.9 DHH

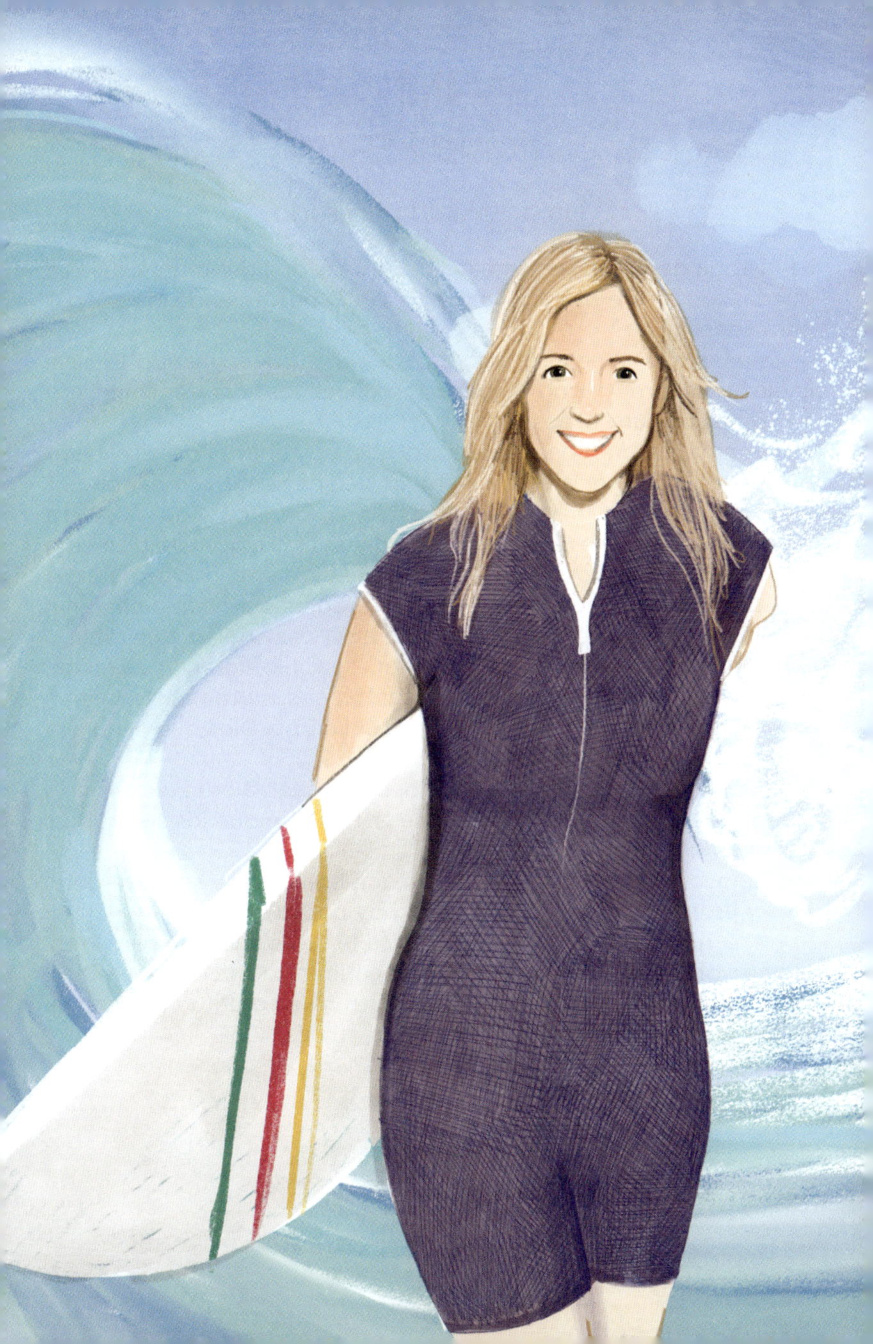

Ana
(1 Samuel 1; 2.1-21)
Un acto desinteresado

La historia de Ana nos habla de actuar de forma desinteresada. Ella quería algo. *De verdad* que lo quería. ¿Pero hasta dónde iba a llegar para conseguirlo?

Ana quería un bebé, un hijo. La otra esposa de su marido, Peniná, le dio hijos. Pero Ana, no. (En aquel entonces, los hombres a menudo tenían más de una esposa).

Peniná se burlaba de Ana porque no tenía hijos. Ese trato despectivo entristecía a Ana. Pero, en vez de sentir compasión por sí misma, hizo algo mejor. Fue al templo y oró a Dios. Ana le contó a Dios cuánto deseaba tener un hijo. Entonces hizo algo increíblemente desinteresado. Le prometió a Dios que, si le daba un hijo, lo compartiría con él. Ana prometió dejar que los sacerdotes del templo criaran a su hijo para que creciera aprendiendo a servir a su Padre celestial.

Mientras Ana estaba de rodillas en el templo, llorando y orando, el sumo sacerdote Elí la vio. Le preguntó por sus problemas. Luego, se unió a ella en la oración. Ambos le pidieron a Dios que bendijera a Ana con un hijo.

¡Unos meses después, nació el bebé Samuel! Dios le dio a Ana lo que quería. Y ella cumplió su promesa. Permitió que los sacerdotes del templo criaran a su pequeño.

Samuel creció hasta ser un gran hombre. Llegó a ser sacerdote, juez y profeta, y es recordado hasta hoy por su sabiduría.

Ana no estaba segura de que Dios le fuera a dar un hijo. Pero, cuando oró, estaba dispuesta a entregarle todo su corazón a Dios. Le prometió que, si la bendecía, le mostraría su gratitud cediéndole el control de su posesión más preciada, su hijo.

¿Podrías ser igual de desinteresada?

··

«¡Si tan solo prepararas tu corazón
y levantaras tus manos a él en oración!».

Job 11.13 NTV

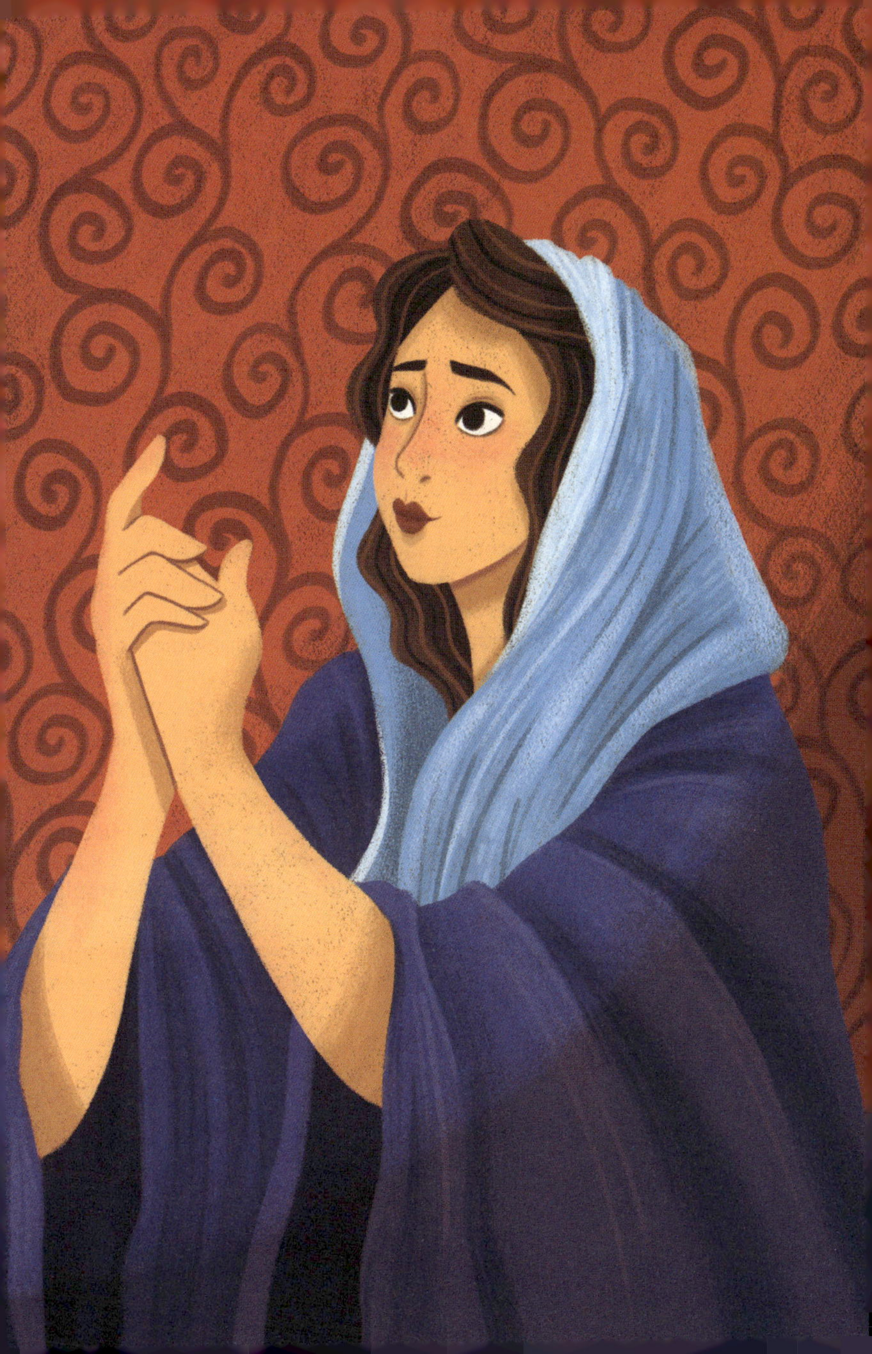

HILDEGARD DE BINGEN
(1098-1179)
Escríbelo

Hildegard de Bingen nació en Alemania en la Edad Media, la época entre la caída del Imperio romano y el Renacimiento. La única religión reconocida era el cristianismo, y la única iglesia que existía en Europa era la católica. Cuando tenía ocho años, sus padres la enviaron a vivir con una mujer católica llamada Jutta, que podía proporcionarle una educación religiosa. Hildegard aprendió a escribir, a leer los salmos y a cantar oraciones a Dios. Más tarde, en su juventud, se hizo monja y dirigió un convento benedictino.

A lo largo de su vida, Hildegard tuvo visiones iluminadas en las que veía cosas. Ella no entendía lo que significaban. Luego, a los cuarenta y dos años, vio una luz ardiente y parpadeante del cielo. La luz se derramó sobre ella, calentando su corazón. Hildegard supo entonces que Dios quería que fuera una profetisa, alguien que les dijera las palabras de Dios a los demás. Empezó a escribir sobre sus visiones. «Hablé y escribí estas cosas no por invención de mi corazón ni del de ninguna otra persona —dijo—, sino como por los misterios secretos de Dios; los oí y los recibí en los lugares celestiales. Y otra vez oí una voz del cielo que me decía: "¡Clama y escribe!"».

Hildegard no solo escribió sobre lo que Dios le decía cuando hablaba con él en oración. También escribió sobre ciencia y medicina. Escribió obras de teatro y música. Incluso viajó por Alemania, predicando lo que había aprendido de Dios.

Además de la importancia de escuchar a Dios en oración, la historia de Hildegard enseña sobre el valor de llevar un diario de oraciones. Si sientes que Dios te dice algo, escríbelo. Después podrás llevar la cuenta de lo que oras y de cómo Dios responde a tus oraciones.

· ·

«Escribe mi respuesta con claridad en tablas, [...] para que un corredor pueda llevar a otros el mensaje sin error».

HABACUC 2.2 NTV

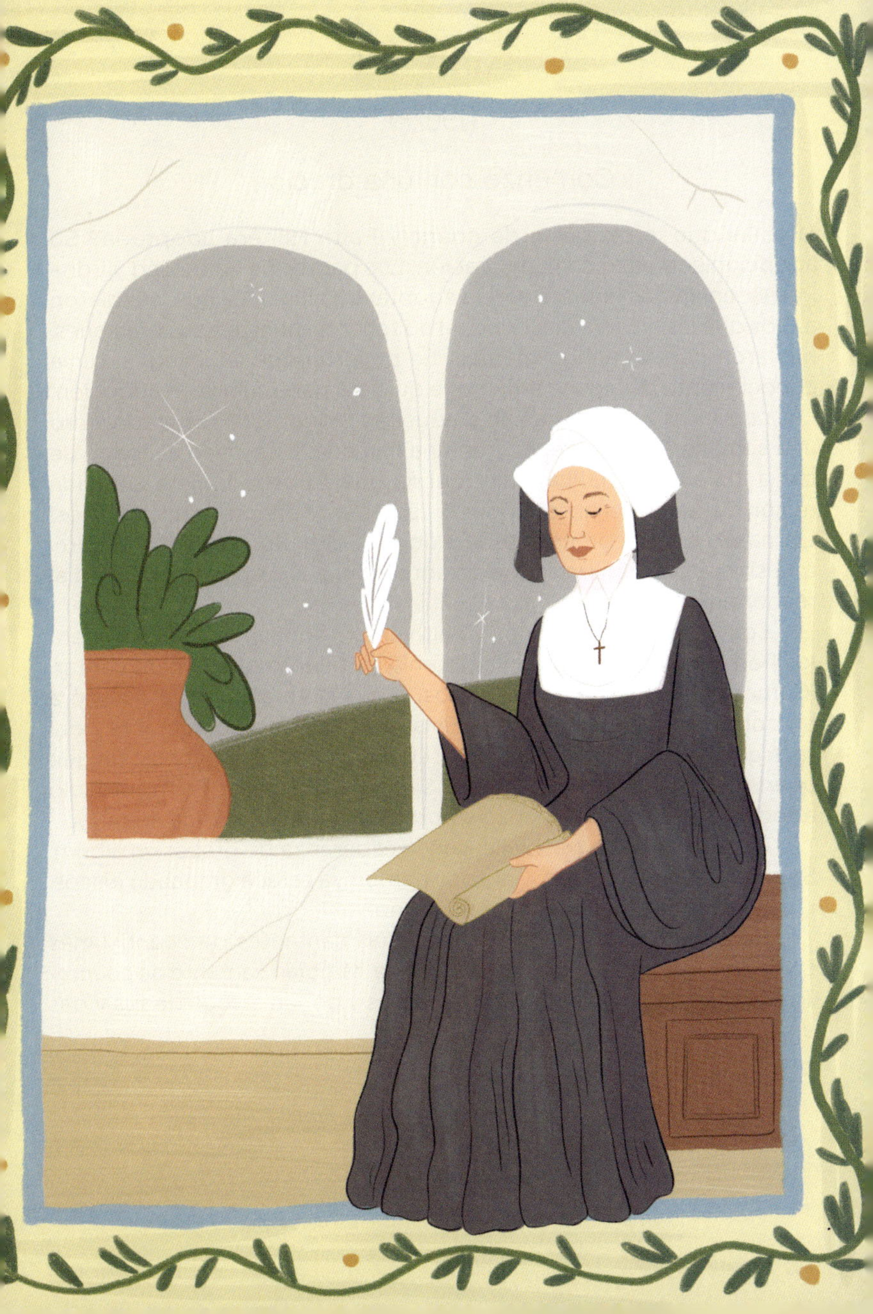

Faith Hill
(1967-)
Comenzó con una oración

¿Sabías que la cantante de country Faith Hill era adoptada? Su adopción comenzó con una oración. Los padres de Faith, Ted y Edna Perry, tenían dos niños. Querían adoptar una niña. Así que le pidieron a Dios que les enviara una bebé. Al no tener respuesta a sus oraciones, hablaron con un amigo médico. Le pidieron que les dijera si tenía conocimiento de alguna mujer que quisiera dar a su hija en adopción. Los padres de Faith no sabían si aquello tendría algún resultado, pero una semana después recibieron una llamada. Una joven acababa de dar a luz a una niña. La mujer quería que su bebé tuviera una vida mejor de la que ella podía darle. ¡Los Perry dieron gracias a Dios! Llamaron a su bebé adoptada Audrey Faith. Su segundo nombre, que significa Fe, era la forma de agradecer a Dios por su fidelidad al responder a su oración.

Los Perry eran cristianos y Faith creció confiando en Jesús. Para los Perry era evidente que Faith tenía un talento divino para cantar. ¡Comenzó a cantar a los tres años! A sus siete años, Faith asistió a un concierto de Elvis Presley. Elvis era conocido como «el rey del *rock and roll*», y cuando Faith lo escuchó actuar se convenció de que quería una carrera como cantante. Siendo adolescente, Faith aprendió a tocar la guitarra y comenzó su propia banda de música country.

Faith se mudó a Nashville, con la esperanza de grabar un álbum. Se apoyaba en la oración, y al poco tiempo ya estaba grabando discos. ¡Su primer sencillo llegó al número uno!

Hoy, Faith es famosa. Es una de las cantantes de *country* más conocidas del mundo. Ella y su esposo, el también cantante de *country* Tim McGraw, son cristianos. Oran juntos y ponen el foco de sus vidas en Jesús.

«Este es el niño que yo le pedí al Señor, y él me lo concedió».

1 Samuel 1.27 NVI

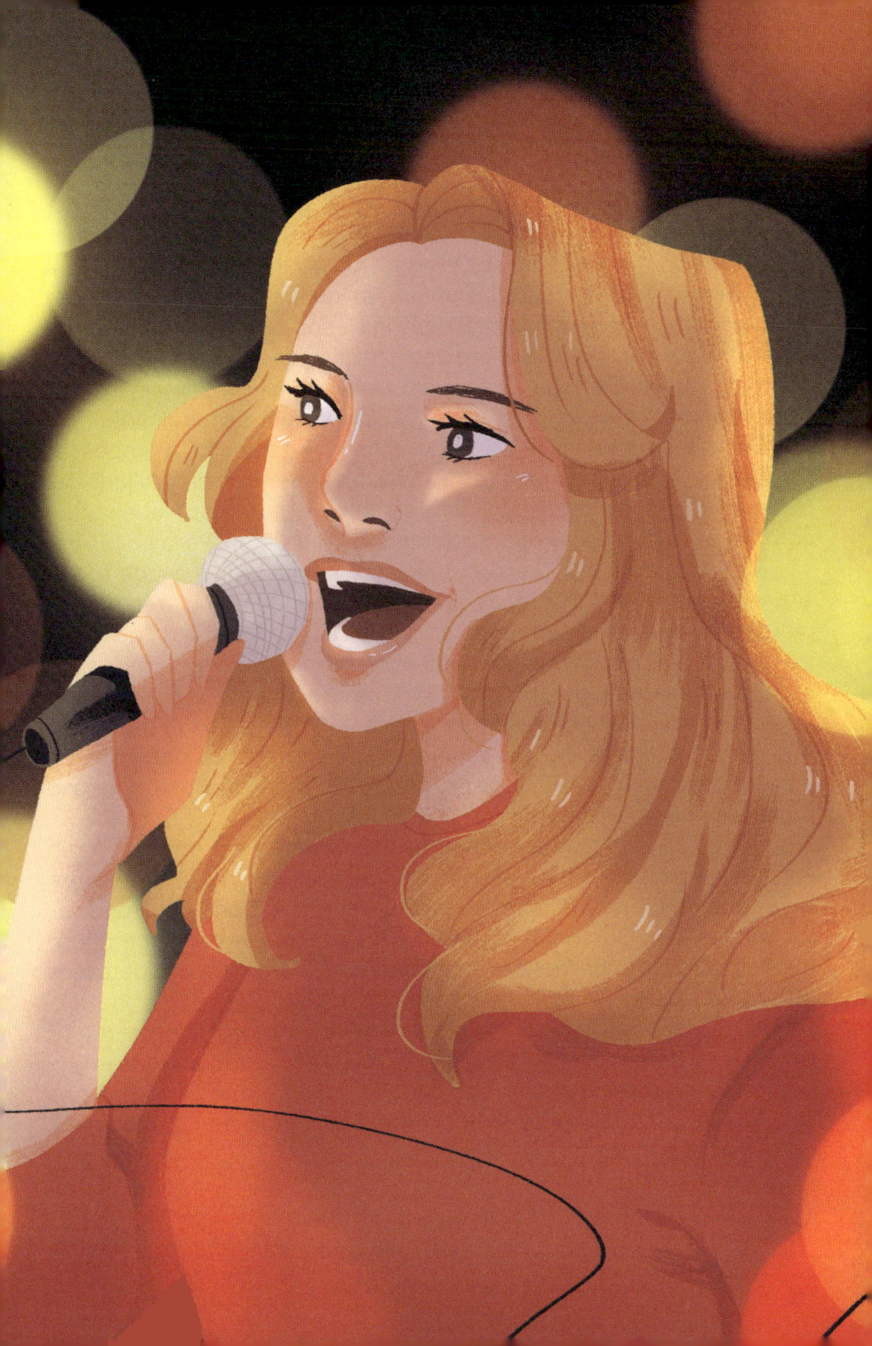

ANNE HUTCHINSON
(1591-1643)
El valor para hablar

Los padres de Anne Hutchinson la educaron para que pensara siempre por sí misma y cuestionara las creencias de los demás, aunque eso no fuera lo más popular. Creció en una época en que la Iglesia de Inglaterra decidía lo que la gente debía hacer y decir: ¡era la ley! Pero el padre de Anne no estaba de acuerdo con sus enseñanzas y le enseñó a cuestionar sus reglas, sobre todo en lo referente a la religión.

Cuando fue mayor, se casó con William Hutchinson. A ambos les disgustaba la Iglesia de Inglaterra, así que se mudaron al otro lado del océano, a la colonia de la bahía de Massachusetts. Allí esperaban tener completa libertad para creer y adorar como quisieran. Pero no fue así.

El gobernador de la colonia, John Winthrop, quería que todos siguieran las reglas puritanas, que incluían que las mujeres debían mantener sus creencias en silencio y que solo los hombres lideraban.

Pero Anne, que tenía sus propias opiniones, decidió que no se iba a quedar callada. Lideraba reuniones de oración en su casa, donde la gente podía orar junta y hablar sobre la religión. Con el tiempo, el número de asistentes a sus reuniones creció. Muchos comenzaron a cuestionar las creencias de la Iglesia Puritana de Boston, ¡y eso molestó mucho al gobernador Winthrop!

Winthrop dijo que las reuniones de oración de Anne no eran legales, así que la juzgó por herejía, por enseñar algo que iba en contra de lo que la iglesia creía. En su juicio, Anne cuestionó las creencias de la iglesia de Boston. Respondió a las preguntas del gobernador citando versículos de la Biblia. Winthrop consideró muy irrespetuosas las respuestas de Anne, ¡y la echaron de la colonia!

Anne Hutchinson oraba valientemente en público y compartía su fe con otros. Fue una de las primeras mujeres estadounidenses que habló sobre su fe. Sus acciones contribuyeron a que otras mujeres tuvieran la valentía de seguir hablando y luchando por lo que creen.

«Tengan valor y firmeza; no tengan miedo ni se asusten [...] porque el Señor su Dios está con ustedes».

Deuteronomio 31.6 DHH

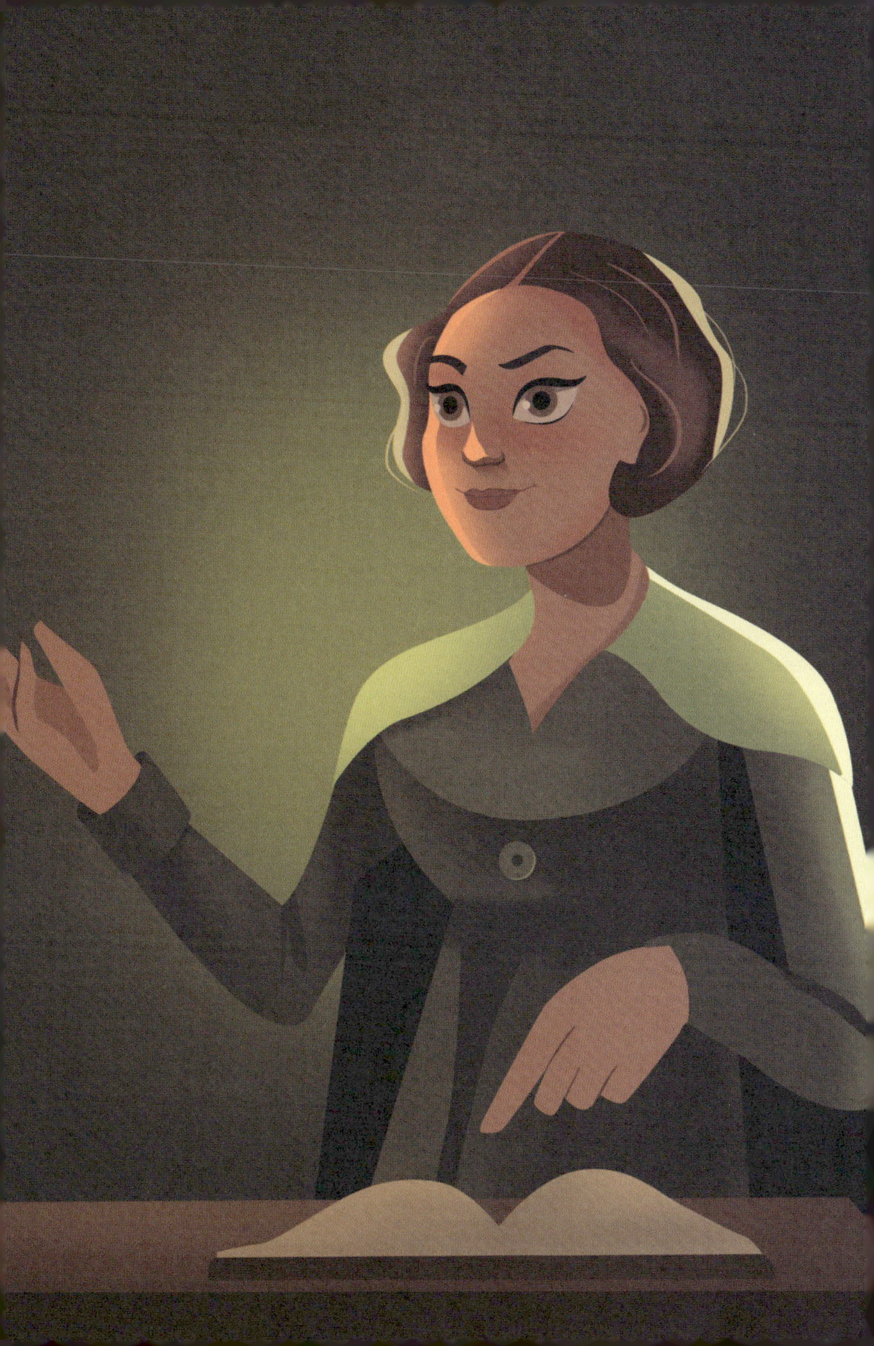

ESTHER IBANGA
(1961-)

Orar por la paz

En Nigeria, donde Esther Ibanga es pastora, no hay buena convivencia entre cristianos y musulmanes. Están en guerra unos contra otros y no hay paz. Esther experimentó el dolor de la guerra entre los pueblos cuando el hogar de su madre fue incendiado. En su interior surgió la ira. Oró a Dios, contándole sus sentimientos de ira. No quería tener ninguna relación con los musulmanes.

Luego, cuando las cristianas de su comunidad se acercaron a ella diciendo: «Pastora, no podemos dejar que esto continúe. ¿Qué podemos hacer?». Esther decidió no permitir que la ira se apoderara de ella. Hizo algo casi inaudito. Se acercó a las mujeres musulmanas, con la esperanza de que juntas pudieran encontrar una solución. Descubrió que estas se enfrentaban a la misma ira cuando los jóvenes cristianos quemaban sus casas. La idea de que tenían cosas en común llevó a Esther a perdonar.

Ella y sus nuevas amigas comenzaron la Iniciativa Women Without Walls (Mujeres sin Muros). Su objetivo es llegar a los niños de Nigeria y enseñarles a llevarse bien para que algún día pueda haber paz.

Los cristianos de Nigeria que no quieren tener nada que ver con los musulmanes critican a veces su labor. Aun así, Esther ve cómo a través de Women Without Walls hay vidas cambiadas. Ella cree que la única manera de traer la paz es a través de Jesús y sus enseñanzas sobre la esperanza y el amor. Dice: «Dios está listo para transformar vidas si dejamos que nos use».

Esther se crio en una familia de oración. «Nacimos y crecimos en una atmósfera de oración», dijo. En la actualidad, Esther ora por la paz entre los cristianos, los musulmanes y todas las personas.

¿Tú oras por la paz en el mundo? Piensa en tres cosas que puedes hacer para ayudar a las personas a llevarse bien.

••

«NO SEAS VENGATIVO NI RENCOROSO CON TU PROPIA GENTE.
AMA A TU PRÓJIMO, QUE ES COMO TÚ MISMO».

LEVÍTICO 19.18 DHH

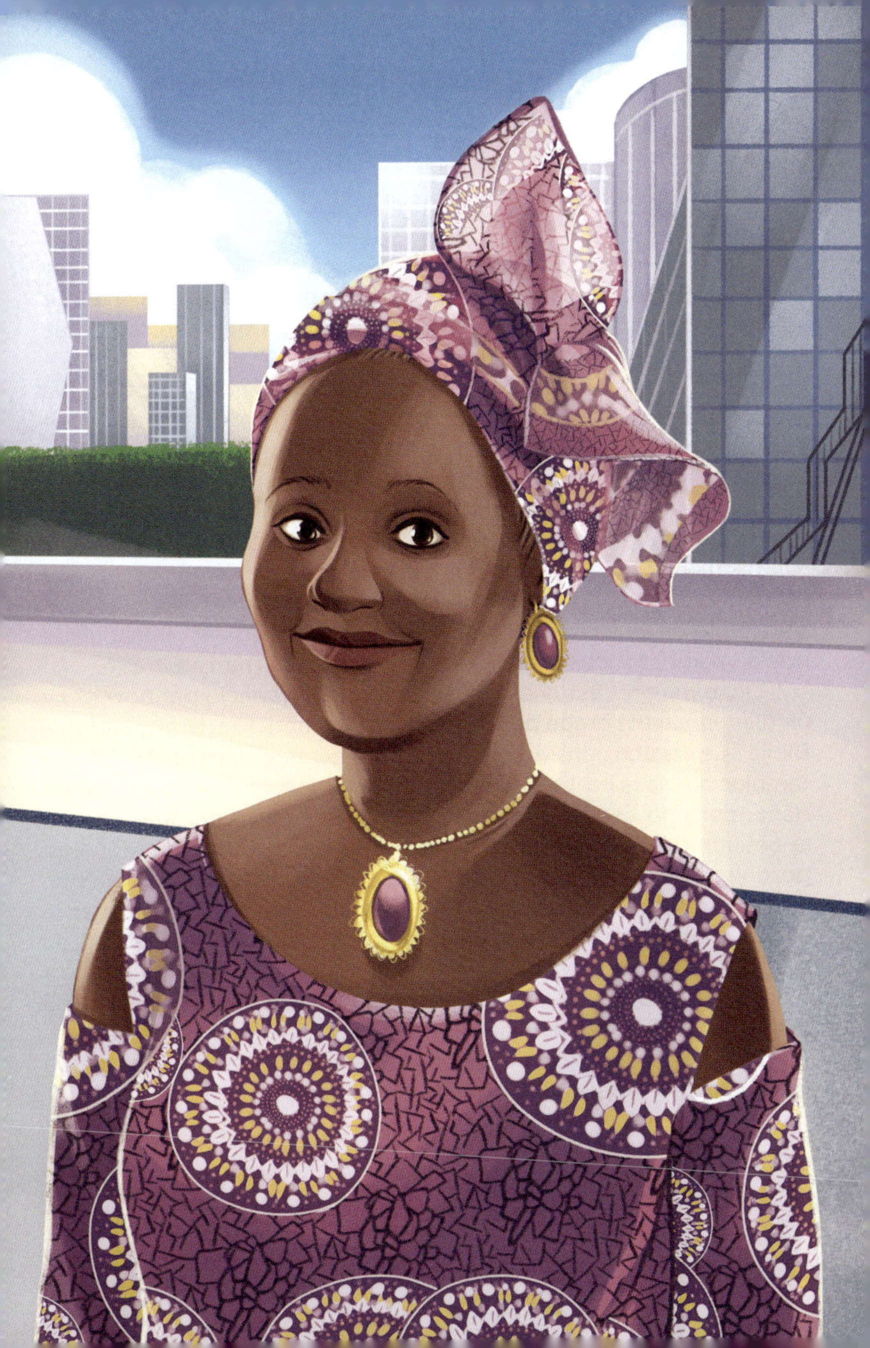

IMMACULÉE ILIBAGIZA
(1972–)

«Te perdono»

La historia de Immaculée Ilibagiza no es agradable, pero aun así ella la cuenta. Lo hace para enseñar a los demás que la cura para el temor es orar y confiar en Dios. Ella inspira a otros para encontrar la paz incluso cuando la ira llena sus corazones.

Immaculée había crecido en un pueblo de Ruanda, África. Asistía a la universidad y estaba en casa en las vacaciones de Pascua cuando estalló la guerra entre los hutus y los tutsis. Los hutus comenzaron a matar a los tutsis como venganza por el asesinato del presidente hutu. No dejaban vivo a nadie. Asesinaban a hombres, mujeres y niños.

La familia de Immaculée pertenecía a la tribu tutsi. Para proteger a Inmaculée, su padre le dijo que corriera a la casa de un pastor para esconderse. El amable pastor hutu protegió a Immaculée y a otras siete mujeres en su pequeño cuarto de baño. Desde allí, Inmaculada podía imaginar todas las cosas terribles que ocurrían afuera.

Ocho mujeres estuvieron en ese pequeño espacio por noventa y un días. Inmaculé oraba para que no las descubrieran. Orar y leer una Biblia que llevaba consigo le sirvió para tener paz. Pero dentro de ella también hervía la ira. La Biblia decía que perdonara a los que le hacían daño, pero no estaba segura de poder hacerlo hasta que recordó la oración de Jesús mientras estaba en la cruz: «Padre, perdónalos, porque no saben lo que hacen» (Lucas 23.34 RVR1960). De repente, Inmaculée sintió cierta paz, incluso alegría, al pensar en perdonar.

Cuando Inmaculée salió de su escondite, descubrió que toda su familia, excepto un hermano, había sido asesinada. Sabía que la única manera de encontrar la paz era perdonando. Así que Inmaculée visitó al asesino de su familia en prisión y le dijo, con sinceridad: «Te perdono».

¿Alguien te ha hecho sentir herida o enojada? Recuerda la historia de Inmaculée. Pídele a Dios que te dé valor para perdonar.

«Perdónanos nuestros pecados así como también nosotros perdonamos a todos los que pecan contra nosotros».

Mateo 6.12

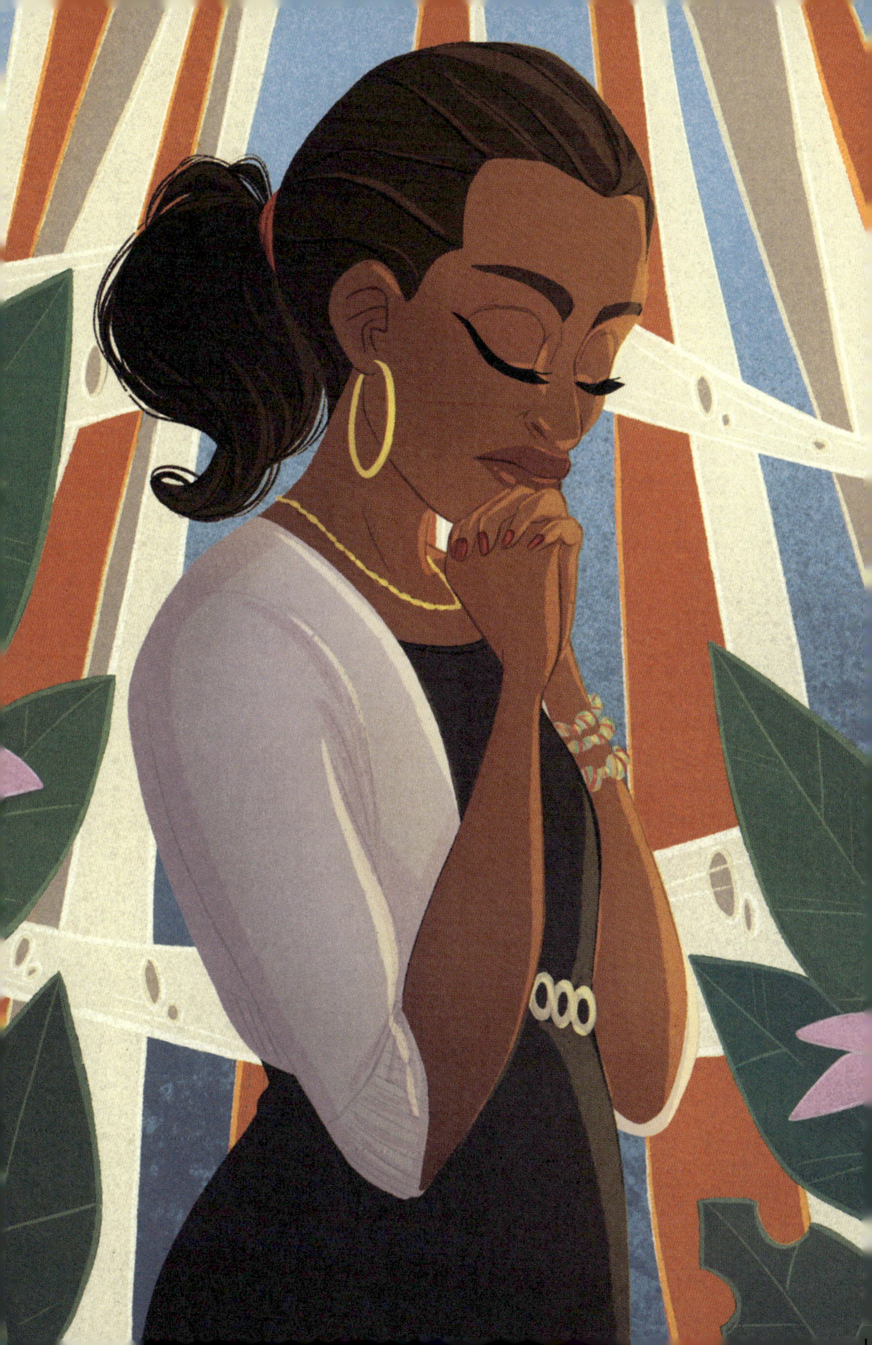

Kathy Ireland
(1963-)
El mejor modelo a seguir

Cuando Kathy Ireland entregó su vida a Jesús, algo dentro de ella cambió. Se dio cuenta de que la autoestima, la seguridad de ser digna, no es el resultado de lucir bien. Ni de ser rica. Ni de cuán inteligente seas. Una buena autoestima es fruto de saber cuán profundamente te ama Jesús.

Kathy se hizo cristiana a los 18 años. Acababa de llegar a París, Francia, para empezar una carrera de modelo. Cuando abrió la maleta en su habitación, Kathy encontró una Biblia que su madre había puesto. Kathy nunca había leído la Biblia, pero en la habitación no había nada más para leer y estaba aburrida. La abrió y comenzó a leer el libro de Mateo. Mientras leía sobre Jesús, Kathy descubrió que no se parecía a nada de lo que había imaginado. Jesús era amoroso y compasivo. Era un líder. Pensó que Jesús era genial, así que lo convirtió en su mejor amigo.

¡Su carrera de modelo se disparó! Kathy se convirtió en supermodelo, mujer de negocios, esposa y madre. Jesús siguió formando parte de su vida, pero no era lo primero. Ella estaba tratando de hacer que Jesús fuera lo que ella quería en lugar de permitirle que él hiciera de *ella* lo que él quería que fuera. Un día, Kathy estaba orando cuando Jesús le habló a su corazón. Le dijo que tenía que hacer de él su primera prioridad. «No sé cómo», dijo. Jesús respondió: «Confía en mí».

Kathy comenzó a pasar más tiempo con Jesús, orando y estableciendo una relación más profunda con él. Al ponerlo a él primero, Kathy entendió enseguida hasta qué punto Jesús es el líder perfecto para ella y su familia. Hoy, ella tiene a Jesús como su primera prioridad en todo. Katty elige seguirlo, con fe en que él sabe el camino correcto a tomar.

Piénsalo. ¿Jesús es *tu* prioridad absoluta?

***

> Jesús le dijo: «Amarás al Señor tu Dios, con todo tu corazón y con toda tu alma y con toda tu mente».
>
> Mateo 22.37

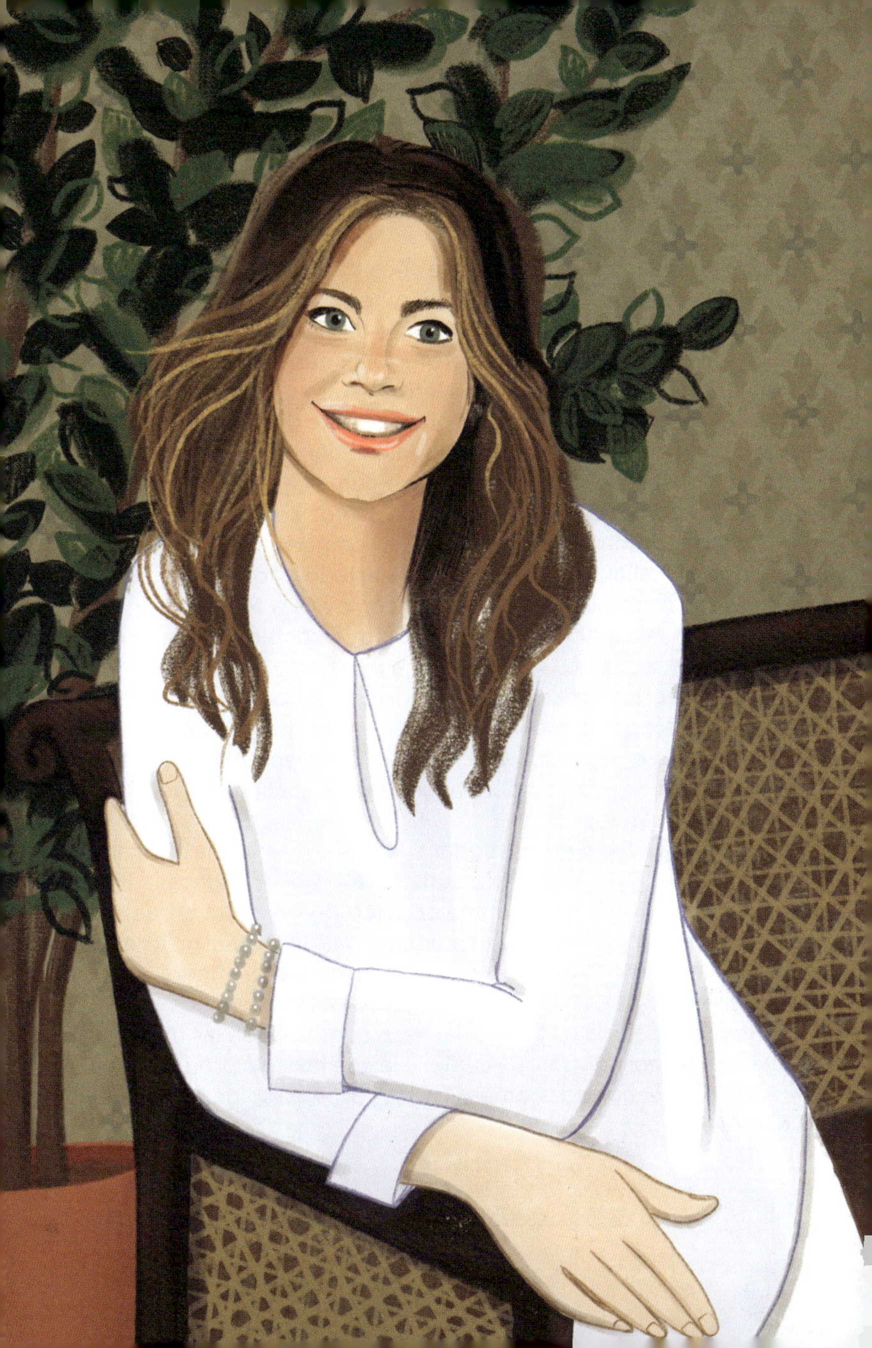

Mahalia Jackson
(1911-72)
Cantante de gospel de fama mundial

Cuando Mahalia Jackson, con doce años, cantaba en la iglesia, su bella y potente voz se escuchaba en el exterior. «Serás famosa en este mundo y estarás con reyes y reinas», le dijo su tía Bell. ¡Y tenía razón!

Mahalia comenzó a cantar profesionalmente en su adolescencia. Le encantaba cantar gospel. Sus letras estaban llenas de emoción. El ritmo era animado y fuerte como el *blues*, pero diferente. Ella no quería tener nada que ver con la música secular, con letras no cristianas. Le habría sido fácil ella encontrar trabajo como cantante de *blues*, pero Mahalia le prometió a Dios que usaría su voz solo para honrarlo.

Un famoso compositor y pianista afroamericano, Thomas Dorsey, escuchó a Mahalia cantar. Dorsey había estado trabajando mucho para llevar la música gospel al gran público. Invitó a Mahalia a ir de gira con él. Gracias a esto, mucha gente la oyó cantar y en poco tiempo se hizo famosa.

Mahalia grabó discos e incluso tuvo su propio programa de radio. Pronto apareció como invitada en programas de televisión y actuó no solo en Estados Unidos, sino también en Europa. Usar su voz para honrar a Dios había hecho que Mahalia llegase a ser una estrella internacional.

«La fe y la oración son las vitaminas del alma», decía. Cantaba con frecuencia sobre la fe y la oración. Su fe y sus oraciones la llevaron a ganar tres Grammy por el mejor disco de gospel. Lo que es más importante: tuvo el honor de cantar en la gala inaugural del presidente John F. Kennedy y fue invitada por Martin Luther King a cantar en la Marcha por los Derechos Civiles en Washington en los años 60.

Hoy se recuerda a Mahalia Jackson como una de las más grandes cantantes de gospel, porque cumplió le que le había prometido a Dios.

¿Le has hecho una promesa a Dios? Si es así, ¡pídele que te ayude a cumplirla!

Gritarán de júbilo mis labios cuando yo te cante salmos, pues me has salvado la vida.

Salmos 71.23 NVI

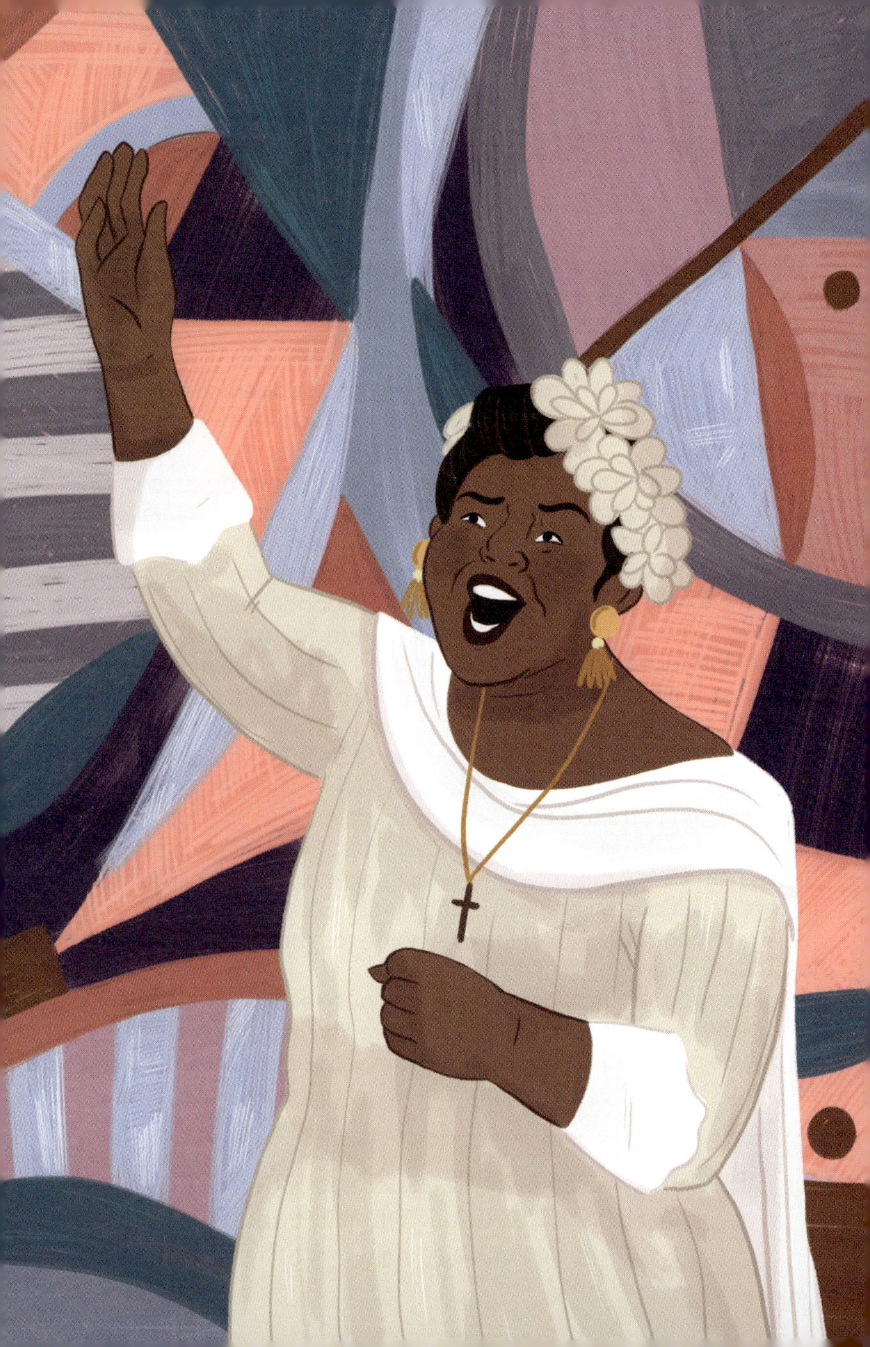

JOCABED
(ÉXODO 1; 2.1-10)

La fe de una madre

La Biblia no cuenta que Jocabed orase, pero puedes imaginar que lo hacía, o al menos lo intentaba. Entenderás el porqué cuando leas su historia:

El rey de Egipto, el faraón, odiaba a los judíos. Los judíos se estaban volviendo demasiado numerosos y poderosos. Así que el faraón ordenó a su gente que ahogara a todos los recién nacidos varones judíos.

Jocabed dio a luz un niño, ¡y de ninguna manera lo dejaría morir! Lo escondió por tres meses. Pero, al ir creciendo, se hacía difícil ocultarlo. Jocabed necesitaba desprenderse de él y confiar en que de alguna manera Dios lo salvaría. Puso a su bebé en una cesta y lo colocó entre los juncos junto al río Nilo, donde las mujeres iban a bañarse. Luego le dijo a su hija, Miriam, que se escondiera y vigilara.

Lo que sucedió después pudo haber sido horrible, pero Dios obró para bien. ¡La hija del rey encontró al bebé! Podría habérselo dicho a su padre, pero en vez de eso decidió salvar al niño judío. Vio a Miriam. «¡Ven! Busca una nodriza judía que cuide del bebé hasta que yo vea cómo encargarme de él», le dijo.

¿A quién le trajo Miriam? ¡A Jocabed!

Dios permitió que Jocabed cuidara de su bebé un poco más, hasta que la hija del rey quiso recuperarlo. Fue difícil para Jocabed dejarlo ir, pero sabía que en el palacio del rey estaría a salvo.

Ese niño creció y fue Moisés, uno de los más grandes héroes de los judíos.

Dios sabe lo que necesitas antes de que se lo pidas. La Biblia está llena de historias como la de Jocabed para demostrarlo. A veces puede resultarte difícil orar. Si es así, basta con saber que Dios está siempre contigo. Cuando lleguen los problemas, él te guiará a través de ellos.

....

SABEMOS QUE DIOS HACE QUE TODAS LAS COSAS SEAN PARA BIEN A LOS QUE LE AMAN Y HAN SIDO ESCOGIDOS PARA FORMAR PARTE DE SU PLAN.

ROMANOS 8.28

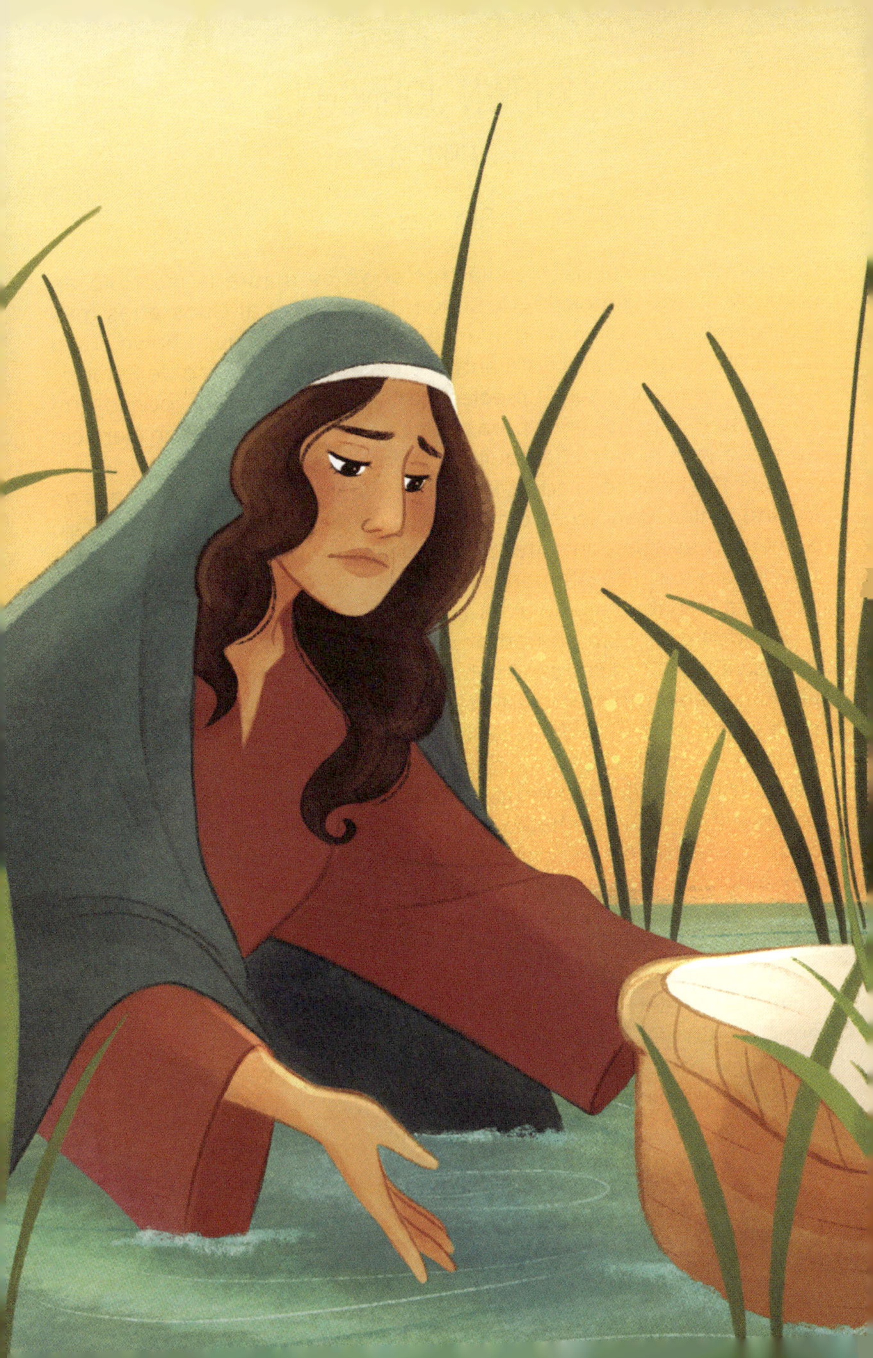

SHAWN JOHNSON
(1992-)
Gimnasta

Cuando Shawn Johnson tenía tres años, su madre la inscribió en unas clases de gimnasia. ¡A Shawn le encantaba! Unos años más tarde, empezó a entrenar con un instructor que vio que Shawn era lo suficientemente buena para entrar en el equipo olímpico de Estados Unidos. Tenía que tener dieciséis años para competir, por lo que Shawn tuvo muchos años para trabajar hasta ser la mejor en ejercicio de suelo y en la barra de equilibrio.

Por fin, alcanzó la edad. En 2008, Shawn fue a las Olimpiadas de Beijing, China. Ganó cuatro medallas, una de oro y tres de plata. Pero Shawn no estaba contenta. Las medallas de plata le hicieron sentir que no era lo suficientemente buena. Había dado el 200 % y aun así, pensaba, le había fallado al mundo.

Todos conocían su nombre, y a Shawn le resultaba difícil ser famosa. En 2012, mientras se entrenaba para las Olimpiadas siguientes, Shawn estaba totalmente estresada. Sentía que tenía que ser perfecta para complacer a su entrenador, al equipo, a sus patrocinadores y a todos los demás. Entonces, un día, estaba entrenando en la barra de equilibrio cuando ocurrió algo inusual. Shawn dice que sucedió en un instante. Dios le habló a su corazón y le dijo: «Has estado muy angustiada con esta decisión... Has tenido miedo de decepcionar a mucha gente... Está bien seguir a tu corazón». Shawn sintió que se le caía de los hombros el peso del mundo. Sus padres le habían enseñado a hablar con Dios, ¡y ahora él le hablaba a ella!

La valiente historia de Shawn nos enseña que llegó a entender que lo importante no era ganar y ser perfecta. Lo único que importaba era Dios. Descubrió que él es la respuesta a todo.

Shawn siguió su corazón y se retiró de la competencia. Hoy está casada, tiene un exitoso canal en YouTube y realiza obras benéficas.

···

«Ustedes sabrán la verdad, y la verdad los hará libres».

Juan 8.32

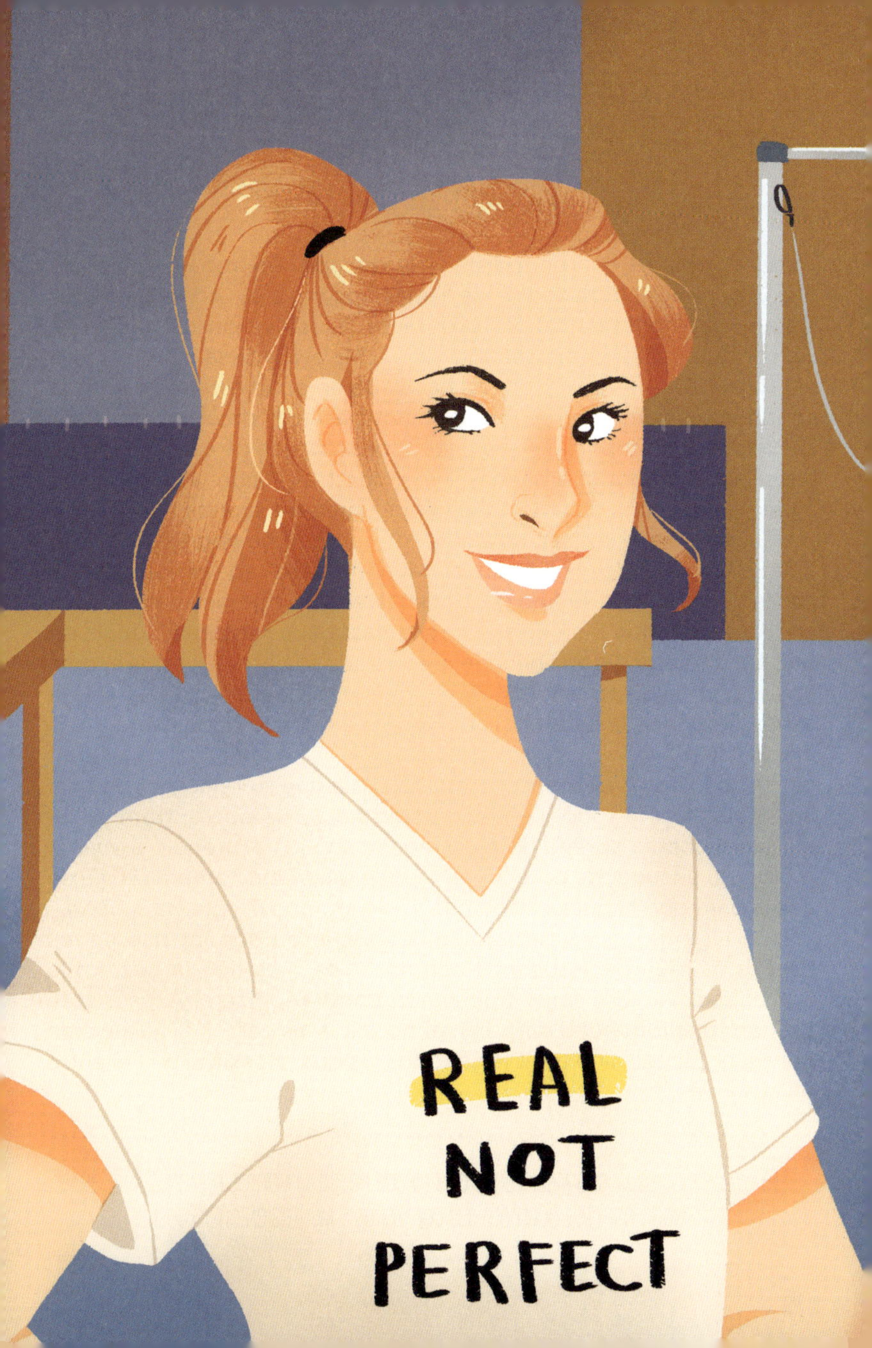
REAL
NOT
PERFECT

Tamara Jolee (Metcalfe)
(1980–)

«Señor, ¿y ahora qué?»

Tamara Jolee es una periodista galardonada. Su trabajo es contar historias reales sobre todos los temas imaginables. Además de dar las noticias, tenía su propio programa de televisión de deportes. Ha contado historias de cuando viajó a Malawi, África, para servir a los «niños de Dios» allí. Tamara ha vivido en ocho estados y en tres continentes, como corresponsal de noticias de todo el mundo. Pero su historia más importante no trata sobre ninguna de estas cosas. La historia que ahora cuenta más a menudo trata sobre cómo Dios la ayuda a vivir con una enfermedad que amenaza su vida.

Tamara tiene cáncer, un cáncer de sangre que podría quitarle la vida. Está luchando, y hasta ahora ganando, pero sabe que la mayoría de las personas con su tipo de cáncer viven solo de cinco a siete años.

Todo iba muy bien en su carrera, hasta que recibió la noticia de que tenía cáncer. Podría haberle preguntado a Dios: «¿Por qué a mí?». En lugar de eso, oró: «Señor, ¿y ahora qué?». Cuando oraba, Tamara sentía paz. Dios le estaba diciendo que, pasara lo que pasara, todo iba a ir bien.

Incluso antes del cáncer, Tamara sabía que su relación personal con Jesús lo era todo. Le había pedido a Jesús que entrara en su corazón y había aprendido a entregarle su vida. Aprendió a vivir el momento en lugar de preocuparse por el porvenir. Tamara confía en Jesús para que la guíe y tiene paz sabiendo que él está de su lado.

La historia de Tamara Jolee nos recuerda que incluso en los peores momentos Jesús está con nosotros. Nos trae la paz. En la actualidad, Tamara sigue trabajando como reportera y Jesús está usando su enfermedad para animar no solo a las personas que luchan contra el cáncer, sino también a todos los que necesitan que él entre en sus vidas.

••

> La paz de Dios es mucho más grande que lo que nuestras mentes humanas pueden entender. Esta paz guardará sus corazones y mentes en Cristo Jesús.
>
> Filipenses 4.7

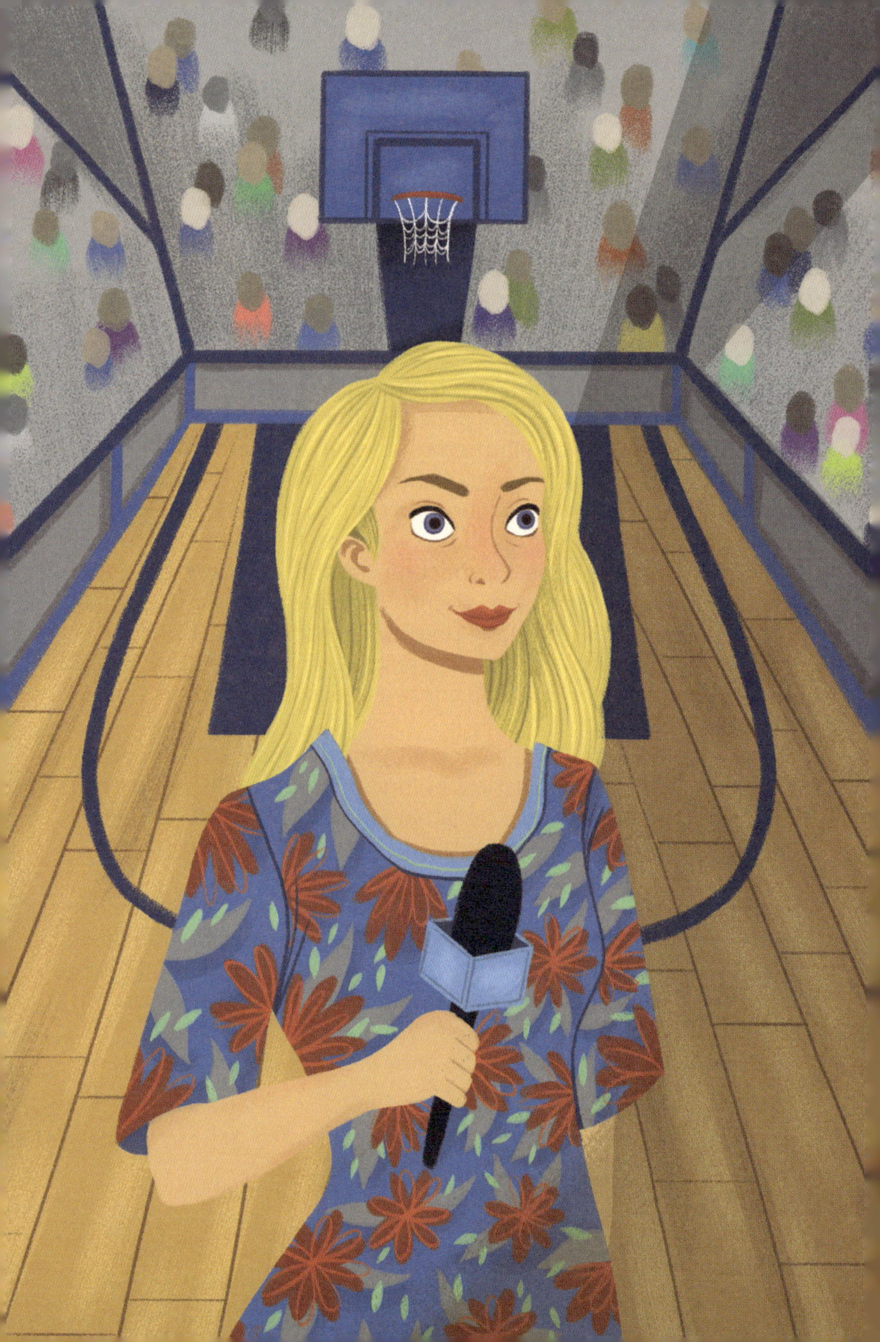

MARY JONES
(1784-1864)

El largo camino de Mary

Mary Jones vivía en una cabaña de piedra en la campiña galesa. Estaba rodeada de pastos verdes. Podía ver el mar a lo lejos. Todo parecía muy agradable. Pero Mary Jones y su madre eran pobres. Trabajaban duro para salir adelante.

Entonces no había autos y la gente viajaba sobre todo en carros tirados por animales o a pie. Todos los domingos, Mary y su madre caminaban más de dos kilómetros para ir a la iglesia. A Mary le encantaba escuchar historias de la Biblia. Le pedía a Dios en oración que la ayudara a aprender a leer para poder leer la Biblia. Entonces, cuando ya sabía leer, Mary decidió que quería una Biblia propia.

Eran demasiado pobres para comprar una, así que Mary decidió hacer pequeños trabajos para la gente y ahorrar el dinero que ganaba. Ahorró por seis años hasta que tuvo suficiente para una Biblia. Pero, cuando fue a comprar una, no había ninguna en venta en su pueblo. El lugar más cercano donde podía conseguir una estaba a más cuarenta kilómetros.

Mary dio un paseo... ¡un paseo *muy largo*! Cuando llegó a la casa del reverendo Thomas Charles, el lugar donde podía comprar una Biblia, solo le quedaba una. Se la habían prometido a otra persona. Cuando el reverendo vio la distancia que había caminado Mary, le dio la Biblia.

La historia de Mary no termina ahí. El reverendo Charles quería que todo el mundo tuviera una Biblia, así que creó una sociedad bíblica, un grupo dispuesto a traducir la Biblia a muchos idiomas diferentes y distribuirla por todo el mundo. Su sociedad bíblica existe aún en la actualidad, gracias a una niña llamada Mary Jones.

¿Hasta dónde estarías dispuesta a caminar para comprar una Biblia?

....

TU PALABRA ES UNA LÁMPARA A MIS PIES Y UNA LUZ EN MI CAMINO.

SALMOS 119.105 DHH

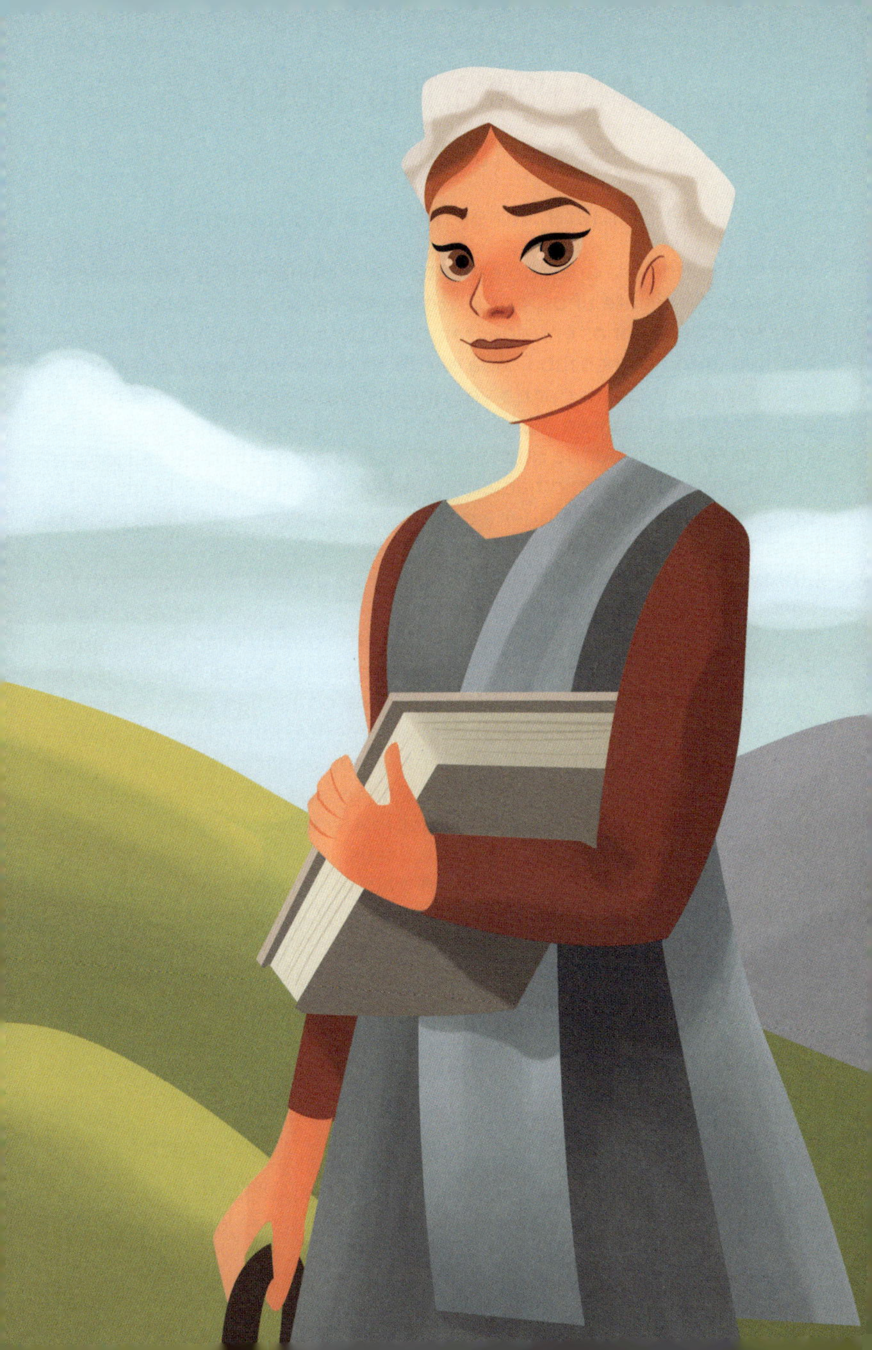

ANN HASSELTINE JUDSON
(1789-1826)

La primera mujer misionera a ultramar

Ann Hasseltine era una adolescente cuando entregó su vida a Jesús. Con solo diecisiete años, comenzó a enseñar en la escuela. Su meta era ver a sus alumnos entregar también sus vidas a Jesús. En su diario, escribió cómo comenzaba cada día de clase con una oración. También escribió sobre cómo quería ver que las naciones que nunca habían oído de Jesús llegaran a conocerlo. Si lees las palabras del diario de Ann, no te sorprendería que Dios preparara a Ann para ser misionera.

Ann pasaba tiempo hablando con Dios y estudiando la Biblia. Le preguntó a Dios dónde quería que fuera, y él la escuchó. ¡Ann llegaría a ser la primera mujer misionera a ultramar!

Conoció a un joven ministro, Adoniram Judson, que compartía el sueño de ser misionero en tierras lejanas. Se enamoraron, se casaron y se fueron a la India, donde pronto descubrieron que no eran bienvenidos. Así que dejaron la India y fueron a Birmania (la actual Myanmar), un país entre la India y China. Los birmanos no habían oído hablar de Jesús. Y Ann y Adoniram estaban exactamente donde Dios los quería.

Ann y su marido tenían problemas para explicar la buena noticia de Jesús en el idioma birmano. Pero Ann estaba decidida a resolverlo. Tradujo el Evangelio para que el pueblo lo entendiera, y los birmanos comenzaron a entregar sus vidas a Jesús.

Ann también escribió sobre su trabajo misionero y sus historias influyeron en muchas mujeres para que fueran misioneras en tierras lejanas, lo cual era la mejor parte del plan de Dios. Gracias al ejemplo de Ann, ahora es normal que las mujeres estadounidenses sirvan como misioneras en países lejanos.

Igual que lo tuvo para Ann Judson, Dios tiene un plan para todos, ¡También para *ti*! Si estás dispuesta a seguir a Jesús a donde él quiera que vayas, pídele que te use.

* * *

JESÚS LES PREGUNTÓ: «¿CREEN USTEDES QUE YO PUEDO HACER ESTO?». ELLOS LE CONTESTARON: «¡SÍ, SEÑOR!».

LUCAS 9.23

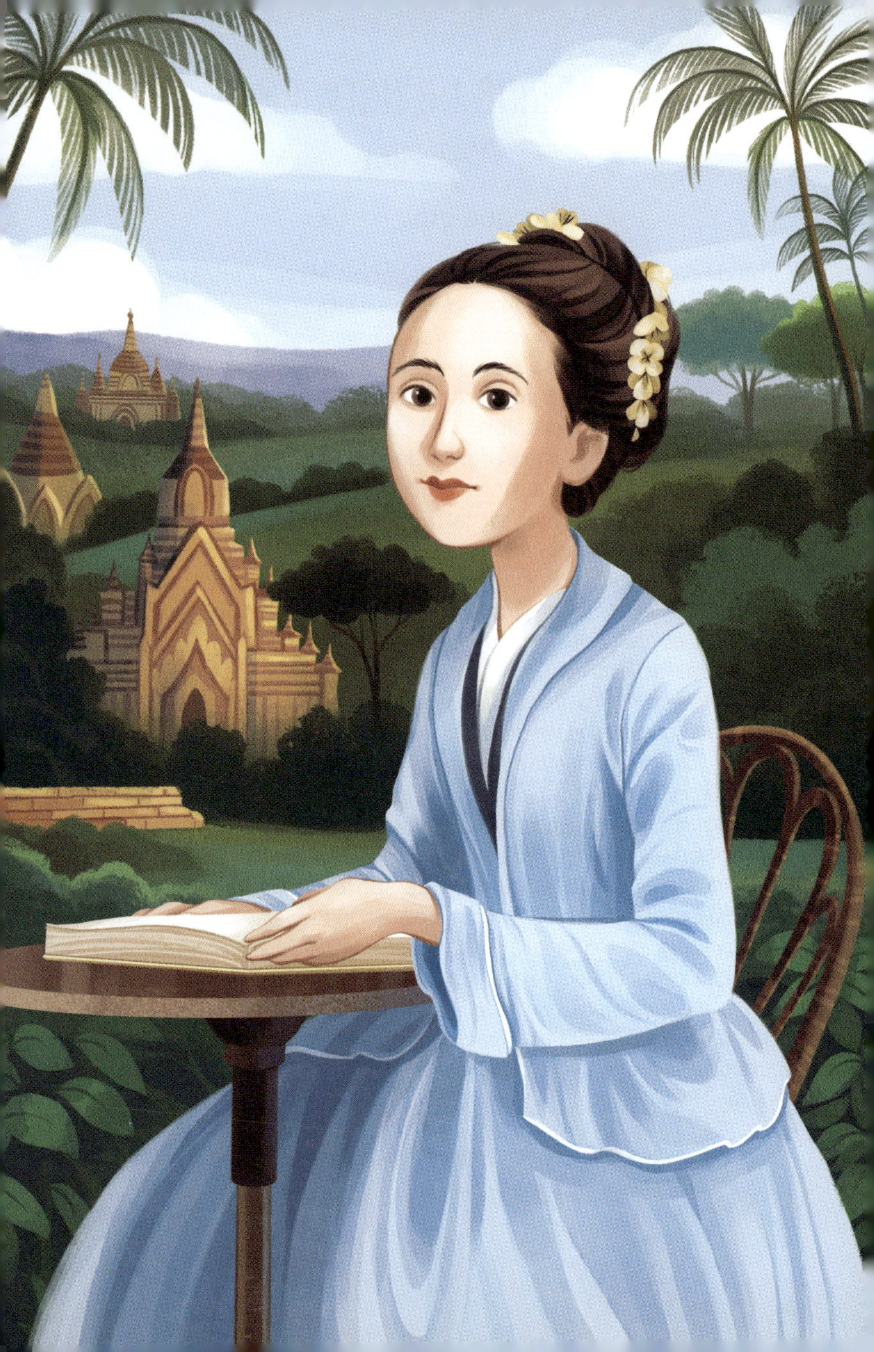

Juliana de Norwich
(1342-1416)

Lo que Juliana vio

Juliana de Norwich fue la primera mujer en escribir un libro en inglés. Su libro *Revelaciones del amor divino* se sigue leyendo hoy, muchos siglos después de que lo escribiera.

No se sabe mucho sobre ella, salvo por qué oraba y lo que pasó después. Ella quería una comprensión más profunda de Dios, así que le dirigió una atrevida oración. ¡Oró para que, siendo aún joven, Dios le permitiera contraer una enfermedad mortal! Pero eso no era todo. Le pidió que no la dejara morir, sino que le permitiera experimentar lo que un alma puede ver en la muerte. En otras palabras, oró por una experiencia cercana a la muerte.

Dios respondió y le dio lo que pedía. Con treinta años, sufrió una enfermedad mortal. Juliana afirmó que tuvo dieciséis visiones de Jesús y el cielo durante el tiempo que estuvo enferma. Una vez recuperada, las escribió.

Juliana escribió que había visto la corona de espinas de Jesús y el aspecto de su rostro cuando lo trataron con tanta crueldad. Descubrió que Dios está en todas las cosas y que nada sucede por casualidad. Juliana vio que Jesús lava nuestros pecados y que su muerte vence al pecado. Y Dios le mostró a Juliana que hay gozo en el cielo. Dios nos mantiene a salvo en las buenas y en las malas. Ella comprendió que no hay mayor dolor que el que sufrió Jesús, pero lo sufrió por nosotros. Entonces vio el amoroso corazón de Jesús y el de su madre, María. Juliana sintió la grandeza de Dios y la importancia de orar. Reconoció que el cielo es asombroso y que Jesús está realmente allí.

¿Te imaginas orar algo así y recibir semejante respuesta? Hoy en día, la gente lee el libro de Juliana esperando tener un vislumbre del cielo.

....

> Honremos y demos gracias a Dios y Padre de nuestro Señor Jesucristo. Ya nos ha dado una prueba de lo que es el cielo.
>
> Efesios 1.3

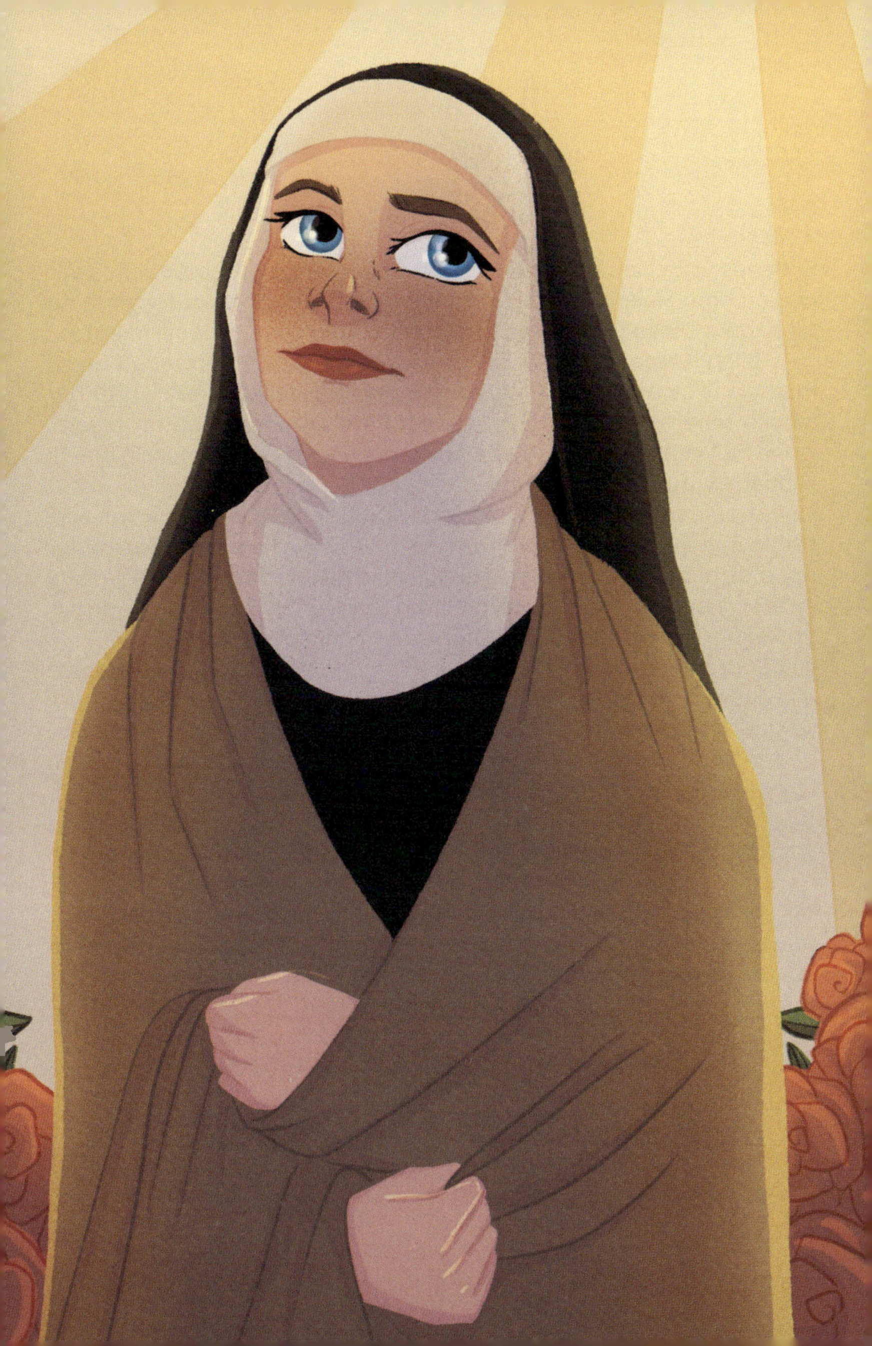

Helen Keller
(1880–1968)
El poder de hacer más

Si tienes vista, sabes cómo son las cosas. Pero ¿y si no pudieras ver ni oír, como Helen Keller? Cierra los ojos y tápate los oídos para no oír nada. ¿Cómo te sientes cuando estás sola con tus pensamientos?

Helen Keller se quedó ciega y sorda por una enfermedad de su infancia. Por un tiempo, parecía imposible que pudiera aprender algo o tener una vida de provecho. Pero entonces una profesora, Anne Sullivan, ayudó a Helen a aprender y a vivir en el mundo que la rodeaba y que no podía ver.

En su mundo interior, Helen no estaba sola. Dios estaba con ella. Podía sentir su amor, aprender de su sabiduría y sentir su poder obrando a través de ella. Podía imaginar lo que no podía ver y asignarle su propia belleza. Leyendo su Biblia en Braille, Helen podía profundizar en hechos y verdades sobre Dios que podía aplicar a su vida.

Sobre la oración, Helen decía: «Tenemos que orar no por tareas a la altura de nuestras capacidades, sino por capacidades a la altura de nuestras tareas». Dicho de otro modo, debemos orar no solo para hacer lo que podemos, sino para tener el poder de hacer aún más. Con la ayuda de Dios, Helen logró más. Aprendió a leer, escribir y hablar. Se graduó en la universidad y recorrió el mundo, dando conferencias y conociendo a personalidades famosas. Se dio a conocer en todo el mundo y recibió muchos premios. Helen también se casó.

Tal vez tengas una discapacidad, como Helen, o tal vez haya algo que quieras hacer aún mejor. No dejes que eso te deprima. Recuerda la historia de Helen. Pídele a Dios que te dé poder para hacer más.

• •

Puedo hacerlo todo, porque Cristo me da fuerza.

Filipenses 4.13

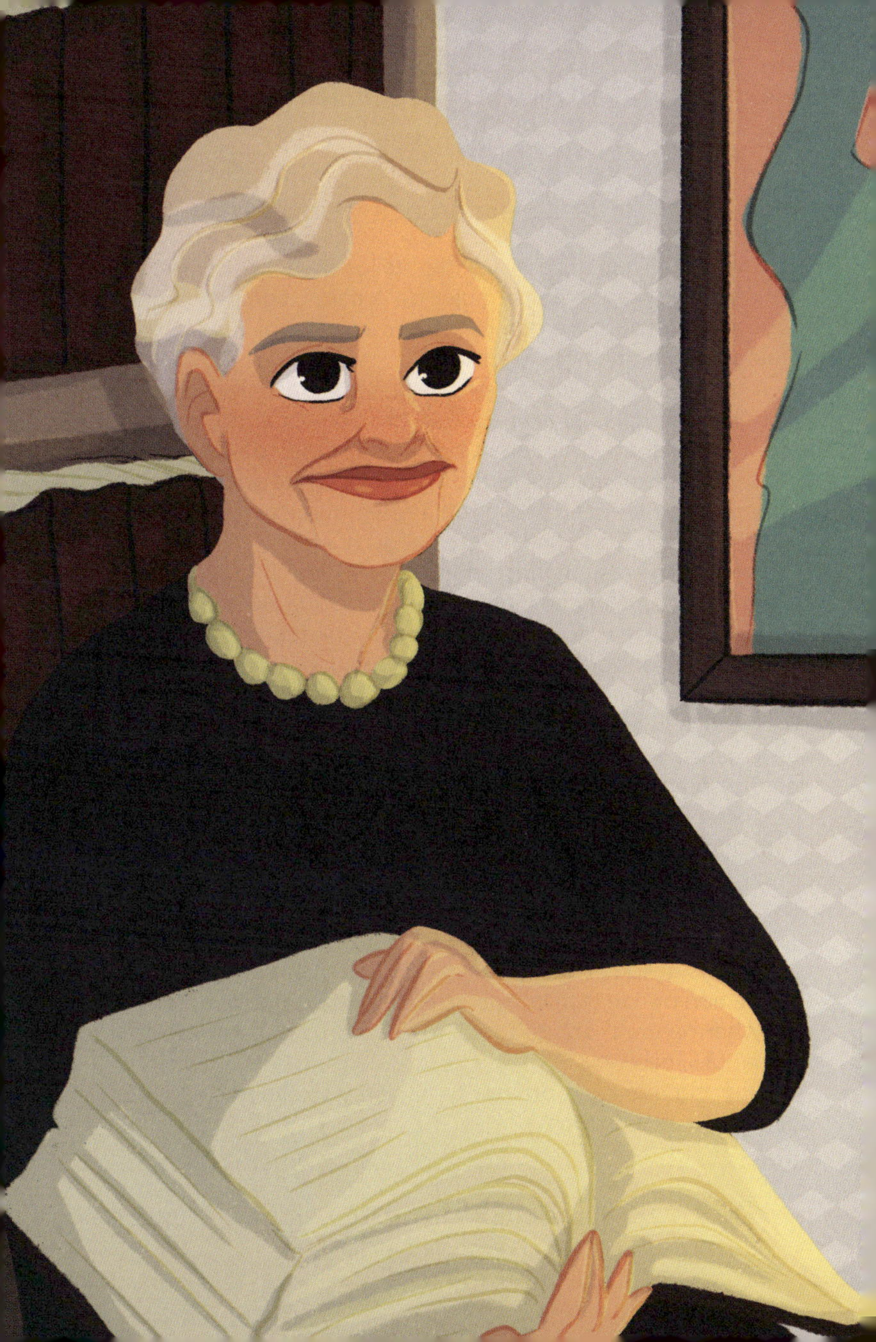

Coretta Scott King
(1927-2006)
Fuerza, esperanza y oración

Coretta Scott King, esposa del líder de los derechos civiles, el doctor Martin Luther King, era una mujer de oración, comprometida con el sueño de su esposo de que la gente de todos los colores viviera en igualdad de condiciones y en paz.

A lo largo de su lucha por la libertad, la esperanza del Coretta King crecía gracias al poder de la oración. Cuando, por culpa del odio, incendiaban y lanzaban bombas a casas de afroamericanos, cuando se asesinaba a los negros por el color de su piel, la oración le dio esperanza a Coretta. Ella tenía fe en que, con la gracia de Dios, el sufrimiento llevaría finalmente a algo bueno.

La oración era una parte habitual de la vida de la señora King y de su marido. En una noche difícil, después de que alguien amenazara la vida de su esposo y su familia, la señora King escuchó a su marido orar. Le estaba diciendo a Dios que sentía que lo que hacía era correcto, pero que no podía hacerlo solo. Después de orar, el doctor King dijo que sintió la presencia de Cristo muy poderosamente. Eso le dio una nueva sensación de confianza. Coretta vio su oración como un punto de inflexión en el movimiento de los derechos civiles.

Coretta Scott King creía que, cuando nos enfrentamos a obstáculos, la oración proporciona fuerza y esperanza. Cuando abrimos nuestros corazones a Dios en oración, nos abrimos a su perfecta voluntad. Ella lo demostró cuando se enfrentó al peor obstáculo de su vida. La fuerza y la esperanza llevaron a la señora King a ir a Memphis solo cuatro días después de que su marido fuera asesinado allí. «Creo que esta nación puede transformarse en una sociedad de amor y justicia, paz y hermandad, donde todos los hombres puedan ser realmente hermanos», dijo.

Hoy, cuando ores, ora por tu nación y sus líderes. Ora por paz y aceptación entre todos.

••

Feliz el pueblo cuyo Dios es el Señor, el pueblo que ha escogido como suyo.

Salmos 33.12 dhh

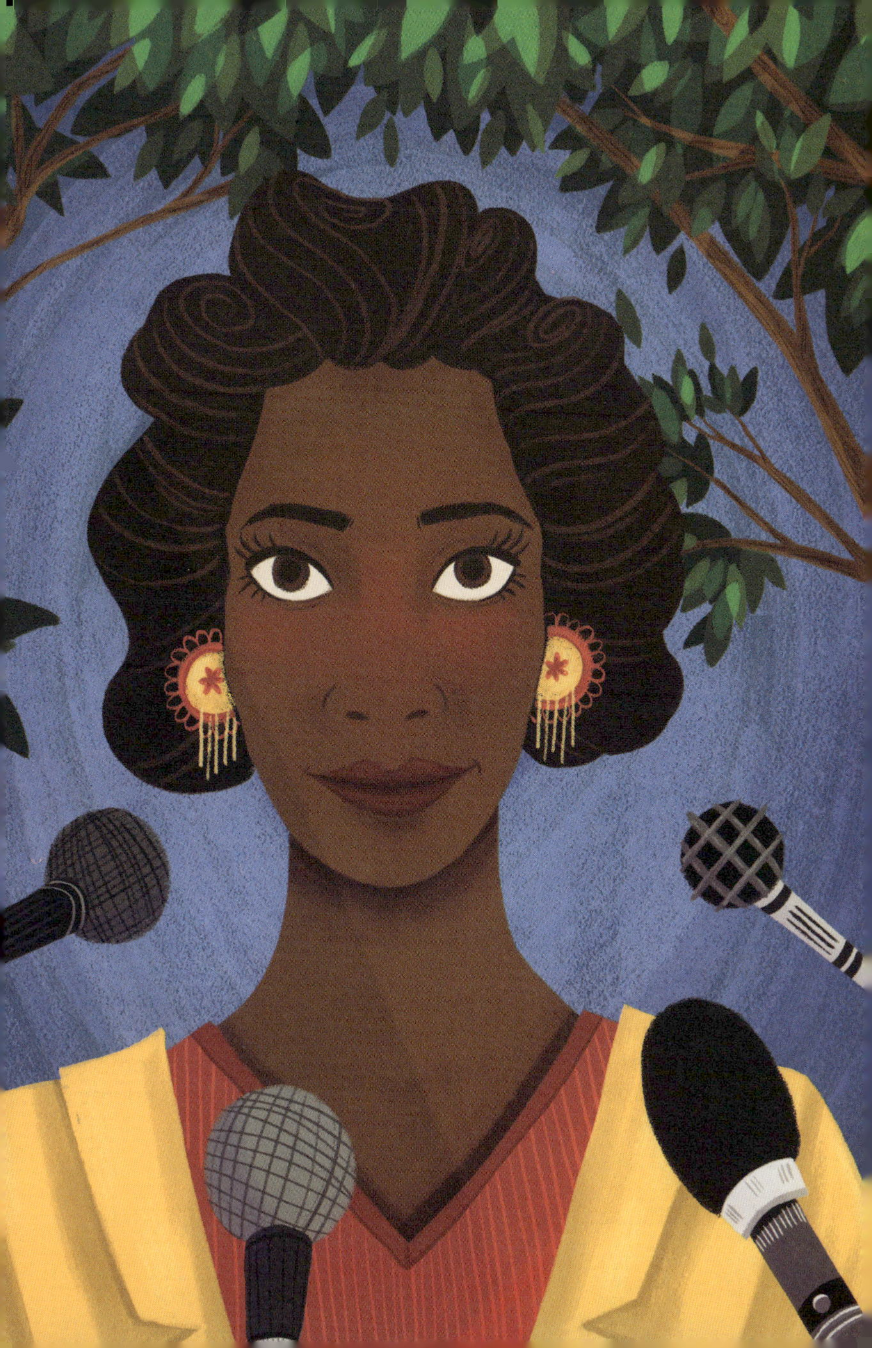

Jarena Lee
(1783-1849)
«Ve a predicar el evangelio»

Hoy en día no es raro ver pastores de todas las nacionalidades, tanto hombres como mujeres. Pero, en la época de Jarena Lee, la mayoría de los pastores eran hombres blancos. ¿Te imaginas la sorpresa de Jarena cuando ella, una mujer afroamericana, escuchó la voz de Dios diciéndole: «Ve a predicar el evangelio»?

«¡Nadie me creerá!». Dijo Jarena. Esperó a oír si Dios le contestaba.

Lo hizo. «Predica el Evangelio —le dijo—. Yo pondré palabras en tu boca y convertiré a tus enemigos en tus amigos».

Jarena fue a su iglesia afroamericana y le preguntó al pastor Richard Allen, un exesclavo, si podía predicar. Al principio no se sentía cómodo, no por ser negra, sino por ser mujer. Finalmente, el pastor Allen aceptó que Dios había llamado a Jarena a predicar el evangelio. Se convirtió en la primera mujer afroamericana que predicó en publico.

Jarena tenía poca formación, pero se convirtió en una predicadora itinerante autodidacta. Vivía en una época en la que la esclavitud era legal y los blancos poseían esclavos. Aun así, viajó predicando el evangelio a multitudes mixtas, de blancos y negros, en muchas iglesias protestantes del este de Estados Unidos, en el bajo Canadá, donde encontraba gente deseosa de escuchar la Palabra de Dios.

Lee era una predicadora emotiva, que invitaba al Espíritu de Dios a fluir a través de ella y a guiar sus palabras cuando predicaba. Gracias a su estilo de predicación, muchos se acercaron más a Dios. Hacía reuniones de oración dondequiera que iba, oraba por las personas y les pedía que oraran por ella.

La determinación de Jarena Lee de predicar el evangelio fue un ejemplo para otras mujeres, mostrándoles que ellas también podían ser predicadoras. Hoy en día, gracias a Jarena y a otras como ella, las mujeres ocupan muchas funciones en la iglesia como líderes de grupo, maestras, consejeras y pastoras.

···

Predica siempre. Usa la palabra de Dios [...]. Hazlo con paciencia y con esfuerzo.

2 Timoteo 4.2

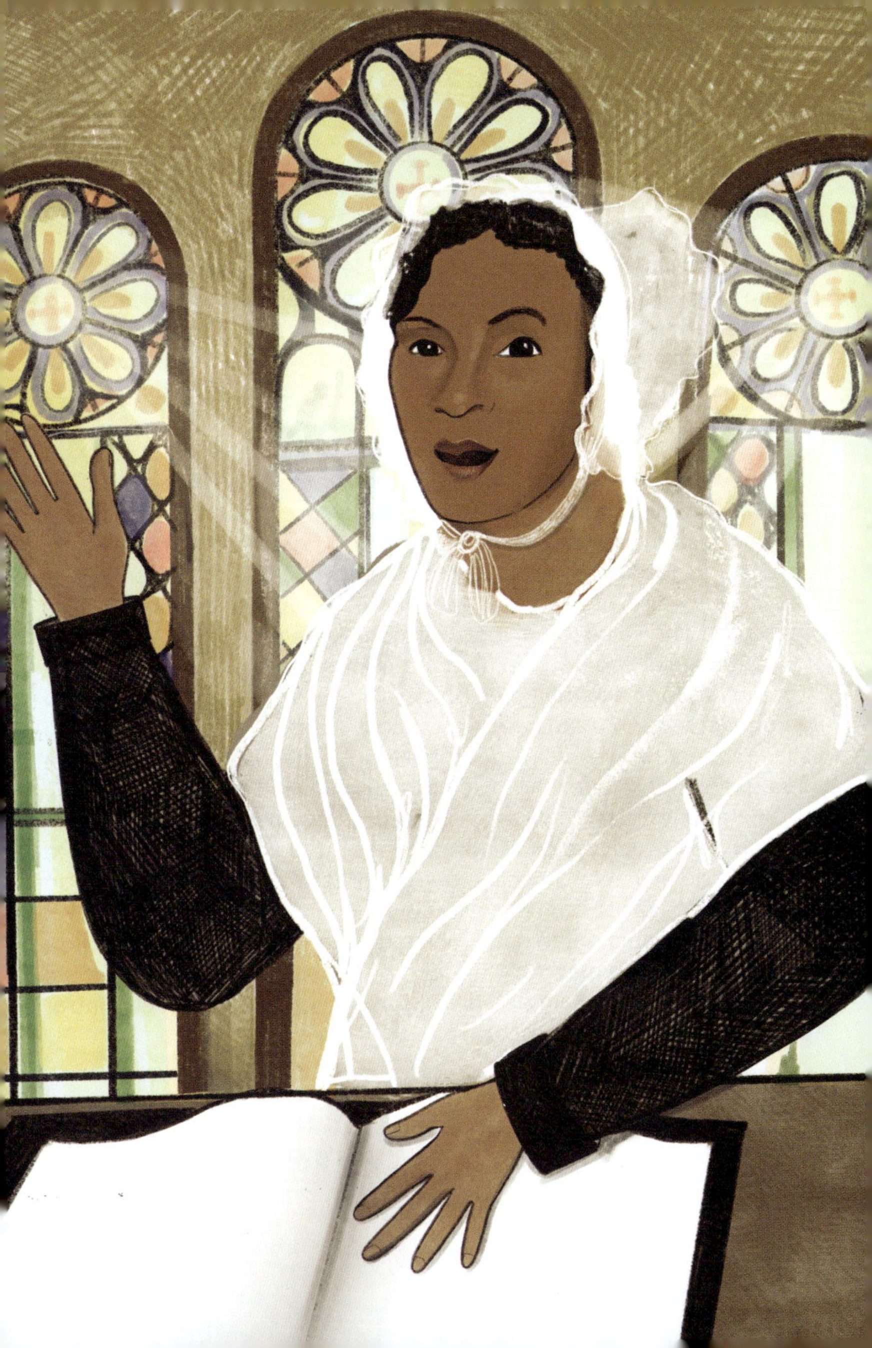

Catalina de Lutero
(1499-1552)
La gran fuga

Cuando no tienes palabras, la Biblia puede ayudarte a orar. El libro de Salmos está lleno de oraciones. Catalina de Lutero lo sabía cuando oró una oración que se encuentra en Salmos 31.1-3: «Oh Señor, a ti acudo en busca de protección […] Sálvame, porque tú haces lo correcto. Inclina tu oído para escucharme; rescátame pronto. Sé mi roca de protección, una fortaleza donde estaré a salvo» (NTV).

La historia de Catalina comienza en la Alemania del siglo XVI, cuando los protestantes luchaban por separarse de la Iglesia Católica. Catalina era una monja católica que quería escapar de su convento. Pero no se permitía salir. Si la atrapaban, podría pasar su vida en prisión.

Uno de los líderes protestantes más conocidos en ese entonces era Martín Lutero. A Catalina le gustaban sus ideas, por lo que, secretamente, se puso en contacto con él y le pidió ayuda.

Lutero elaboró un plan. La noche anterior a la Pascua de 1523, Catalina escapó escondida en un barril de pescado vacío en el carro de un mercader. Se la llevaron a Lutero, que no sabía qué hacer con ella. Esconderla era delito. Su familia no la quería. La única opción que quedaba era que Martín se casara con ella.

Catalina y Martín llegaron a amarse profundamente. Ella se convirtió en una mujer fuerte que animó con su ejemplo a otras mujeres. No tenía miedo de hablar y decir lo que creía. Estuvo al lado de su marido y ayudó a los protestantes a establecer una nueva iglesia.

Catalina había orado una oración de Salmos y Dios la escuchó. La liberó y le dio aún más: un marido, hijos y una buena vida.

Lee el libro de Salmos en tu Biblia. A ver si puedes encontrar algunas oraciones.

· ·

Sean llenos del Espíritu. Anímense unos a otros con salmos, himnos y canciones espirituales. Canten y alaben al Señor con el corazón.

Efesios 5.18-19 NVI

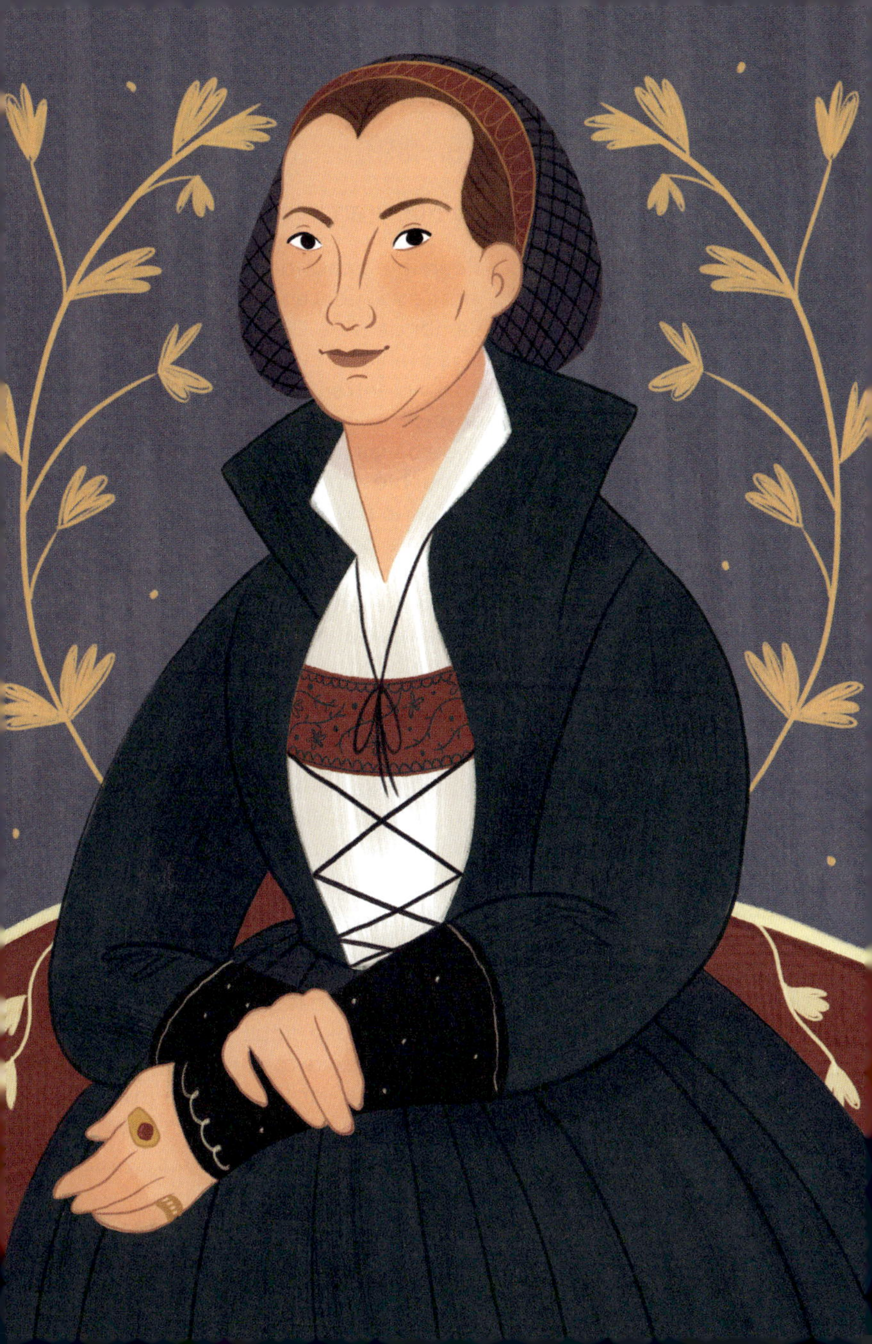

Mary Lyon
(1797-1849)
La oración de Mary en la colina

Mary Lyon, de 19 años, iba de camino a casa desde la iglesia, por el camino más largo, de tierra, despacio, pensando en el sermón que había dado su pastor sobre el amor de Dios. Cuando Mary estaba ya cerca de la pequeña cabaña de la granja de cuarenta hectáreas de su familia en Massachusetts, decidió no entrar. En lugar de eso, subió a una colina cercana para poder pasar tiempo a solas con Dios. En la cima de la colina, Mary contemplaba las montañas lejanas, el valle y las llanuras. Miró a su pequeño pueblo y pensó en todo lo que Dios había hecho. Su corazón rebosaba de paz. Mary oró, entregando su vida a Dios y pidiéndole que la guiara para siempre.

Mary vivió en una época en que se creía que las mujeres no necesitaban mucha educación. Tuvo la suerte de tener más escolaridad que la mayoría de las chicas. Eso la llevó a trabajar enseñando en una escuelita de una sola sala. Era una buena maestra, pero sentía que Dios la guiaba para ser aún mejor. Sobre todo, Mary quería asegurarse de que las chicas recibieran una buena educación.

Recaudó dinero para empezar su propia escuela, un centro educativo superior para chicas. Lo llamó Mount Holyoke. En la institución de Mary, las niñas aprendían ciencias, matemáticas y otras materias. Pero Mary quería que sus alumnas supieran también de Dios. Les exigía que asistieran a la iglesia y a los estudios bíblicos. También asignaba un tiempo devocional para que sus chicas pudieran estar a solas y orar. ¡Su centro tuvo éxito y creció!

Hoy en día se recuerda a Mary Lyon como una líder en la educación de las mujeres y fundadora del primer centro femenino de enseñanza superior de Estados Unidos. Mount Holyoke sigue existiendo con la misma función. Allí se han formado mujeres de todo el mundo. Muchas graduadas de Mount Holyoke llegaron a ser líderes que inspiraron a otros, todo ello gracias a Dios, a Mary y a su oración en la colina.

Estamos seguros que si pedimos cualquier cosa que él quiere que tengamos, él nos oirá.

1 Juan 5.14

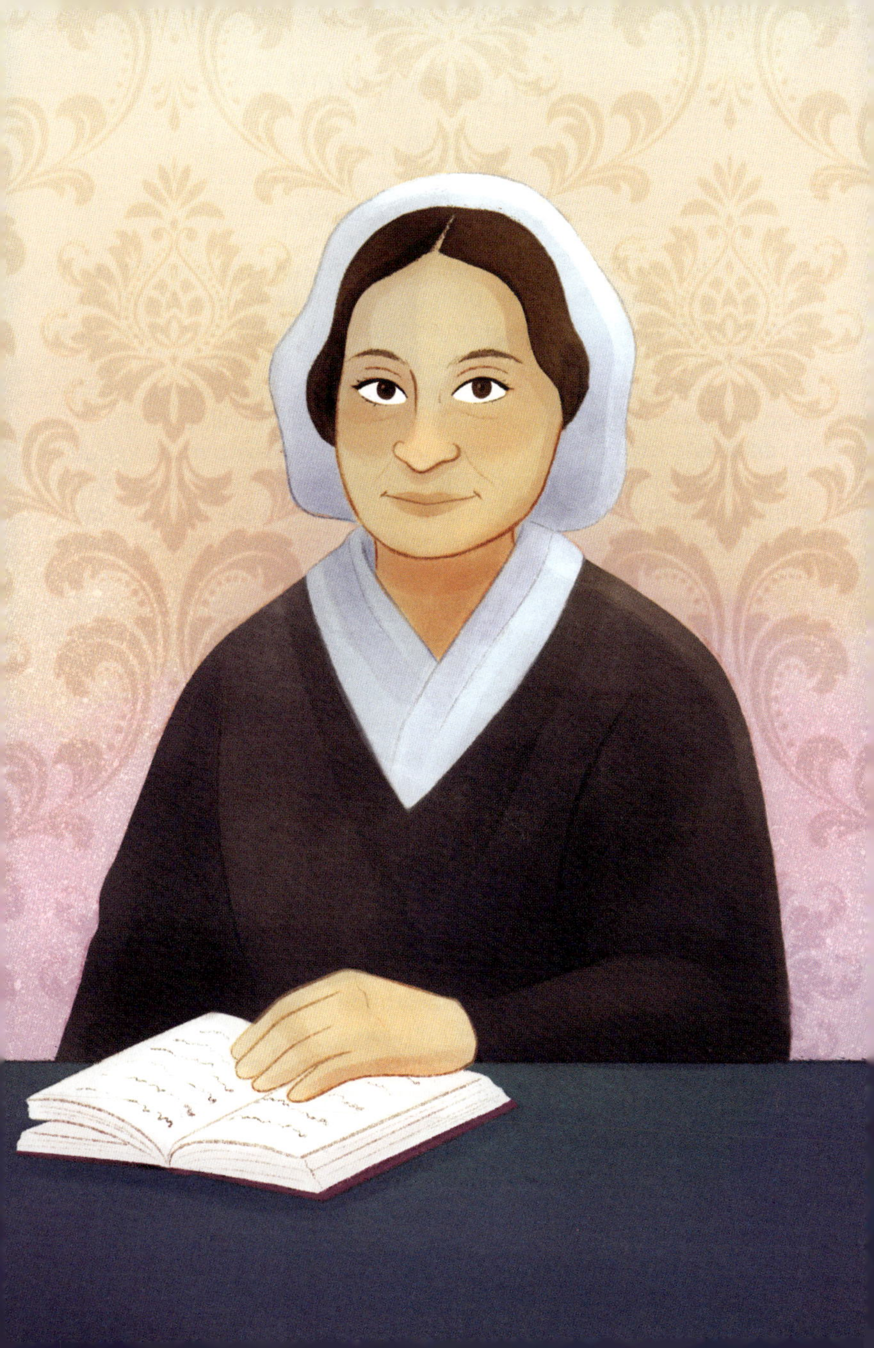

Bailee Madison
(1999-)
«No se trata de mí»

Bailee Madison ha estado actuando desde que era niña. Entre sus muchas participaciones en películas están *Puente a Terabithia* y *Cartas a Dios*. Ser famosa a una edad tan temprana puede hacer que algunos niños sean engreídos y antipáticos, pero no fue así con Bailee. Cuando empezó a tener éxito como actriz y sentía que era algo genial, su madre le dijo: «Tienes que ser humilde, Bailee». La joven artista escuchó a su madre, y sabe que su éxito no se lo puede atribuir a sí misma. Es cosa de Dios. Él eligió que ella fuera actriz. Ella también entiende que Dios podría guiarla algún día por un camino totalmente distinto. Y le parece bien. Ha aprendido que Dios tiene una razón para todo.

Cuando tiene que actuar, Bailee dice que no está nerviosa. Ella ora y le pide a Dios que le quite la ansiedad y que sus palabras fluyan a través de ella. Le dice: «Permite que te sienta en mi interior».

Bailee se ha enfrentado a retos en su carrera trabajando con directores difíciles y viendo que le quitaban escenas que realmente quería interpretar. Hubo momentos en que se fue a casa llorando y preguntándole a Dios: «¿Por qué a mí?». En esos momentos, Dios la ayudó.

Para Bailee, la oración es importante. Ella habla con Dios como lo haría con su padre terrenal. Le cuenta a Dios cómo se siente y sabe que él la ama. Bailee está comprometida con Dios y cree en que él siempre la cuidará.

Los objetivos de Bailee Madison son hacer cosas buenas y ayudar a la gente. Pero no quiere ser la protagonista. Ella quiere que lo sea Dios. Eso es lo que significa ser humilde.

¿Eres humilde cuando haces algo magnífico o ganas un premio? Piensa en la historia de Bailee y haz que el protagonismo de tu éxito no recaiga sobre ti, sino sobre Dios.

Humíllense delante del Señor, y él los exaltará.

Santiago 4.10 NVI

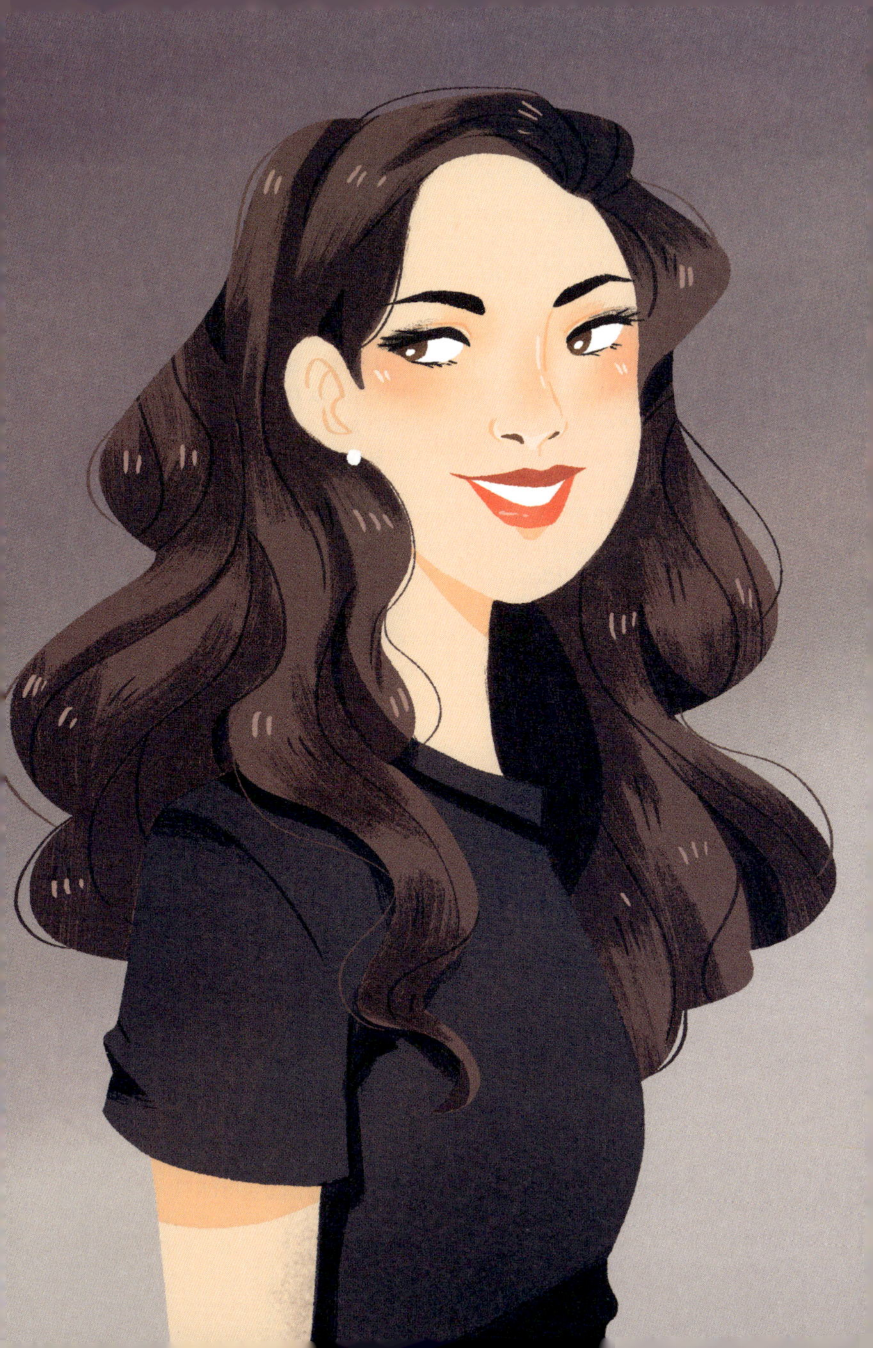

Catherine Marshall
(1914-83)
Nunca más indefensa

Cuando Catherine Wood asistió a la universidad en Georgia, conoció a un joven predicador escocés llamado Peter Marshall. Se casaron y Catherine vivió como esposa de un predicador. Al poco tiempo, le pidieron a Peter que pastoreara una iglesia en Washington, D. C.

Catherine Marshall no tenía ni idea de lo famoso que llegaría a ser su esposo. A la gente le encantaban sus sermones. El Senado le pidió a Peter que fuera su capellán y sirvió allí hasta que sufrió un repentino ataque al corazón y murió, con solo cuarenta y seis años.

Cuando Peter murió, Catherine pasó a ser una madre viuda con un hijo de nueve años a su cuidado. Catherine Marshall oró mucho después de la muerte de su marido. Dijo: «Mis respuestas más espectaculares a las oraciones han llegado cuando más indefensa estaba, demasiado lejos de tener el control como para poder hacer nada».

Dios escuchó a Catalina cuando derramó su dolor y puso sus sentimientos de impotencia ante él. Ella no tenía ni idea de lo que pasaría después, pero Dios sí.

Guio a Catherine a escribir un libro. Ella reunió algunos de los mejores sermones de Peter. El libro se convirtió al momento en un éxito. Ese fue el primero de muchos que Catherine escribió. Durante el resto de su vida, escribió libros de no ficción de gran éxito, biografías y novelas para adultos, niños y adolescentes. Uno de sus libros, *Un hombre llamado Peter*, fue llevado al cine, y su libro *Christy* se convirtió en una serie de televisión.

Solo Dios sabe lo que tiene planeado para ti. Habrá momentos en los que te sentirás impotente, como Catherine. Es una parte normal de la vida. Si le pides a Dios que te saque de esa impotencia, él lo hará. Solo ora y confía en que él te muestre el siguiente paso a dar. ¿No te emociona ver lo que Dios ha planeado para tu futuro?

···

Y así, Señor, ¿qué puedo ya esperar? ¡Mi esperanza está en ti!

SALMOS 39.7 DHH

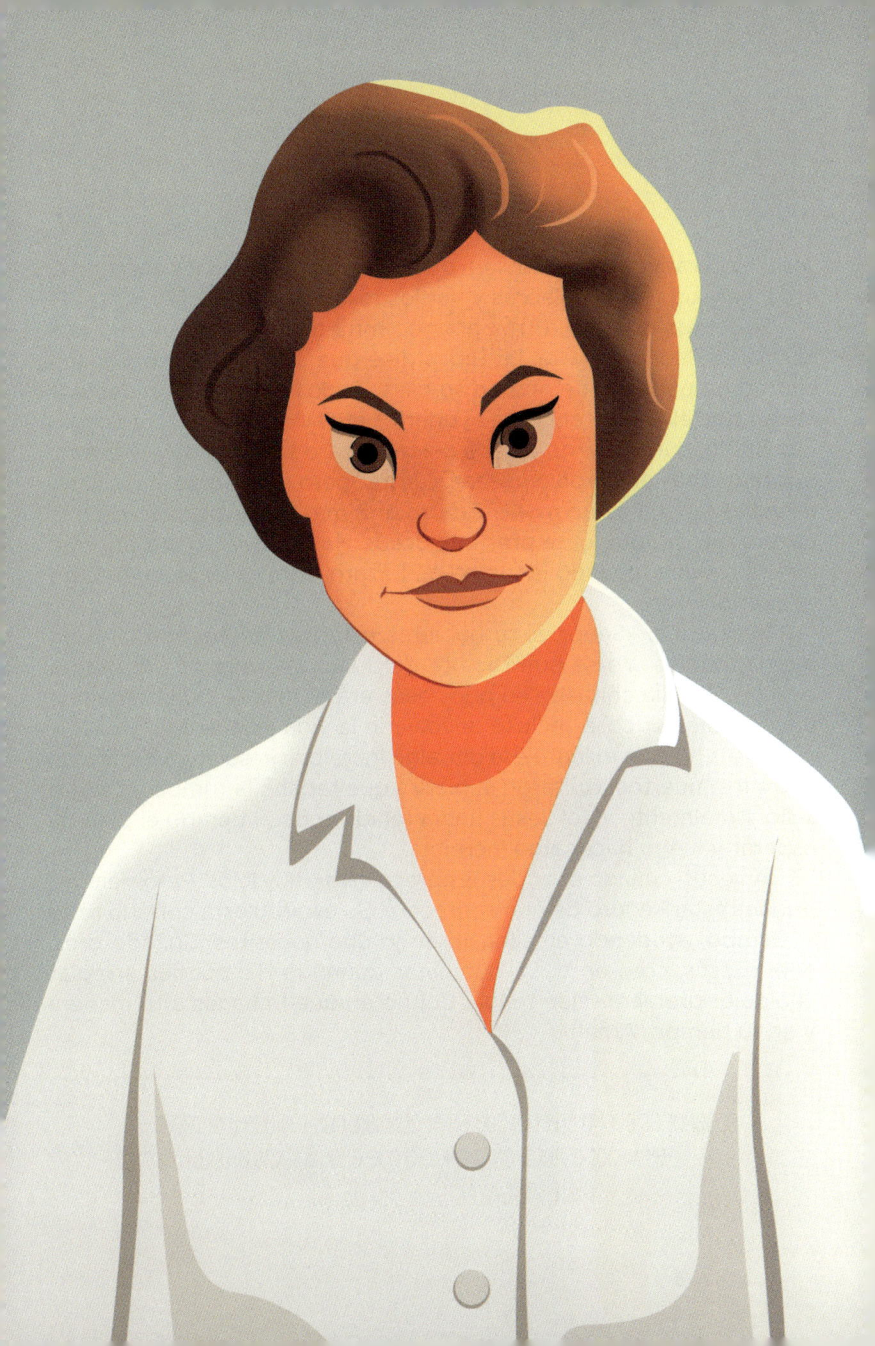

Marta

(Juan 11.1-45)

Creyó

Jesús hacía amigos dondequiera que iba. A las personas les encantaba escuchar sus sabias palabras y ver los milagros que hacía.

Sabemos que tenía tres amigos muy allegados, Lázaro y sus hermanas, María y Marta. La Biblia dice que Jesús los amaba y que disfrutaba pasando tiempo en su casa. Todos confiaban en Jesús y creían que él estaría ahí para ayudarlos cuando lo necesitaran.

Un día que Jesús no estaba cerca, Lázaro se puso muy enfermo. Sus hermanas enviaron a buscar a Jesús, pero no vino de inmediato. Mientras tanto, Lázaro murió. Cuatro días más tarde, después de que Lázaro fue sepultado, se presentó Jesús. Habían puesto una enorme piedra rodada tapando la tumba de Lázaro, para sellar su cuerpo en el interior.

Marta dijo: «Señor, si tú hubieras estado aquí, mi hermano no habría muerto. Yo sé que Dios te dará aun ahora lo que le pidas» (vv. 21-22). Ella confiaba en que Jesús era el Hijo de Dios, capaz de hacer cualquier cosa, incluso devolverle la vida a Lázaro.

Jesús hizo un milagro ese día, algo increíble. Resucitó a Lázaro de entre los muertos. Quitaron la piedra que tapaba la tumba y Lázaro salió, ¡totalmente vivo! Jesús había tenido todo el tiempo el plan de esperar y luego hacer algo increíble.

A veces, cuando oras, Jesús parece estar muy lejos. Pero siempre puedes estar seguro de que aparecerá. Su espíritu está contigo todo el tiempo, ayudando en silencio en lo que necesites. Cuando ores, dile: «Jesús, creo en ti. Sé que estás conmigo. Tú puedes arreglar cualquier problema que tenga. Confío en que lo hagas a tu manera y en tu tiempo. Amén».

....

El Señor es bueno con los que en él confían, con los que a él recurren. Es mejor esperar en silencio a que el Señor nos ayude.

LAMENTACIONES 3.25-26 DHH

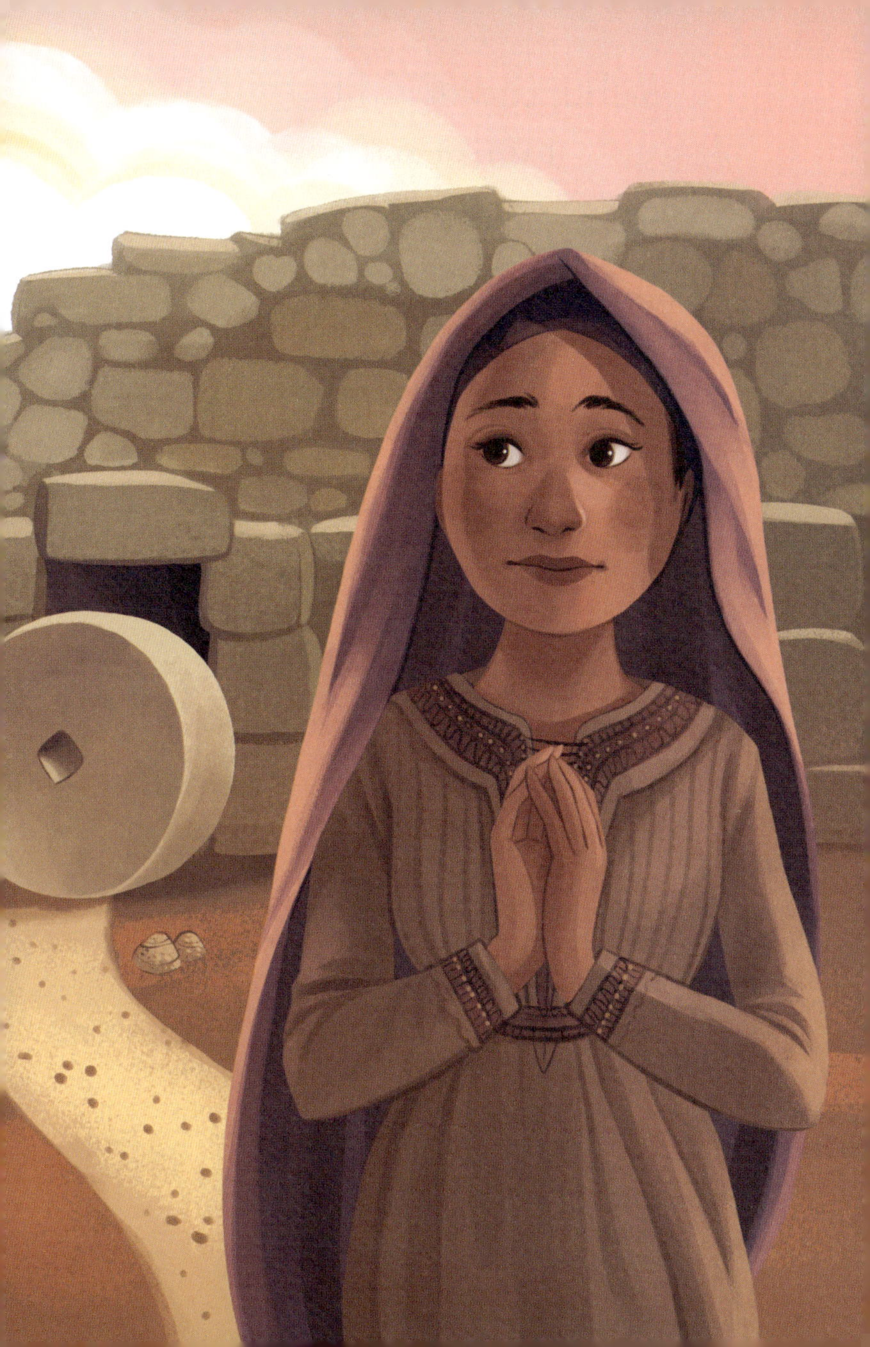

María, la madre de Jesús
(Lucas 1.28-35, 46-55)

¡Da gracias!

Dios tiene un plan para todo, y sus planes son siempre perfectos. Su mejor plan, hasta el presente, es darnos a Jesús.

Dios sabía que los seres humanos no eran lo suficientemente fuertes para resistir siempre al pecado. No hay lugar para el pecado en el cielo. Y como Dios quiere que todos los hombres vayan al cielo, envió a su Hijo, Jesús, para hacerlo posible.

Planeó enviar a Jesús a la tierra cuando era un bebé, y eligió a una joven llamada María para que diera a luz a Jesús. Un ángel le dijo a María que pronto crecería dentro de ella el niño Jesús. El bebé no tenía un padre terrenal. ¡Era el Hijo de Dios!

María no sabía por qué Dios la había elegido. El ángel solo dijo: «Has sido muy honrada y eres una mujer muy favorecida. El Señor está contigo. Has sido escogida entre todas las mujeres» (v. 28).

¡Imagina qué le pasaría a María por la mente! Dios la había escogido para ayudar a traer a Jesús al mundo. Tanta maravilla la abrumó. ¿Y qué hizo? Le dio gracias a Dios. Dijo: «Mi corazón canta de gratitud al Señor. Mi espíritu está alegre en Dios, el único que me salva del castigo del pecado [...]. El que es poderoso ha hecho grandes cosas conmigo. Su nombre es santo» (vv. 46-47, 49).

La historia de María nos recuerda que debemos agradecer a Dios por su bondad. Cuando ores, recuerda darle las gracias por las maravillas que hace. Haz un alto ahora mismo y piensa en algo que Dios hizo hoy por ti. Luego di una pequeña oración de agradecimiento.

Estén siempre llenos de gozo. Nunca dejen de orar. Den gracias por todo lo que pase. Esto es lo que Dios quiere que hagan por Jesucristo.

1 Tesalonicenses 5.16-18

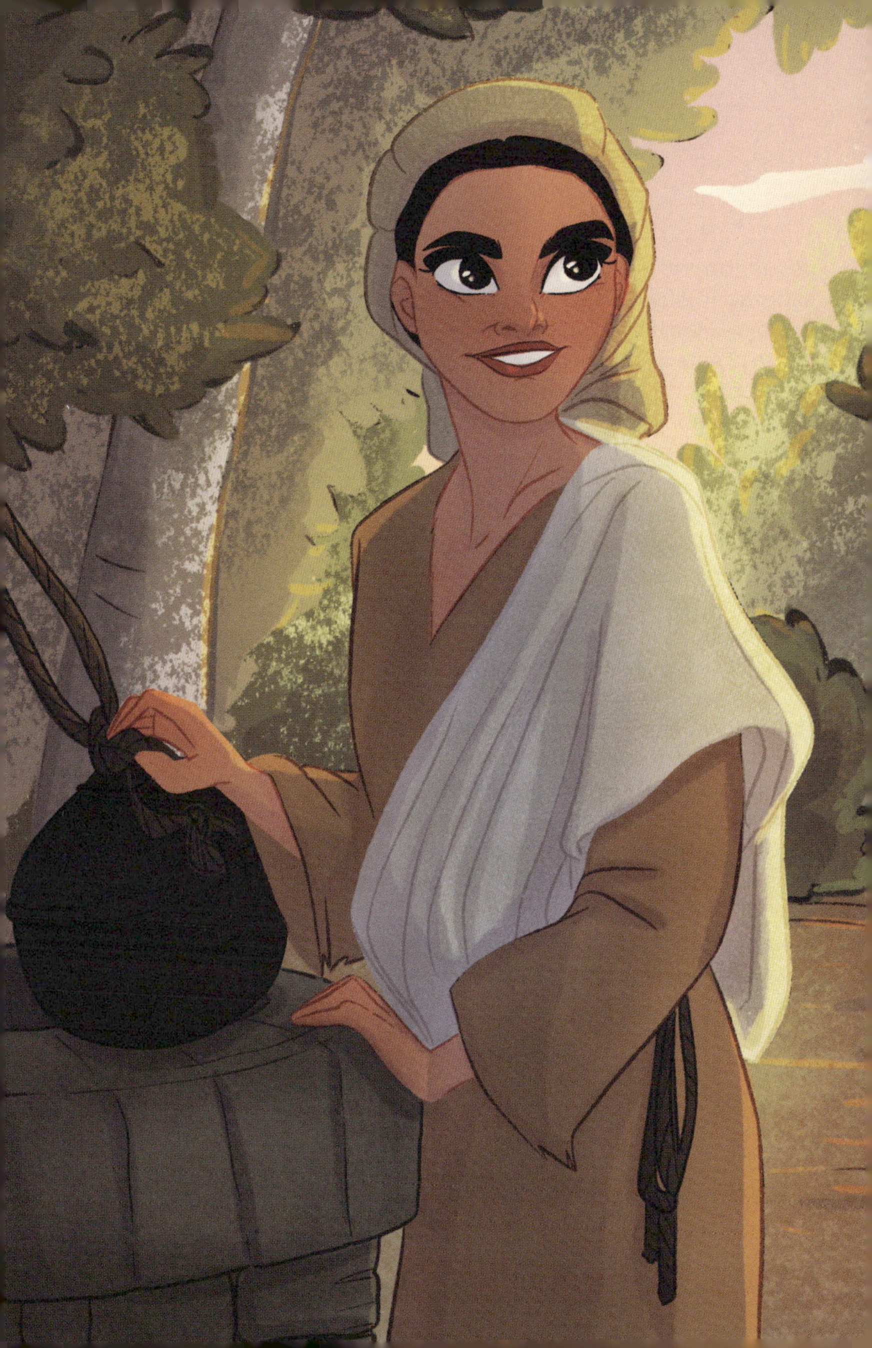

María de Betania
(Lucas 10.38-42)
Se necesitan dos

Jesús iba de camino para visitar a María y Marta. Las hermanas esperaban sus visitas y, cuando supieron que venía, se pusieron a trabajar. Había mucho que hacer. Además de poner la casa en orden, Marta preparó una deliciosa comida para su amigo. Las dos trabajaban codo con codo, ayudándose entre ellas. Pero, cuando llegó Jesús, María dejó de trabajar. Mientras Marta cocinaba, María estaba sentada con Jesús. Hablaban y ella escuchaba atentamente todo lo que él decía.

Esto disgustó a Marta, y le dijo: «¿Ves que mi hermana no me ayuda? Dile que lo haga».

Jesús le respondió: «Marta, Marta, estás preocupada e inquieta por muchas cosas. Solo unas pocas cosas son importantes, o, más bien, solo una. María ha escogido lo mejor, y no le será quitado» (vv. 40-42).

Piensa en lo que dijo Jesús. Lo más importante que puedes hacer, lo mejor, es tener conversaciones continuas con él.

La oración es hablar *con* Jesús. Es una actividad de doble dirección. Hablas con él, él escucha y luego *tú* lo escuchas a él.

María comprendió la importancia de hablar con Jesús. Nada se interponía en el tiempo que pasaba con él. Lo dejaba todo a un lado y ponía toda su atención en sus palabras.

Puedes aprender a ser como María. Cuando oras, acostúmbrate a aislarte de cualquier cosa que pueda distraerte. Concéntrate en tu oración. Habla con Jesús, pero luego guarda silencio. Cuando aprendas a guardar silencio y escuchar, oirás su voz en tu corazón, guiando tus pensamientos y conduciéndote a lo correcto.

··

«Llámame y te responderé».

Jeremías 33.3 dhh

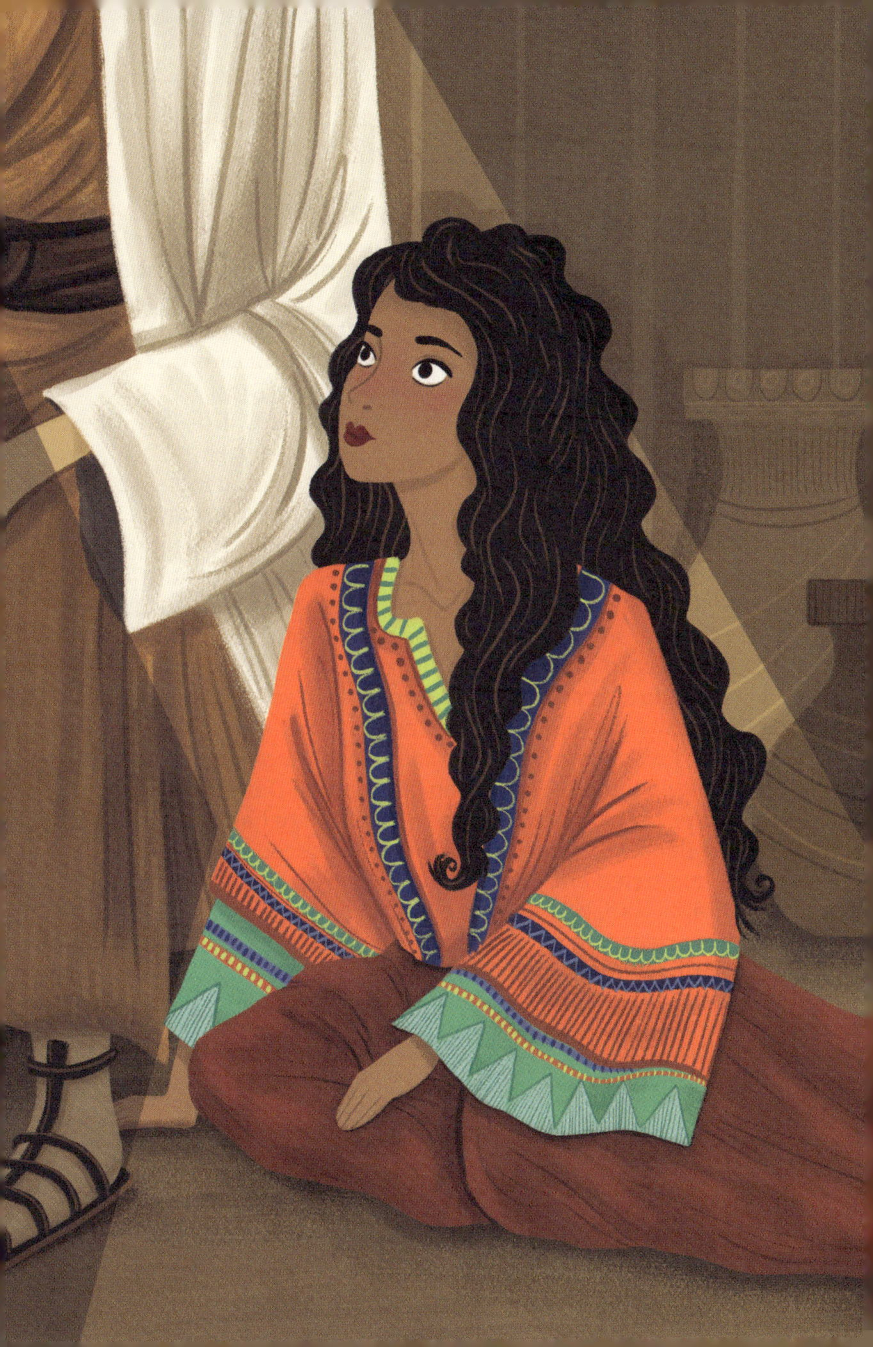

Miriam
(Éxodo 15.20-21)
¡Alabado sea Dios!

Tal vez has oído a alguien decir: «¡Alabado sea Dios!» La alabanza es una oración gozosa de agradecimiento. Quizás sea el mejor tipo de oración, porque la alabanza gira totalmente en torno a Dios. Cuando lo alabamos, no pedimos nada. Alabar es honrar a Dios por una sola razón: ¡porque él es nuestro único y maravilloso Dios!

En la Biblia hay muchos ejemplos de alabanza. Una de las primeras está en la historia de Miriam.

Miriam era la hermana de Moisés. Estaba con él cuando sacó a los israelitas de Egipto, donde el faraón los tenía como esclavos.

Mientras Moisés guiaba a los israelitas, el ejército del faraón los persiguió hasta el mar Rojo. Cuando Moisés y los israelitas llegaron allí, Dios separó el mar y abrió un camino seco para que ellos pasaran. Cuando estuvieron a salvo al otro lado, Dios cerró el camino ¡y el mar se tragó al ejército del faraón!

Miriam guio a las mujeres en la alabanza. Les dijo: «Canten al Señor, porque ha triunfado gloriosamente; arrojó al mar al caballo y al jinete» (v. 21, NTV). Las mujeres estaban tan llenas de alegría que tocaban panderetas, cantaban y danzaban, alabando a Dios por su bondad.

¿Alguna vez has estado tan contenta que te has puesto a saltar? ¿O tal vez danzaste o cantaste? Cuando te sucede algo bueno, Dios permitió que sucediera. Él es el único que merece alabanzas. ¡A Dios le encanta la alabanza! Si estás tan feliz que quieres cantarle tus alabanzas y danzar, a él también le gusta eso.

Acostúmbrate a alabar a Dios, no solo por lo que hace, ¡sino especialmente por lo que él es!

• •

> Oh Altísimo, por ti quiero gritar lleno de alegría;
> ¡quiero cantar himnos a tu nombre!
>
> Salmos 9.2 DHH

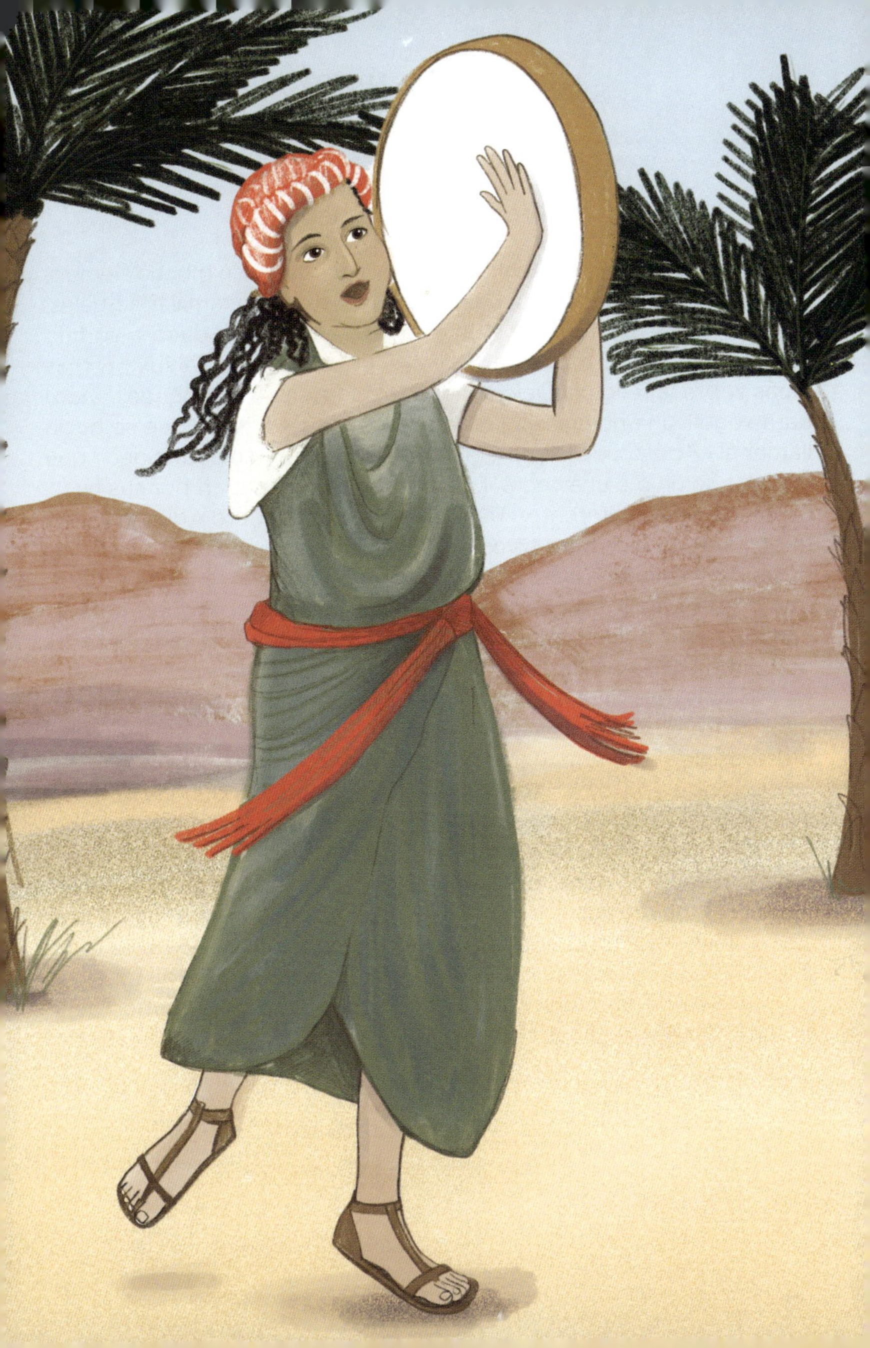

MÓNICA DE HIPONA
(331-87)
La madre de Agustín

La historia de Mónica y su hijo, Agustín, sucedió hace mucho tiempo. Pero hoy en día podría contarse la misma historia de familias actuales.

La madre de Agustín, Mónica, creía en Jesús. Educó a su hijo para que fuera cristiano. Pero, al crecer, Agustín tenía sus propias ideas sobre la religión. Dejó Hipona (el lugar de África donde vivían) para seguir una nueva religión creada por un tal Mani, que se hacía llamar el «Apóstol de la Luz». En el mundo de hoy, se podría decir que Agustín se unió a una secta. Las madres se preocupan por sus hijos, y Mónica no era diferente. ¡Tenía que hacer algo! Pero Agustín ya era lo bastante mayor para tomar sus propias decisiones. No podía ir a buscarlo y llevarlo a casa. Así que Mónica acudió a Jesús.

Oraba más y más cada día. También lloraba, porque no había cambios en Agustín. Mónica oró por nueve años. Les pidió a otros que también oraran por su hijo. Luego las cosas empeoraron. Agustín se fue aún más lejos de casa para enseñar filosofía en Roma. Era inteligente e iba camino de convertirse en uno de los más grandes filósofos de su tiempo. Pero no era cristiano.

Estando en Roma, Agustín dejó la secta. ¡Eran buenas noticias! Pero seguía teniendo luchas con sus ideas sobre Jesús. Mónica siguió orando y confiando en las promesas de la Biblia. Finalmente fue a donde estaba él, para llevarlo hacia el cristianismo. Por fin, Mónica recibió el mejor regalo posible. Después de diecisiete años de orar por su hijo, Agustín aceptó a Jesús en su corazón. Y eso no es todo. ¡Llegó a ser uno de los cristianos más importantes de la historia!

La historia de Mónica nos recuerda que nunca debemos dejar de orar. Dios escucha y, en su momento, hará lo que hay que hacer.

··

NUNCA DEJEN DE ORAR. SEAN AGRADECIDOS EN TODA CIRCUNSTANCIA.

1 TESALONICENSES 5.17-18 NTV

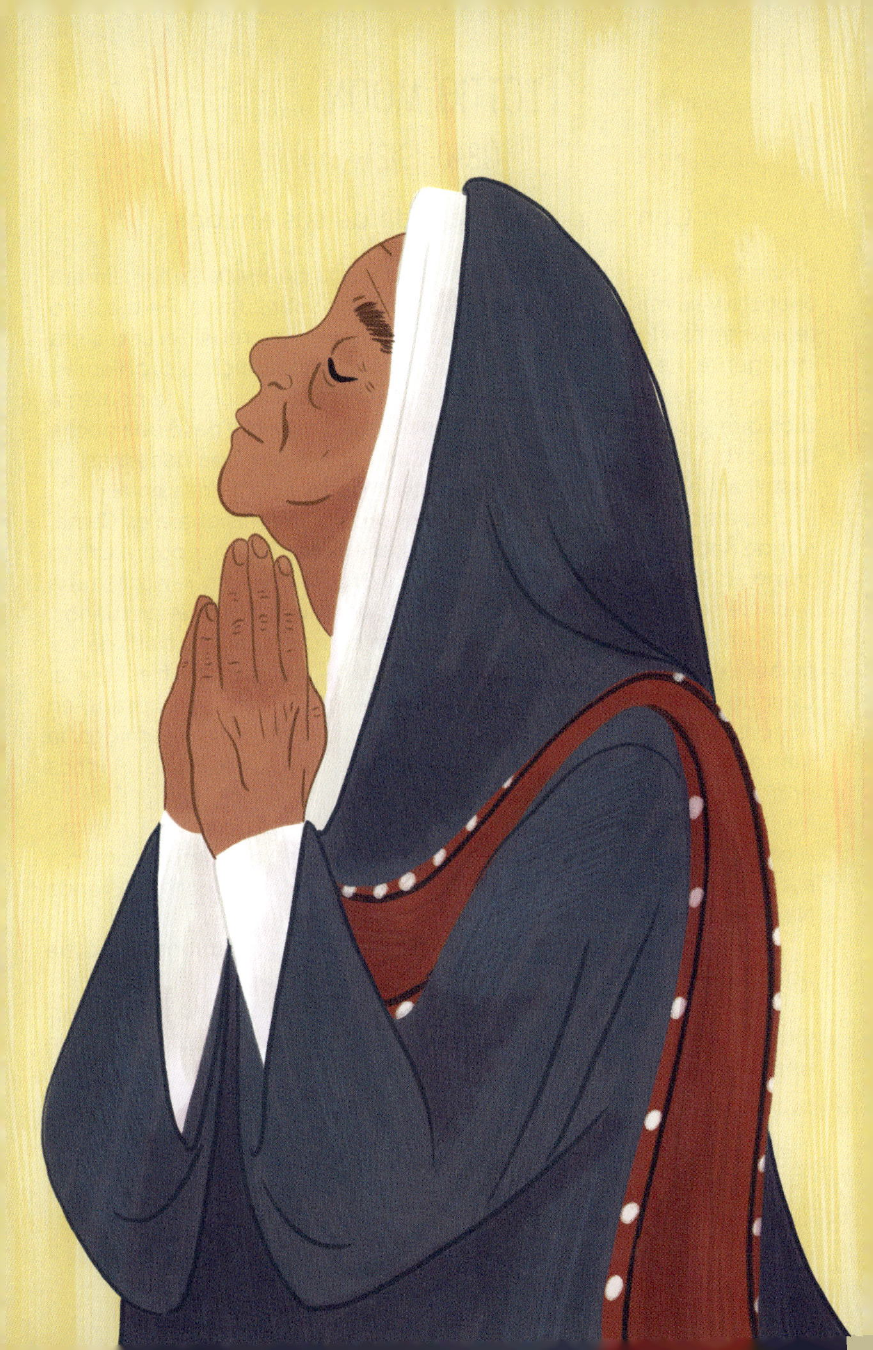

LOTTIE MOON
(1840-1912)
Con un poco de ayuda de sus amigos

Lottie Moon creció en Virginia en la década de 1840. Su familia era bautista y su madre se aseguró de enseñarle sobre Jesús. Pero ella no tenía interés. No estaba segura de creer en él, y era rebelde. Lottie era inteligente. Le iba bien en la escuela, pero daba muchos problemas. Sus amigos cristianos la pusieron en su lista de oración, le pedían a Dios que la salvara del pecado. Dios respondió. Lottie pasó una noche despierta pensando en su comportamiento. Sabía que necesitaba a Jesús, así que oró toda la noche y puso su fe y confianza en él.

Su amor por el Señor la llevó a trabajar como misionera en China, donde había pocos cristianos. Le costaba llevarlos a aceptar a Cristo como su Salvador. Así que Lottie oró y Dios le reveló que necesitaba hacerse su amiga y *mostrarles*, no solo decirles, cómo ser cristianos.

Se mudó a un pequeño pueblo de la campiña china y trató de ser amable con sus habitantes. Lottie horneaba galletas con frecuencia. Cuando los niños olían las deliciosas galletas, iban a su casa y, en poco tiempo Lottie conoció a sus madres. Mientras hacía amigos, la gente empezó a escuchar las historias de Lottie sobre Jesús. Muchos oraron y lo aceptaron en sus corazones.

Lottie Moon se quedó en China la mayor parte de su vida y animó a otros misioneros a ir allí. Mucho después de su muerte, continúa ayudando a sostener a misioneros de todo el mundo con la Ofrenda Navideña Lottie Moon de los Bautistas del Sur.

Nada de lo que logró habría sido posible si los amigos de Lottie no hubieran orado por ella.

Tal vez conozcas a alguien de la escuela que causa problemas. Ora por él o ella. Nunca se sabe... Dios podría usar a esa persona de una manera increíble.

***

Pero yo les digo: amen a los que les odian, respeten y bendigan a los que hablen mal de ustedes. Hagan el bien a los que sientan odio por ustedes, oren por los que hacen maldades contra ustedes y por los que les causan dificultades.

Mateo 5.44

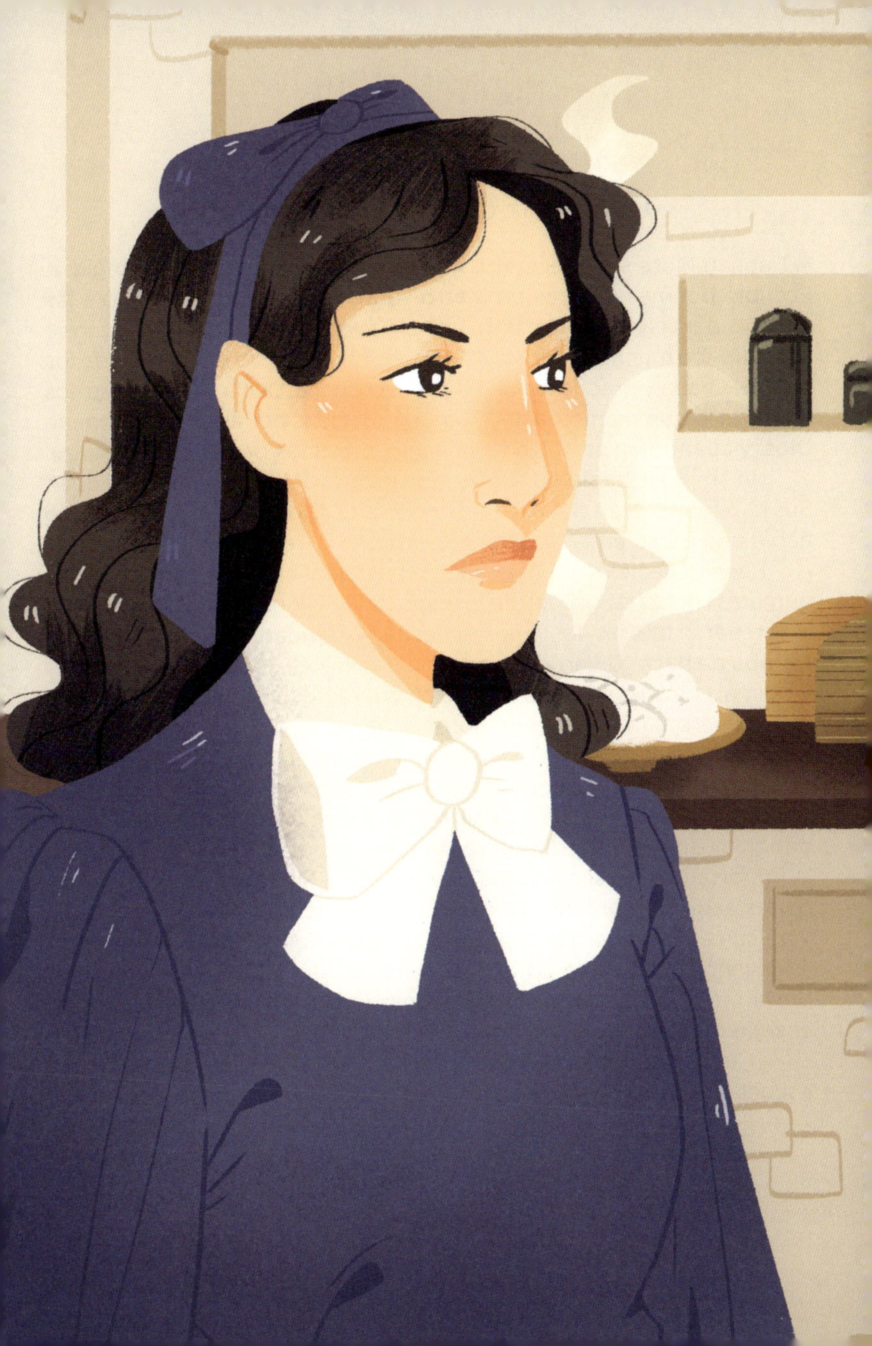

Hannah More
(1745-1833)
La escuela dominical de Hannah

A Hannah More se la recuerda más como poetisa y escritora inglesa. Escribió poemas y obras de teatro sobre la esclavitud y animó a las mujeres a unirse al movimiento antiesclavista en Inglaterra. Hannah se preocupaba mucho por los demás, sobre todo por la educación de los pobres. Oraba y practicaba una firme fe cristiana. Decía: «Cuando se nos conceda lo que oramos, estaremos agradecidas por el sincero amor de Dios; y cuando no se nos conceda, mostraremos paciencia y alegría».

Un amigo le habló de la situación en un pueblo cercano, Cheddar. Sus habitantes eran pobres y no conocían a Dios. Ella fue a verlo. Solo había una Biblia en el pueblo, ¡y la usaban para poner una maceta!

Hannah decidió empezar una escuela dominical allí. Fue una de las primeras líderes de grupos de jóvenes de la historia. Entendía que, para mantener el interés, los niños necesitan actividades. Así que Hannah trataba de hacer divertida la escuela dominical. Se valía de canciones y animaba a sus alumnos a realizar proyectos comunitarios. Juntos construyeron un horno para hornear panes y pudines en el pueblo.

Sus métodos de escuela dominical tuvieron tanto éxito que Hannah escribió sus ideas para que otros pudieran aprender de ella. Contaba que la escuela dominical debe ser entretenida y que las lecciones deben ajustarse a las diferentes edades de los niños. Escribió sobre la importancia de ser amable con los niños. Hannah sugería incluso darles pequeños premios por asistir a la escuela dominical y aprender versículos. En aquel tiempo no era popular la idea de recompensar a los niños por lo que aprenden. Pero las ideas de Hannah More se pusieron de moda. Llegaron a muchas más escuelas dominicales en el siglo diecinueve.

¿Cuál es tu parte favorita de la escuela dominical? Si no vas a la escuela dominical, pídele a Dios que te conduzca a ella.

• •

«Dejen que los niños vengan a mí, y no los detengan. El reino de los cielos es de aquellos que son como niños».

Mateo 19.14

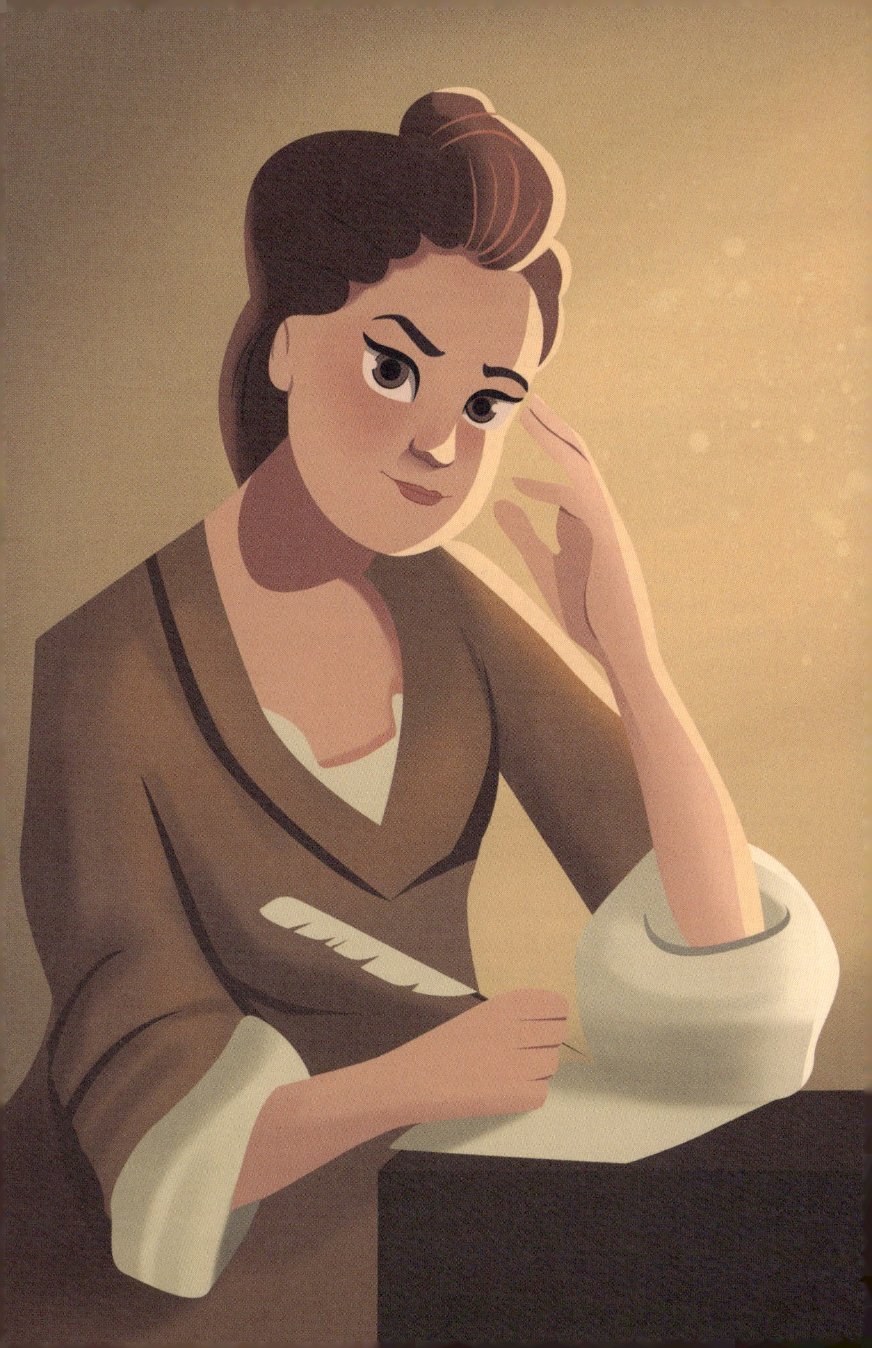

NOEMÍ
(RUT 1.1-18)
La oración desinteresada de Noemí

La historia de Noemí está en el libro de Rut. Comienza así: «En los días en que los jueces gobernaban Israel, un hambre severa azotó la tierra. Por eso, un hombre de Belén de Judá dejó su casa y se fue a vivir a la tierra de Moab, junto con su esposa y sus dos hijos. El hombre se llamaba Elimelec, y el nombre de su esposa era Noemí» (Rut 1.1-2, NTV).

La sequía dejó sin fruto los campos de Belén. No había nada para comer, así que la familia de Noemí se mudó a Moab. Vivieron felices por un tiempo, hasta que murió el esposo de Noemí, Elimelec. Aun así, tenía a sus hijos, Mahlón y Quelión, para ayudarla. Los chicos crecieron y se casaron con mujeres de Moab. ¡Eso era bueno! Ahora Noemí tenía dos ayudantes más.

Pero llegaron los problemas. Los hijos de Noemí murieron. *¡Los dos!* (La Biblia no nos dice cómo). Esto dejó a Noemí y a sus nueras, Orfa y Rut, sin hombres fuertes que las ayudaran en el pesado trabajo diario.

Noemí decidió regresar a su tierra natal, Belén.

Orfa y Rut pensaban ir con ella, pero Noemí les dijo que no, que se quedaran en Moab, donde se habían criado. Entonces Noemí oró una oración desinteresada, le pidió a Dios que les mostrara su bondad a sus nueras. Estaba dispuesta a renunciar a su única compañía para que ellas pudieran tener una buena vida en su tierra natal. ¡Le pidió a Dios que las bendijera!

Una oración desinteresada como la de Noemí es música para los oídos de Dios. Jesús dijo que debemos pedirle a Dios lo que queremos. ¡Incluso nos anima a hacerlo! Así que, cuando oras, no hay nada malo en pedir. Pero, además de pedir por ti, recuerda la oración de Noemí y pídele a Dios que satisfaga las necesidades de otros.

··

PIDAN POR SUS NECESIDADES. OREN TAMBIÉN POR TODOS LOS HIJOS DE DIOS.

EFESIOS 6.18

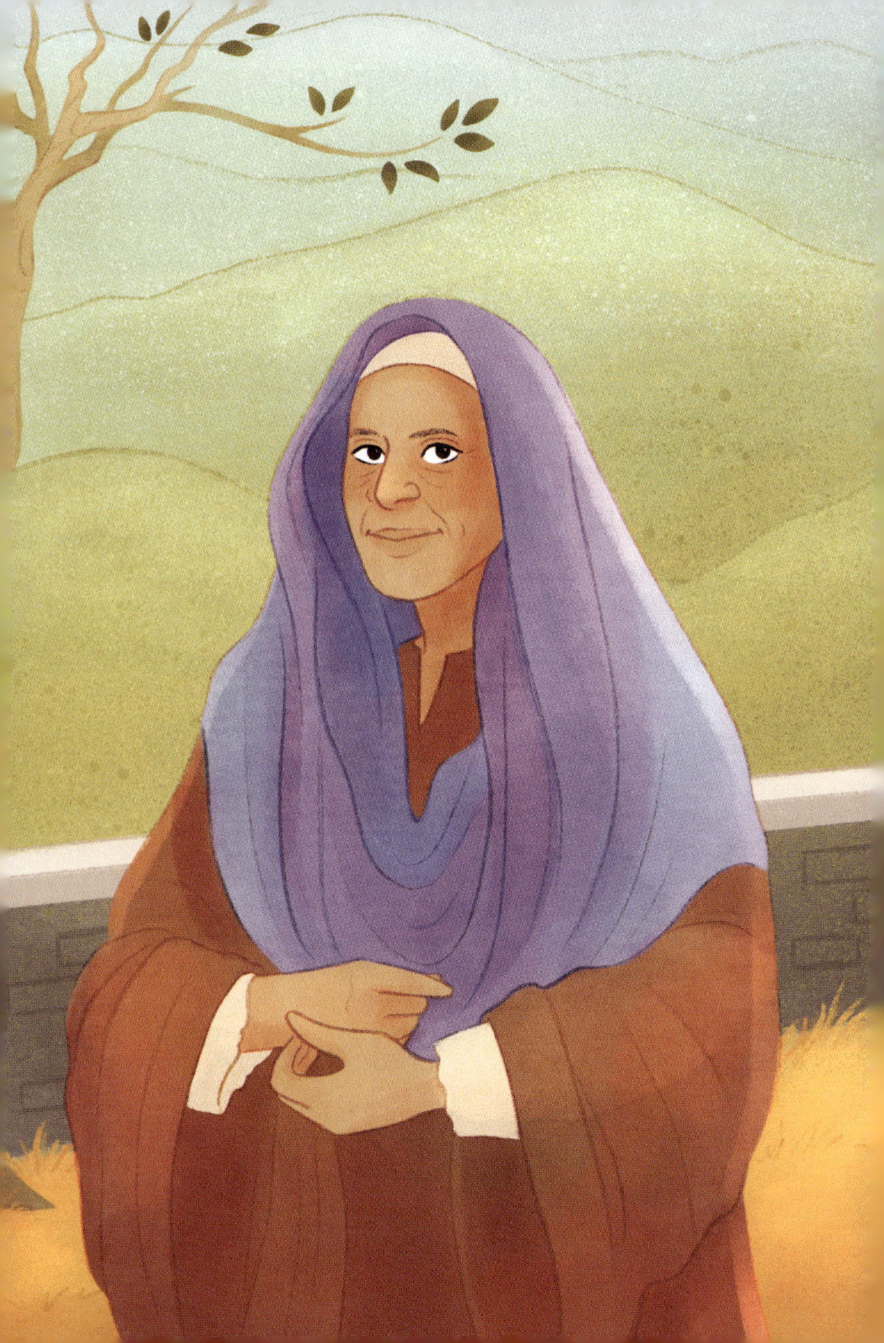

Florence Nightingale
(1820-1910)
La enfermera más famosa de la historia

Las dos palabras que podrían describir mejor el carácter de Florence Nightingale son valor y compasión. Con dieciséis años, estaba muy preocupada por los enfermos y los pobres. Florence tenía clara su vocación: ser enfermera; pero sus padres ricos no estaban de acuerdo. Ellos creían que ser enfermera estaba por debajo de su estatus social.

Pero Florence tenía una fuerte voluntad y determinación y sentía que Dios la llamaba a eso. Así que ingresó en la escuela de enfermería, a pesar de las protestas de sus padres. Cuando terminó su formación y empezó a trabajar, le entristecieron las condiciones antihigiénicas de muchos hospitales. Hizo cambios radicales para evitar la propagación de los gérmenes en los hospitales y crear un entorno más seguro y mejor para los pacientes. Sus jefes lo notaron, y también muchos otros.

En 1853 estalló la guerra y el ministro británico de guerra le pidió que reuniera un equipo de enfermeras para cuidar a los soldados británicos en los hospitales militares. Las condiciones eran horribles. Por los sucios pasillos corrían insectos y roedores entre los pacientes. Las enfermeras ni siquiera tenían lo que necesitaban. Florence oró, pidiéndole a Dios que proveyera para sus necesidades. También exigió que limpiaran el lugar. Luego se ocupó de cuidar a los hombres día y noche.

Florence se propuso como misión de su vida mejorar las condiciones de los hospitales y asegurar una buena atención para los pacientes. Se hizo conocida por su trabajo. Antes de morir, Florence escribió unas notas para ayudar a los encargados de formar a las enfermeras. En ellas, entre otras cosas, subrayó la importancia de que las enfermeras tuvieran un tiempo para orar.

Para Florence era importante programar un tiempo de oración. Y debería serlo también para todos nosotros. ¿Apartas tiempo para orar todos los días?

Querido amigo, pido a Dios que te vaya bien en todo y que tu cuerpo esté fuerte y sano, como también tu alma.

3 Juan 1.2

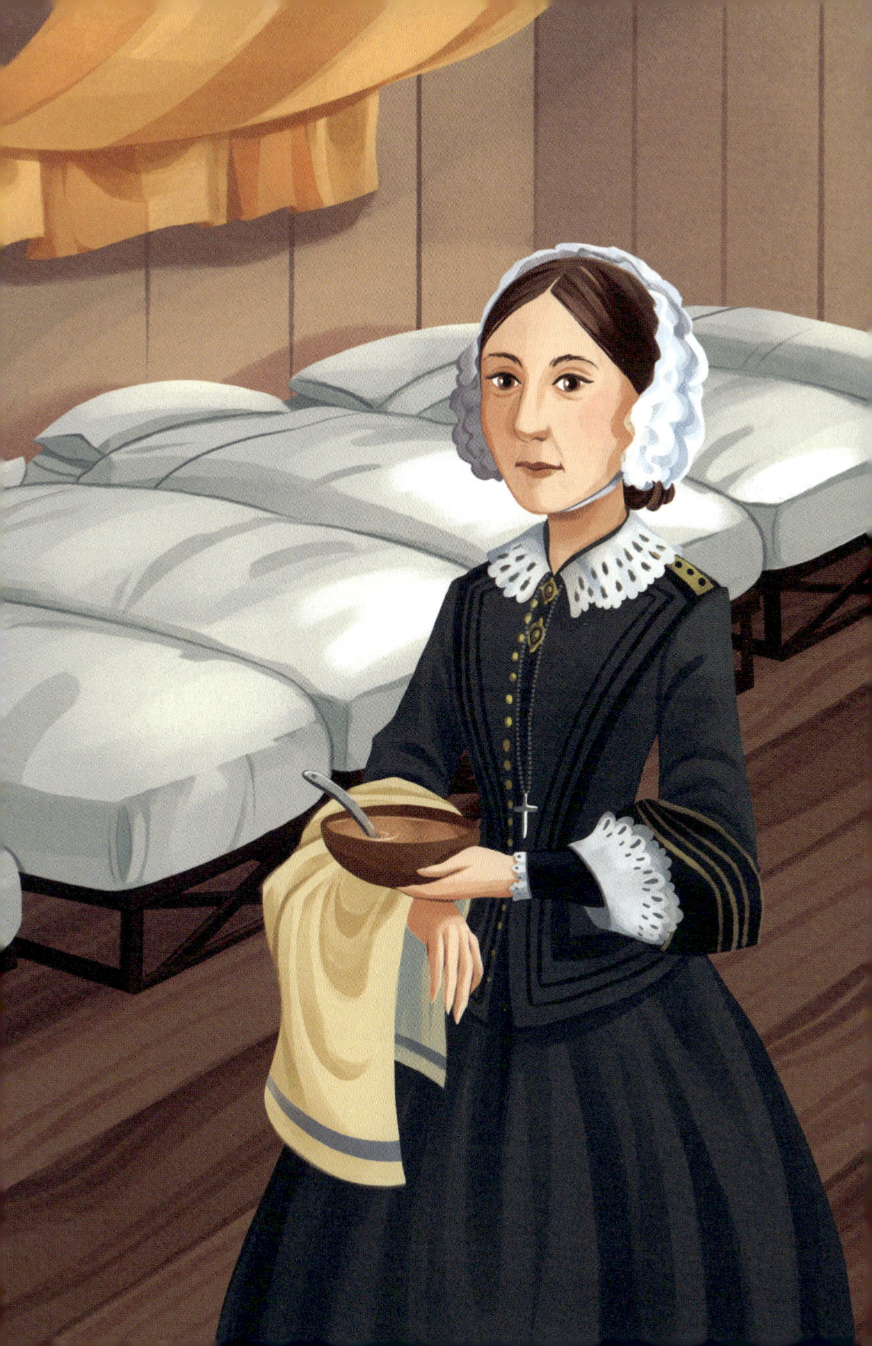

Flannery O'Connor
(1925-64)

¡Escritora!

Cuando Flannery O'Connor tenía veinte años y estudiaba en la universidad, lejos de casa, llevaba un diario donde dibujaba y escribía sus oraciones. Le apasionaba escribir y oraba con frecuencia. «Amado Dios, por favor, ayúdame a ser una buena escritora», escribió en su diario.

Tenía a su alrededor a personas con diferentes puntos de vista religiosos. También era consciente del pecado y la miseria que la rodeaba. Le preocupaba perder la fe. «Tengo miedo, oh Señor, de perder mi fe —escribió—. Mi mente no es fuerte. Es una presa fácil para para todo tipo de charlatanería intelectual».

Ella quería escribir de una manera que llevara a los demás a Dios, así que le pidió a Dios que le diera historias para escribir. Cuando se publicaron sus historias, le atribuyó a Dios todo el mérito. Sus historias no son lo que se podría esperar de una escritora cristiana. Se centraban en el pecado y la miseria. Su escritura era oscura, violenta, incluso chocante. Quería que los lectores se dieran cuenta de que necesitan la gracia de Dios. «Toda naturaleza humana […] se resiste a la gracia porque la gracia nos cambia y el cambio es doloroso», dijo Flannery. A veces se preguntaba, preocupada, si estaba haciendo lo correcto. «Por favor, que no tenga que desechar la historia porque al final implique más mal que bien», escribió en su diario.

Flannery O'Connor llegó a ser una de las más grandes escritoras de relatos breves del siglo veinte. De ella podemos aprender sobre la importancia de orar y confiar en Dios. Flannery hizo de Cristo el centro de todo. Tal vez por eso se convirtió en una autora de éxito.

El tema de muchas de las historias de Flannery es la gracia de Dios, su amor incondicional incluso cuando no lo merecemos. ¿Has experimentado su gracia?

SIN EMBARGO, CONSIDERO QUE MI VIDA CARECE DE VALOR PARA MÍ MISMO, CON TAL DE QUE TERMINE MI CARRERA Y LLEVE A CABO EL SERVICIO QUE ME HA ENCOMENDADO EL SEÑOR JESÚS, QUE ES EL DE DAR TESTIMONIO DEL EVANGELIO DE LA GRACIA DE DIOS.

Hechos 20.24 NVI

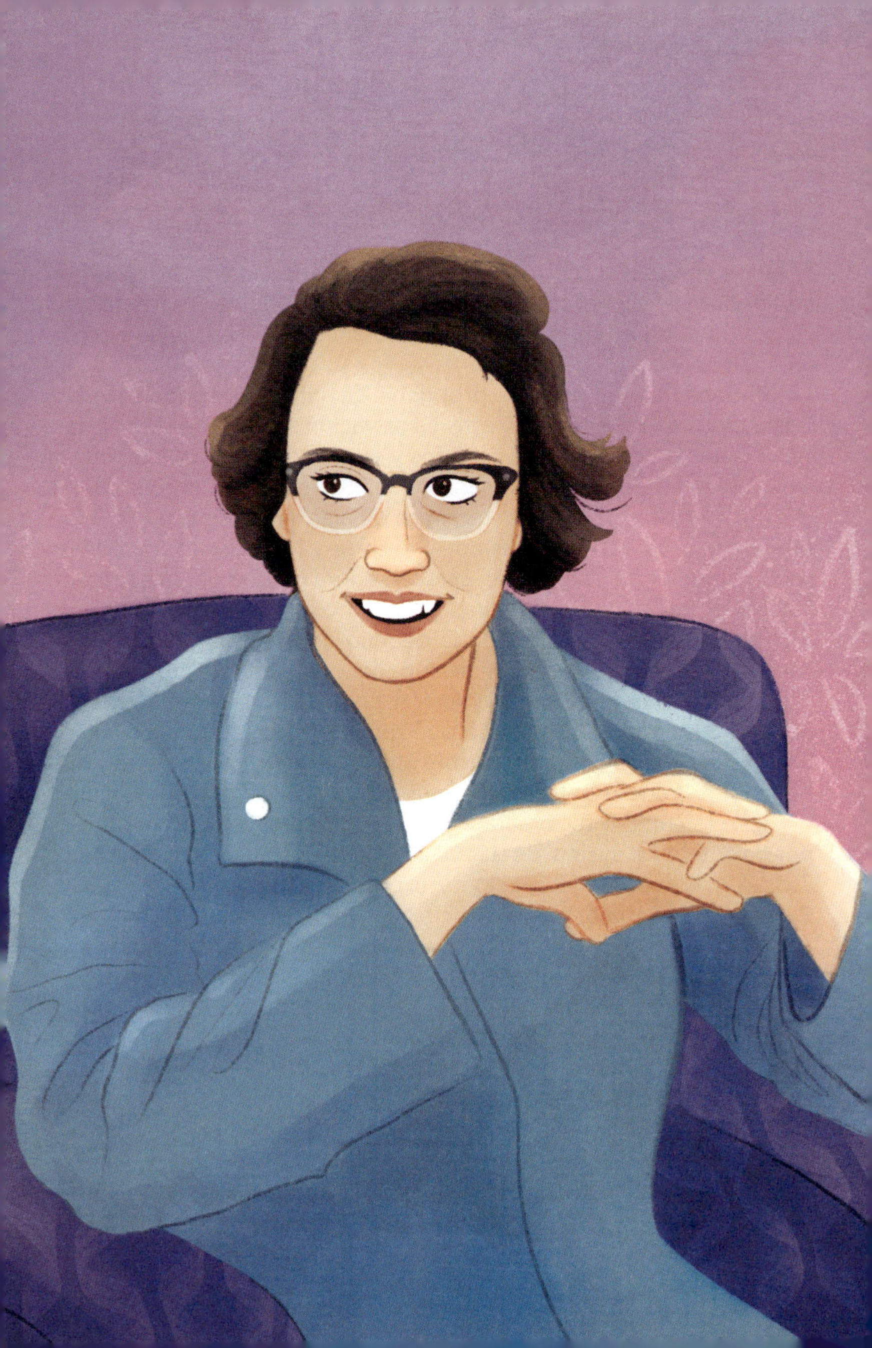

PHOEBE PALMER
(1807-74)
¿Cómo te sientes?

¿Alguna vez te has sentido confundida por tus sentimientos? Crees que deberías sentirte de cierta manera, pero no lo haces. Y te dices: *¿hay algo malo en mí para no tener los sentimientos que se supone que debo tener?*

Phoebe Palmer tenía ese problema. Le había entregado su vida a Cristo, pero no se sentía diferente. La salvación significaba aceptar que Jesús había muerto por sus pecados y eso le garantizaba estar con él en el cielo al morir. ¿No era maravilloso? Su religión le enseñaba que al recibir la salvación venían lágrimas de alegría y emoción. Te hacía tan feliz que te daban ganas de levantarte y bailar. Pero Phoebe no sentía ninguna de esas cosas. Estaba segura de que había aceptado a Jesús como su Señor y Salvador, pero no lo experimentaba como algo fuera de lo normal. Phoebe decidió que faltaba algo. ¿Dónde estaba toda esa emoción que se suponía que viene de la salvación?

Pasó años buscando esa emoción. Le pidió a Dios que la ayudara, que la guiara a algún versículo que pudiera explicar su ausencia de emociones. Por fin, Phoebe recibió una respuesta: había pasado más tiempo centrándose en sus sentimientos que en Jesús y su salvación.

¡Eso lo cambió todo para Phoebe! Puso a Jesús en primer lugar, por delante de sí misma, de su familia y de sus sentimientos. Se dedicó a dirigir reuniones de oración y a predicar sobre su experiencia. Gracias a su trabajo, muchos recibieron la salvación. Dios bendijo a Phoebe con energía para predicar y escribir sobre la importancia de la salvación. Le dio sentimientos fuertes para servir a los demás y llevarlos a aceptar a Jesús en sus corazones.

Tal vez seas como Phoebe. Algunas personas sienten las cosas con más fuerza que otras. Si estás confundida con tus sentimientos, recuerda su historia. Pídele ayuda a Dios.

POR EL FAVOR DE DIOS, USTEDES HAN SIDO SALVADOS DEL CASTIGO DEL PECADO, POR MEDIO DE SU FE. Y NO ES ALGO QUE USTEDES HAYAN HECHO. ES UN REGALO DE DIOS.

EFESIOS 2.8

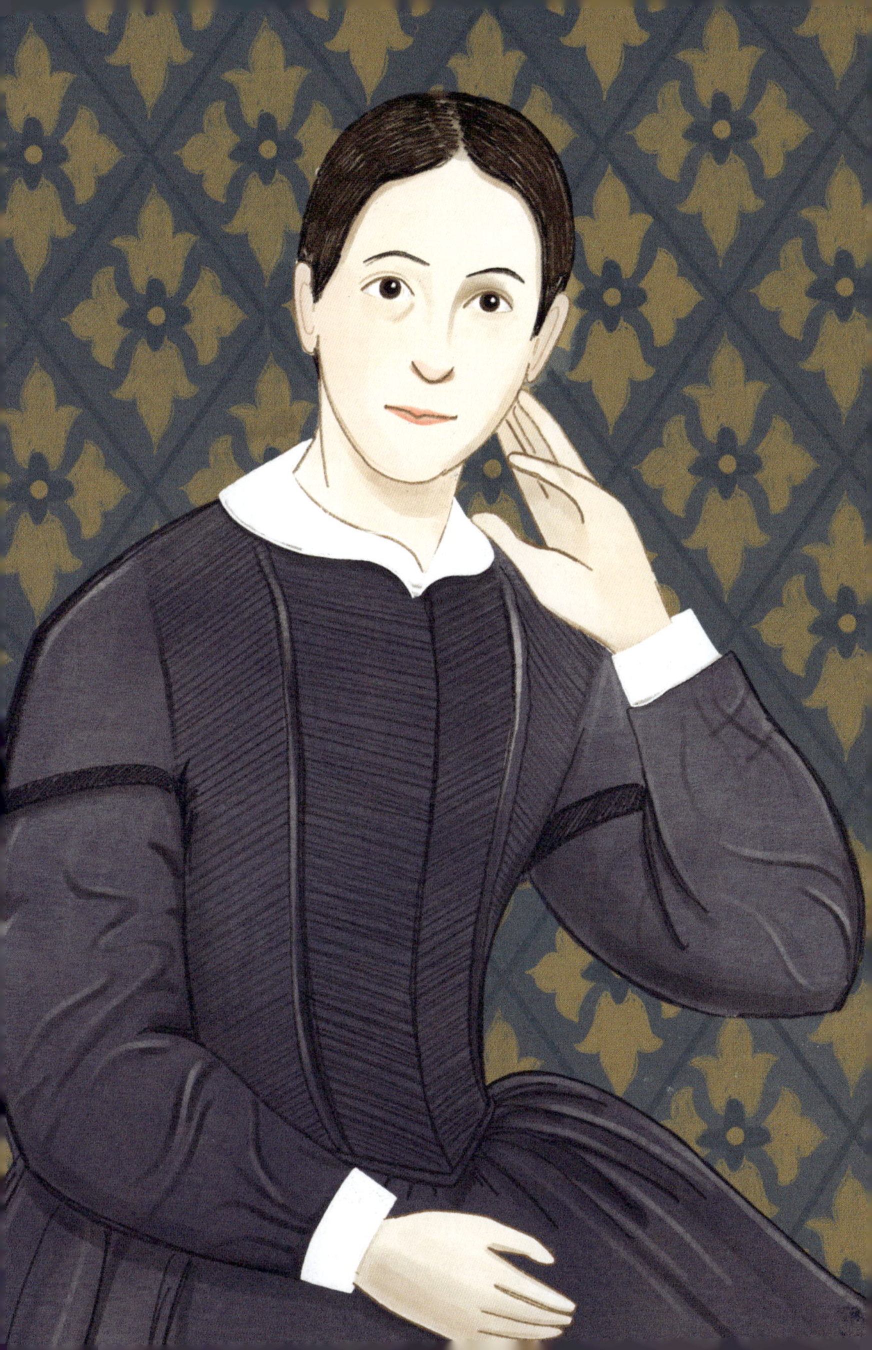

MORIAH SMALLBONE (PETERS)
(1992-)
Una colisión santa

American Idol había rechazado a la cantante cristiana Moriah Peters. No fue por su talento, sino porque contó que era cristiana y que guardaba su primer beso para el matrimonio. Ese rechazo era el plan de Dios. A las pocas horas de su audición, Moriah fue llevada a alguien que lanzaría su carrera como solista cristiana.

Pero, después de un tiempo, Moriah se cansó de ir en solitario. Buscaba algo nuevo. Su próximo paso podría ser comenzar un negocio. O tal vez actuar o volver a sus estudios. Se sentía inquieta e insegura.

En un viaje a Israel, le preguntó a Dios qué debía hacer. «Sé que el siguiente paso no será en la música», le dijo.

¡Oh, pero sí lo era! Moriah sintió que Dios le decía que no había terminado con su carrera musical todavía. Iba a llevarla a un nuevo proyecto que involucraba al resto de su banda.

Así que Moriah fue a donde Dios la llevó. Se unió a sus antiguos compañeros de banda, Jesi Jones y Julie Melucci, para formar una nueva banda llamada TRALA. Juntos escribieron canciones desde sus corazones. Luego produjeron sus canciones y las lanzaron como discos sencillos.

TRALA tituló su primer sencillo «Holy Collision». Moriah explica que una santa colisión es algo inesperado, o tal vez no deseado. ¡La respuesta de Dios a su oración en Israel fue ciertamente una santa colisión! Su canción consiguió más de 67.000 reproducciones en Spotify en sus primeras seis semanas. TRALA fue, y es, un éxito.

Se suponía que nada de esto iba a pasar. No era el plan de Moriah, era el de Dios, como lo había sido su rechazo en *American Idol*.

Tal vez has intentado dar lo máximo en algo, pero has fallado. No te preocupes por el fracaso. Más bien, recuerda la oración de Moriah. Pregúntale a Dios qué quiere que hagas.

••

SI LE FALTA A ALGUIEN BUEN ENTENDIMIENTO, PÍDASELO A DIOS, QUE ÉL SE LO DARÁ. ESTÁ SIEMPRE LISTO A DARLO, Y NUNCA DICE QUE NO DEBEN PEDIR.

SANTIAGO 1.5

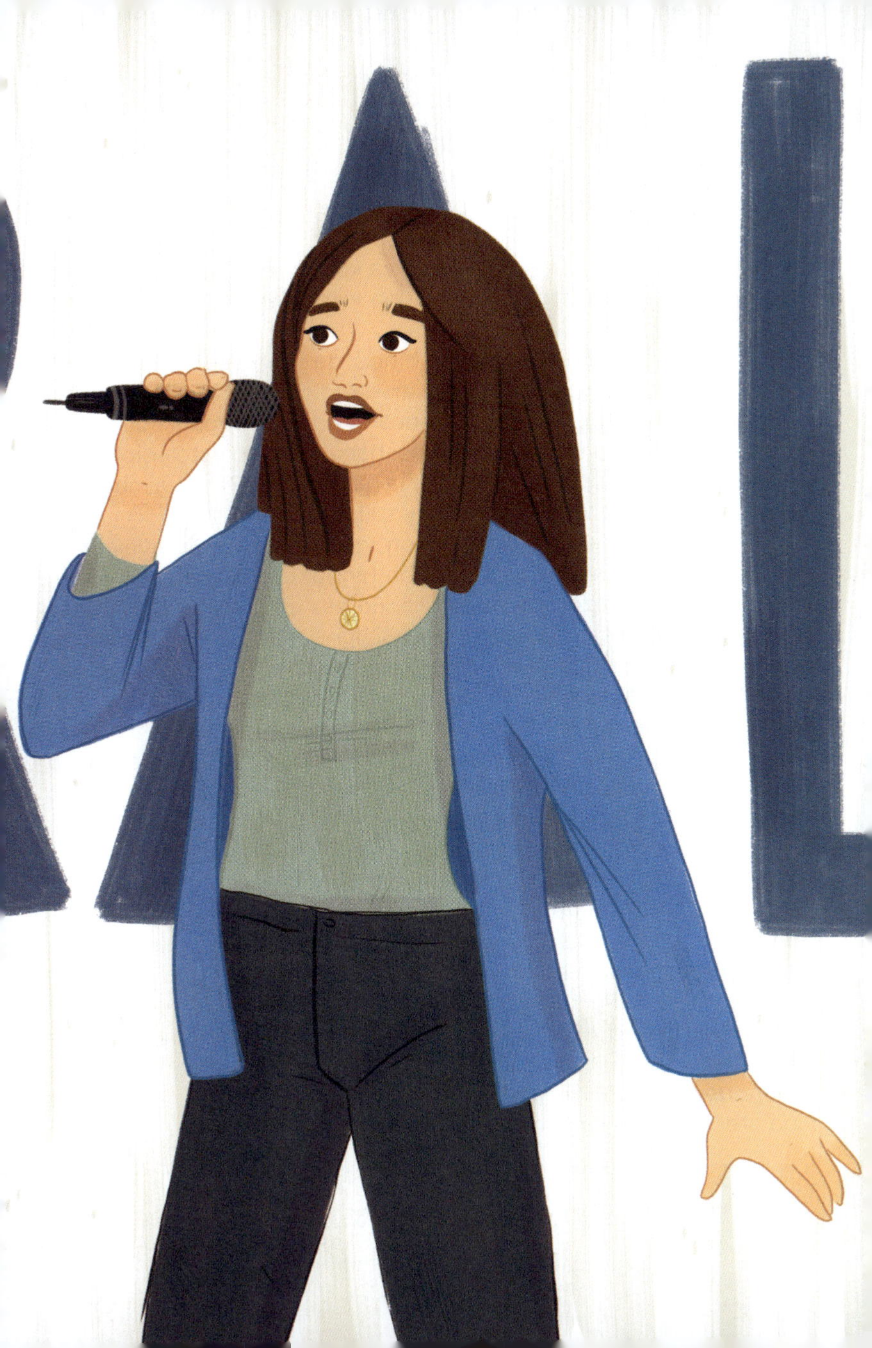

Pandita Ramabai
(1858-1922)
Señora de la sabiduría

El nombre de Pandita Ramabai significa «Señora de la sabiduría». Su historia te enseña que toda la sabiduría viene del único y verdadero Dios.

Pandita nació en una familia hindú de la India. Su familia se postraba ante los ídolos y adoraba a dioses, diosas, árboles y animales. Viajaban a templos y lugares sagrados donde se suponía que vivían los dioses y las diosas. Mientras buscaban ayuda en estos dioses, se empobrecieron. El padre, la madre y la hermana de Pandita murieron de hambre. Solo sobrevivieron ella y su hermano.

De joven, podía identificarse con los problemas que veía a su alrededor. Perdió la fe en su religión hindú. Los dioses no habían respondido a los rezos de su familia. En esa época conoció a unos misioneros ingleses que le dieron una Biblia. Pandita la leyó. Aprendió mucho sobre el cristianismo, pero no estaba lista para creer en Jesús.

Después de obtener una beca para estudiar medicina en Inglaterra, Pandita vio el cristianismo en la práctica. Los cristianos ingleses ayudaban a los pobres. Estaban llenos del amor de Jesús y del deseo de servir a los demás. Gracias a su ejemplo, Pandita descubrió cuánto necesitaba a Jesús y le entregó su vida.

Jesús era su maestro. Pandita oró y viajó por el mundo, compartiendo su fe con otros. En la India, comenzó las «misiones de salvación» cristianas. Estableció escuelas, orfanatos y también refugios femeninos para ayudar a las mujeres indias a vivir una vida cristiana satisfactoria e independiente.

La historia de Pandita Ramabai es un recordatorio de que solo hay un Dios verdadero. Ella había aprendido que todo lo bueno venía de confiar en Jesús. Él la ayudaba a servir a los demás, y Pandita estaba segura de que, cuando su trabajo en la tierra terminara, tendría una vida eterna con él en el cielo.

«No tengas otros dioses aparte de mí».

Éxodo 20.3 DHH

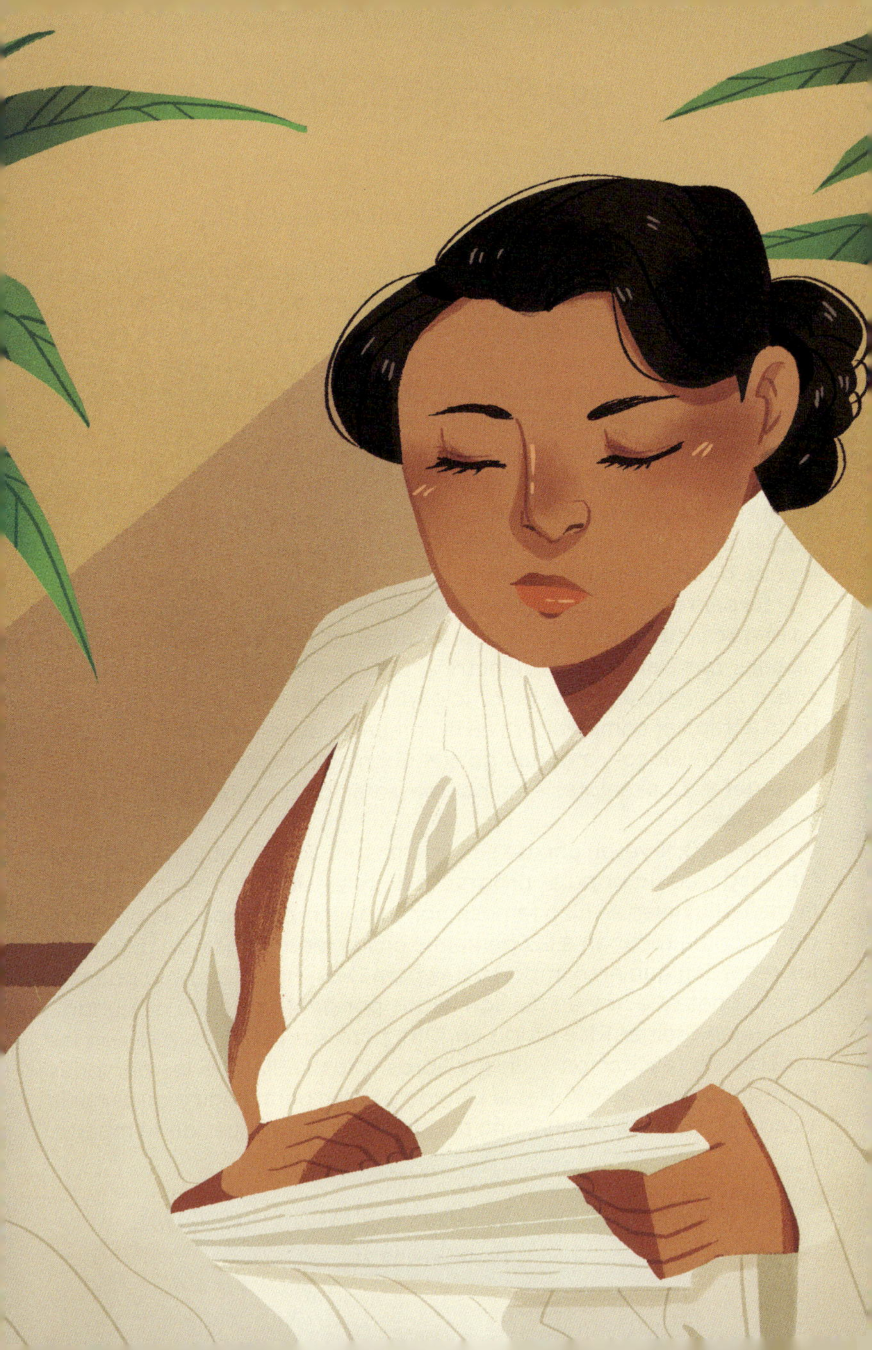

Helen Steiner Rice
(1900–1981)
Los poemas y oraciones de Helen

Cuando Dios ve una necesidad, usa a su pueblo para satisfacerla. Puede que no suceda de inmediato. Dios conoce el futuro, así que a menudo prepara a los suyos con mucha antelación. Cuando llega el momento, Dios hace algo para poner a las personas adecuadas en los lugares adecuados en los momentos adecuados. La historia de Helen Steiner Rice es un ejemplo de ello.

Cuando era pequeña, Helen disfrutaba escribiendo rimas. Como cristiana, le encantaba compartir el amor de Dios con su familia. ¡Helen era inteligente! Sus profesores la animaron a ir a la universidad. Ella quería ser congresista. Pero entonces sucedió algo que envió a Helen en una dirección muy diferente.

Su padre murió. Helen tenía que ayudar al sustento económico de su madre y su hermana. Así que, en lugar de ir a la universidad, fue a trabajar para la compañía eléctrica. Lo hizo muy bien, dando charlas sobre las ventajas de la electricidad. Después de unos años, Helen pasó a trabajar como editora en la compañía de tarjetas de felicitación Gibson. En Gibson, algunos de sus poemas rimados se convirtieron en tarjetas. Los mejores eran poemas-oración que inspiraban a tener fe en Dios.

En 1960, leyeron uno de sus poemas, «El inestimable regalo de la Navidad», en un popular programa de televisión. Casi de la noche a la mañana, Helen se hizo famosa por su poesía cristiana. Las palabras que escribía tocaban a las personas en los momentos más difíciles y les recordan que eran importantes para Dios. Helen escribió poemas y oraciones que hoy en día son leídos por gente de todo el mundo.

Helen Steiner Rice murió en 1981, pero sus palabras viven en las tarjetas de felicitación y en los libros. Dios sabía que las personas necesitaban fe y ánimo. Había elegido a Helen para dirigir a otros hacia él, no solo durante su vida, sino también mucho después de su muerte.

El hombre hace muchos planes, pero solo se realiza el propósito divino.

Proverbios 19.21

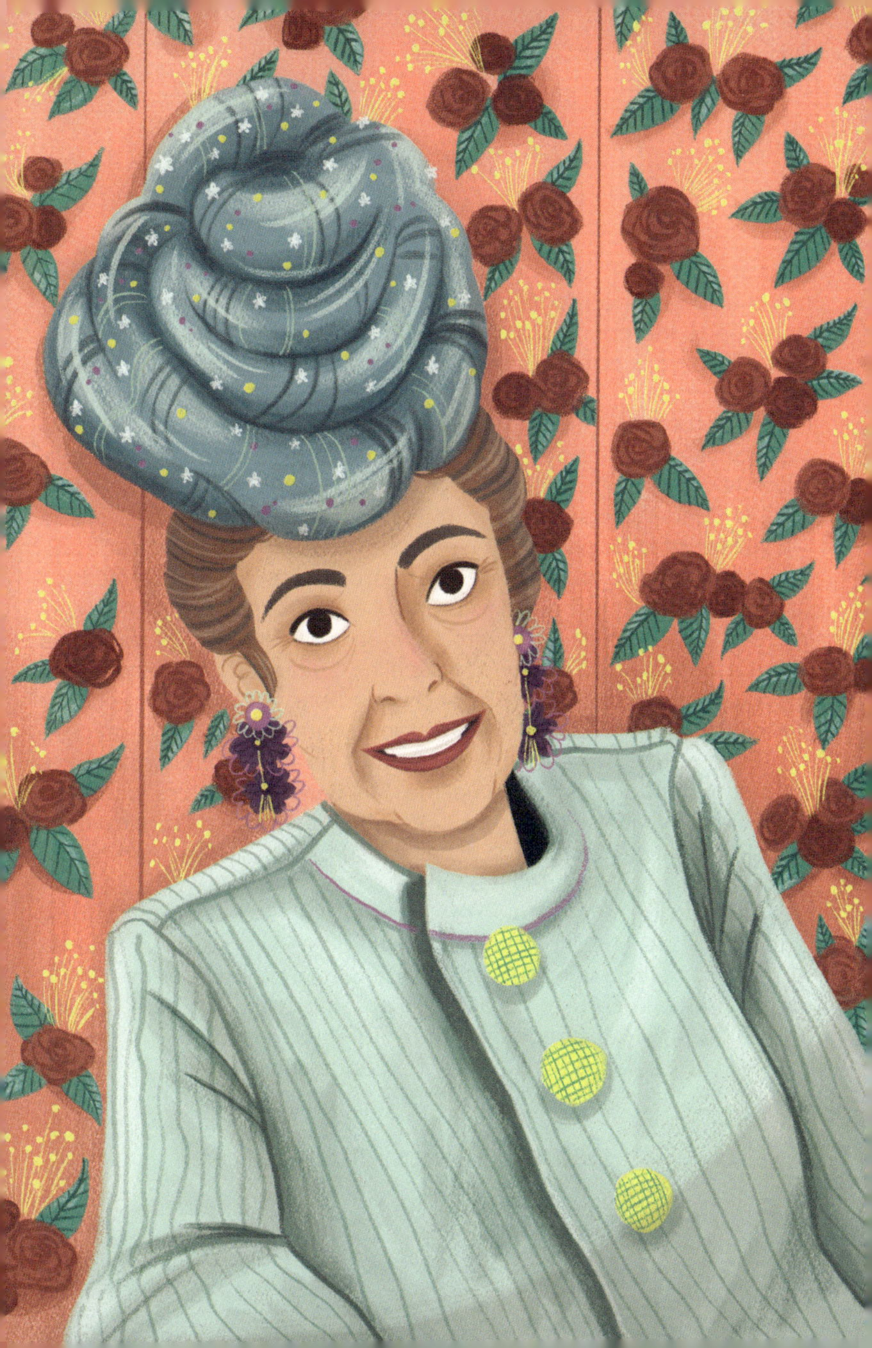

Darlene Deibler Rose
(1917-2004)
Cueste lo que cueste

«Señor, contigo iré a donde sea, cueste lo que cueste». Darlene dijo esa oración cuando tenía solo diez años. Entonces no tenía ni idea de adónde iría con Jesús. Es probable que no recordara que Dios a menudo va a donde hace falta ayuda y consuelo en las peores circunstancias.

A sus diecinueve años, Darlene y su marido, ambos estadounidenses, viajaron a las junglas de Nueva Guinea para hacer trabajo misionero. Durante un tiempo, las cosas fueron bien, pero luego estalló la Segunda Guerra Mundial. Llegaron los soldados japoneses. Arrestaron a Darlene y a su marido y los pusieron en campos de prisioneros, separados. El marido de Darlene murió. A ella la acusaron de ser espía y los soldados japoneses la torturaron. Le hicieron cosas terribles a ella y a las otras mujeres y niños del campamento. Pero, en todo esto, Darlene sabía que Jesús estaba allí con ella, con todas ellas. Su presencia la reconfortó. Llevaron a otros cristianos prisioneros con ella, y se ayudaban orando juntos, citando las Escrituras y cantando himnos.

En la mayor parte de los cuatro años que estuvo presa, Darlene estuvo a menudo sola en una celda. Sus pensamientos se iban a los «Y si...». *¿Y si no vuelvo a casa? ¿Y si mis padres están muertos? ¿Y si...?* Pero ella siempre oraba, y Jesús estaba allí. Darlene aprendió a vivir el momento y a confiar en él para todos sus «y si».

Cuando terminó la guerra, Darlene volvió a Estados Unidos, agradecida de que Dios la hubiera llevado consigo a la peor de las situaciones. Decía que esos años presa fueron los mejores de su vida porque tenía la certeza de que Jesús siempre está con ella, cueste lo que cueste. Había experimentado la fidelidad de su infinito amor.

Piensa: ¿estarías dispuesta a ir a donde sea con Jesús?

«Yo estaré con ustedes siempre, hasta el fin del mundo».

Mateo 28.20

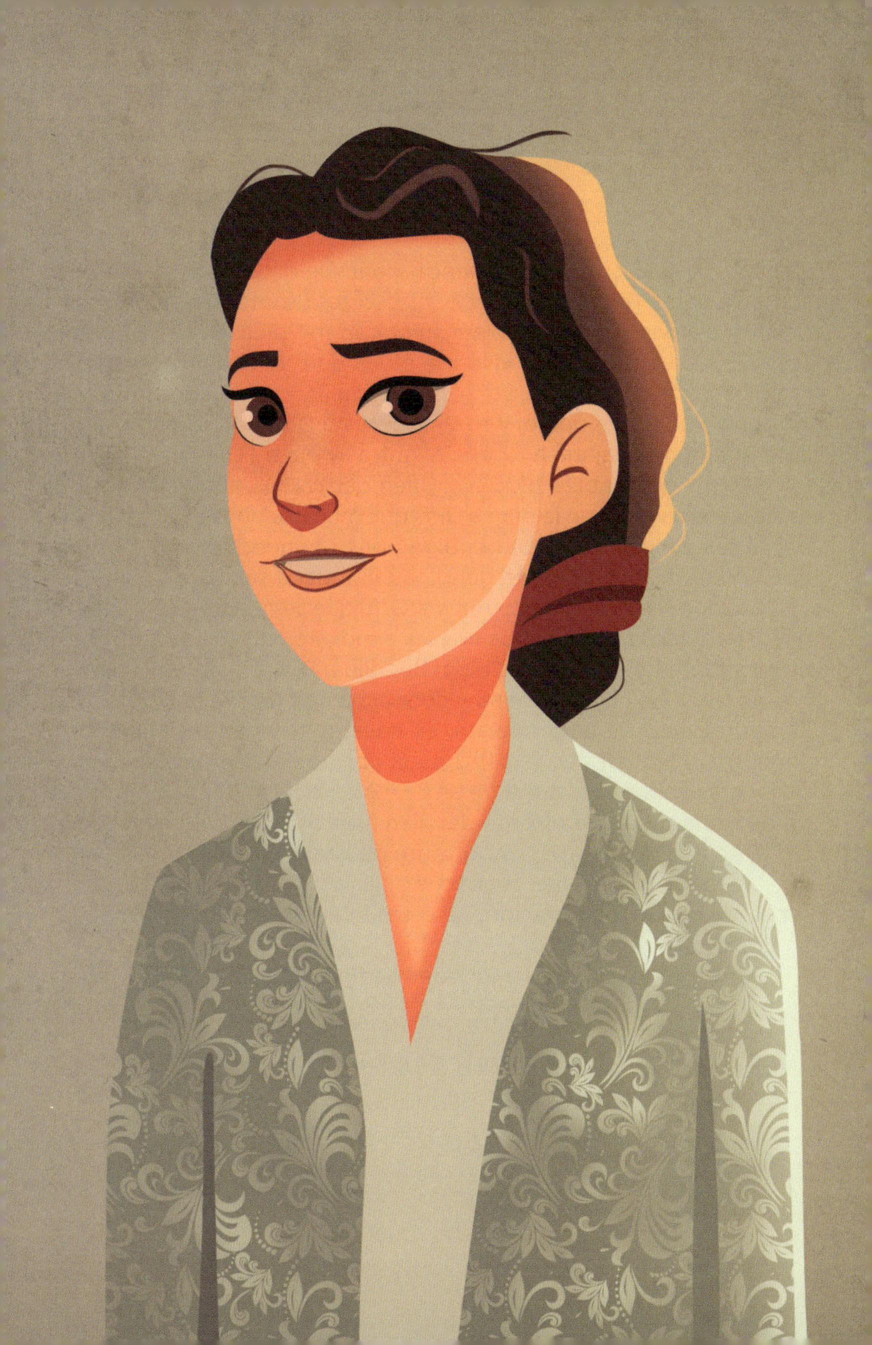

RUT

(RUT 1-4)

¡Dios te bendiga!

La historia de Rut comenzó cuando Noemí le dijo que se quedara en su tierra natal. Rut, sin embargo, hizo algo desinteresado. No quiso dejar que Noemí se fuera sola a su hogar en Belén. Rut insistió en ir con ella. Le dijo a Noemí: «No me pidas que te deje y regrese a mi pueblo. A donde tú vayas, yo iré; dondequiera que tú vivas, yo viviré. Tu pueblo será mi pueblo, y tu Dios será mi Dios». Rut le prometió a Dios que nunca dejaría a Noemí mientras viviera (1.16-17, NTV).

Seguro que habrás oído a alguien decir: «¡Dios te bendiga!». Es una breve oración que le pide a Dios que muestre bondad a la persona por la que se ora. «Dios te bendiga por tu bondad. Dios te bendiga por tu duro trabajo. Dios te bendiga con buena salud...».

Cuando Noemí les dijo a Rut y a Orfa que se quedaran en su tierra natal, también le pidió a Dios que las bendijera con su bondad. ¡Y eso es exactamente lo que Dios hizo! Bendijo a Rut.

Se fue a Belén con Noemí y conoció a un hombre rico y apuesto llamado Booz. Se enamoraron, se casaron y vivieron felices para siempre, ¡y Noemí con ellos! (Lee el libro de Rut en la Biblia para saber más sobre su historia de amor). Dios incluso bendijo a Rut con un hijo, una parte importante del plan futuro de Dios. ¡El niño llegó a ser el abuelo del rey más importante de Israel, el rey David!

De ahora en adelante, cuando le digas a alguien «Dios te bendiga», recuerda que es una oración. Le estás pidiendo a Dios que muestre su bondad con alguien.

Piensa en esto: ¿a quién puedes pedirle a Dios que bendiga hoy?

....

«Que el Señor te bendiga y te proteja. Que el Señor sonría sobre ti y sea compasivo contigo. Que el Señor te muestre su favor y te dé su paz».

NÚMEROS 6.4-26 NTV

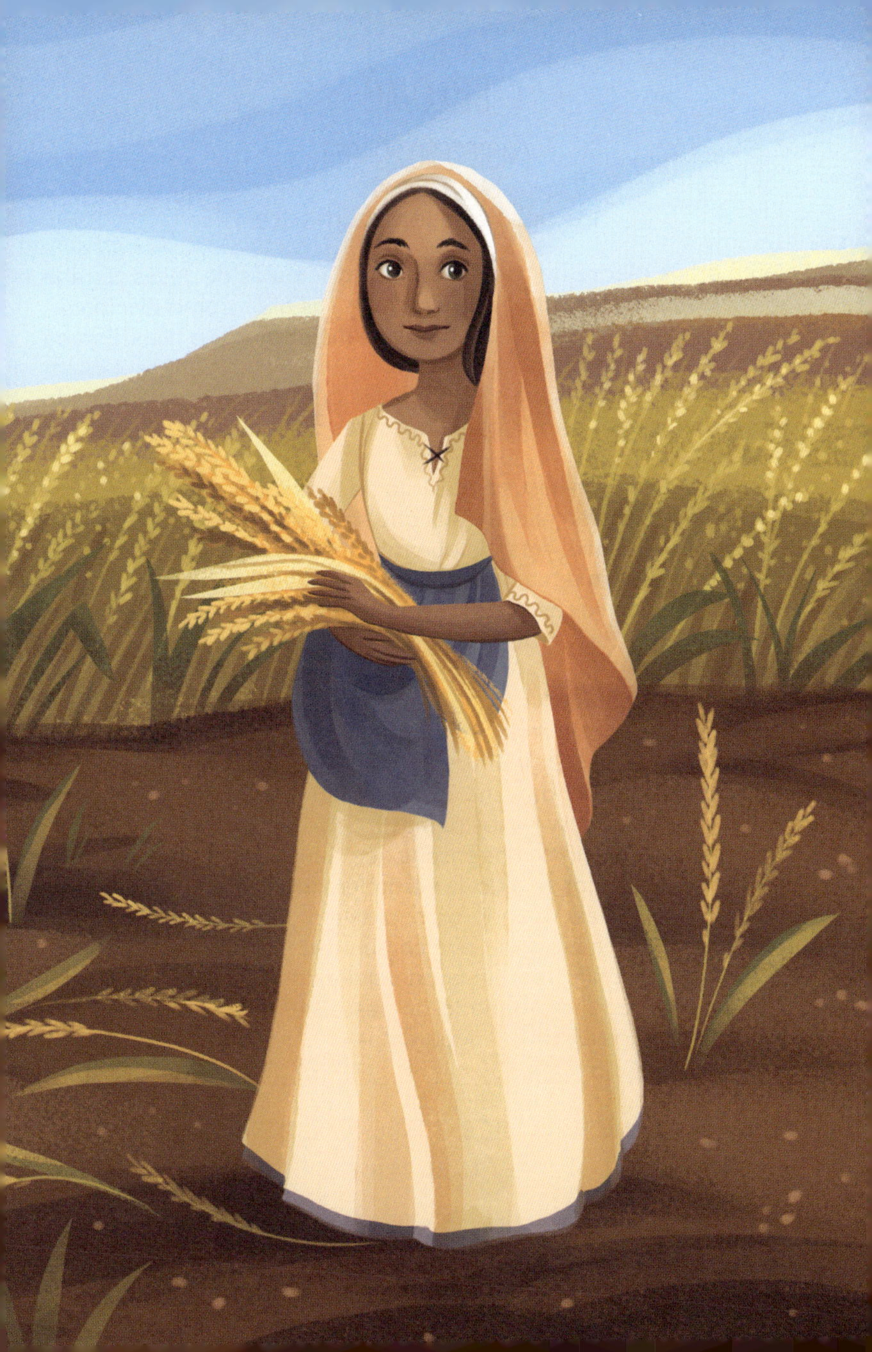

Salomé
(Mateo 20.20-25)
La oración de una madre

Salomé era la madre de Jacobo y Juan, discípulos de Jesús. Estaba contenta de que Jesús hubiera elegido a sus hijos como discípulos. Al igual que las madres de hoy, quería lo mejor para sus hijos. Estaba orgullosa de sus muchachos.

Un día, Jesús les dijo a sus discípulos que pronto sería arrestado y sentenciado a muerte. Y que luego, tres días después, Dios lo iba a resucitar.

Salomé creía que Jesús era el Hijo de Dios y que tendría un lugar especial como Rey en el cielo. Así que se arrodilló delante de él y le rogó un favor. Le dijo: «Manda que mis dos hijos se sienten, el uno a tu derecha y el otro a tu izquierda, cuando seas Rey» (Mateo 20.21). Salomé sabía que sus hijos no iban a vivir para siempre y quería que, cuando murieran, tuvieran los mejores lugares en el cielo, sentados junto a Jesús.

Jesús le respondió: «Los lugares a mi derecha y a mi izquierda, a mí no me corresponde darlos, sino que serán de aquellos que indique mi Padre» (Mateo 20.23). Entonces Jesús les dijo a Salomé y a sus discípulos que la grandeza no viene de lo importante que eres. La grandeza viene de servir a los demás.

La historia de Salomé nos enseña que, aunque es fantástico ganar premios y ser el mejor en algo, la verdadera grandeza viene de hacer cosas por los demás. Cuando ores, pídele a Jesús que te enseñe a servir a tu familia, a la iglesia, a la comunidad y al mundo.

Salomé y sus hijos continuaron siguiendo a Jesús. No sabemos quién está sentado a cada lado de Jesús en el cielo, pero un día, cuando lleguemos allí, lo averiguaremos.

....

«El más grande entre ustedes será el que les sirva a todos».

Mateo 23.11

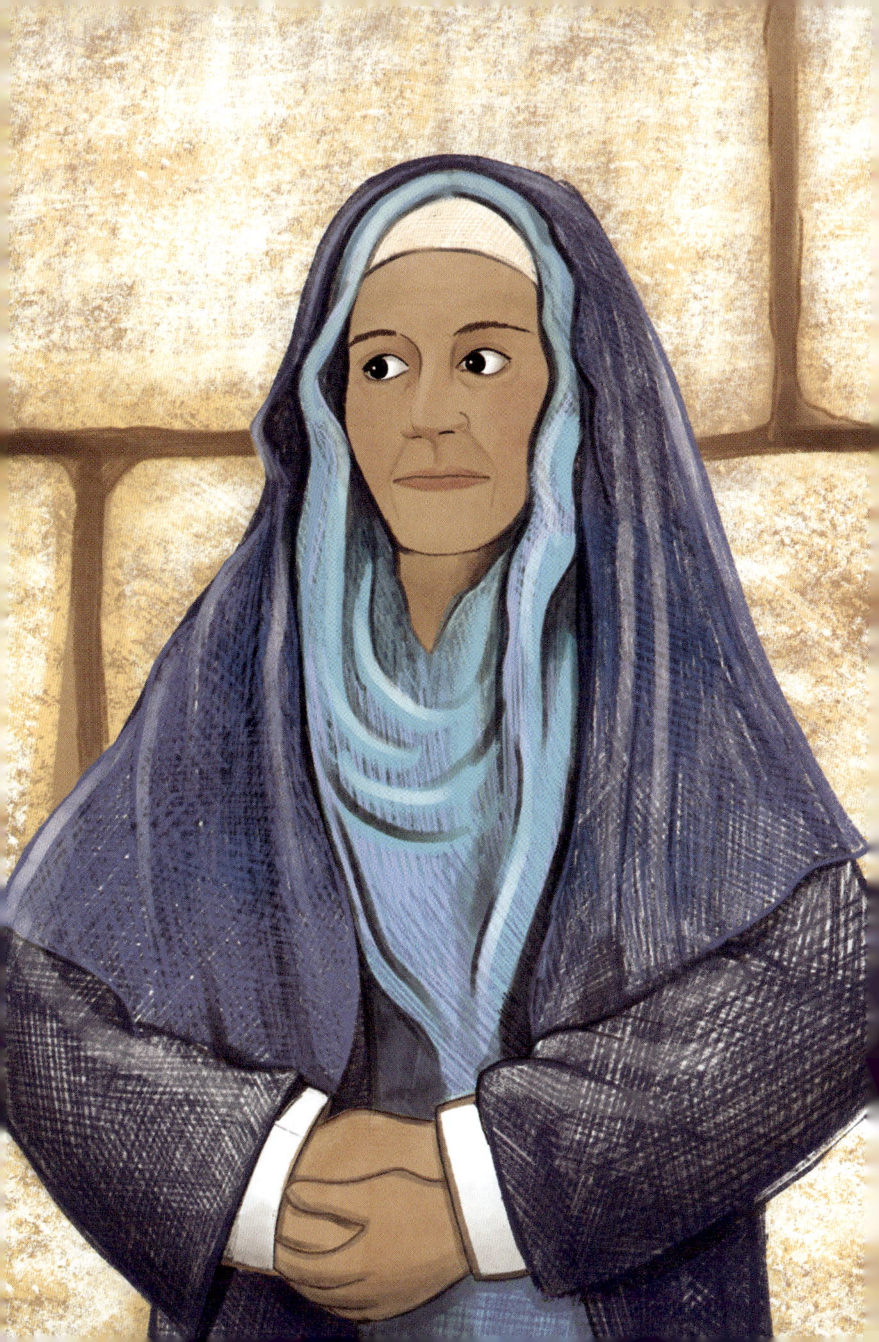

Dorothy Sayers
(1893-1957)
Se atrevió a ser diferente

Si hubieras conocido a Dorothy Sayers, habrías visto que tenía opiniones firmes y no le daba miedo expresarlas. Era una persona creativa, una escritora, y era más conocida por sus novelas policíacas. Dorothy escribió sus historias de misterio y crímenes cuando las mujeres no escribían «ese tipo de libros», y llegó a ser en una de las más grandes escritoras de misterio del siglo veinte.

Dorothy vivía en Inglaterra. Su padre era pastor y Dorothy creció aprendiendo la importancia de la oración y poniendo su fe en Jesús. Ella era cristiana y tenía opiniones firmes sobre eso también. Usaba sus historias para mostrar a los lectores que elegir el mal en lugar del bien tenía consecuencias. Sus palabras dejaban a los lectores pensando en cosas como la culpa, la conciencia y la necesidad de ser librados de tomar malas decisiones.

Cuando Dorothy leía los Evangelios —los libros de Mateo, Marcos, Lucas y Juan que cuentan la historia de Jesús—, miraba más allá del lenguaje bíblico que a veces hacía que las historias fueran difíciles de entender. Veía a la gente de sus historias como personas con las que podemos relacionarnos ahora mismo.

Escribió una serie de obras radiofónicas infantiles llamada *El hombre que nació para ser rey*. Contaba la historia de Jesús en un lenguaje que los niños podían entender. A algunos cristianos no les gustaba la idea de actualizar el lenguaje de la Biblia y trataron de impedir que esas historias se difundieran. Pero se emitieron y se hicieron populares. A los adultos también les gustaban, y mucha gente se interesó en la lectura de la Biblia gracias a las obras de Dorothy.

Dorothy Sayers se atrevió a ser diferente. Usó la creatividad literaria para hablar de Jesús a los demás. ¿Se te ocurre alguna forma creativa en que tú puedas compartir de Jesús con tu familia y amigos?

....

MI PROPÓSITO HA SIDO PREDICAR EL EVANGELIO DONDE CRISTO NO SEA CONOCIDO.

ROMANOS 15.20 NVI

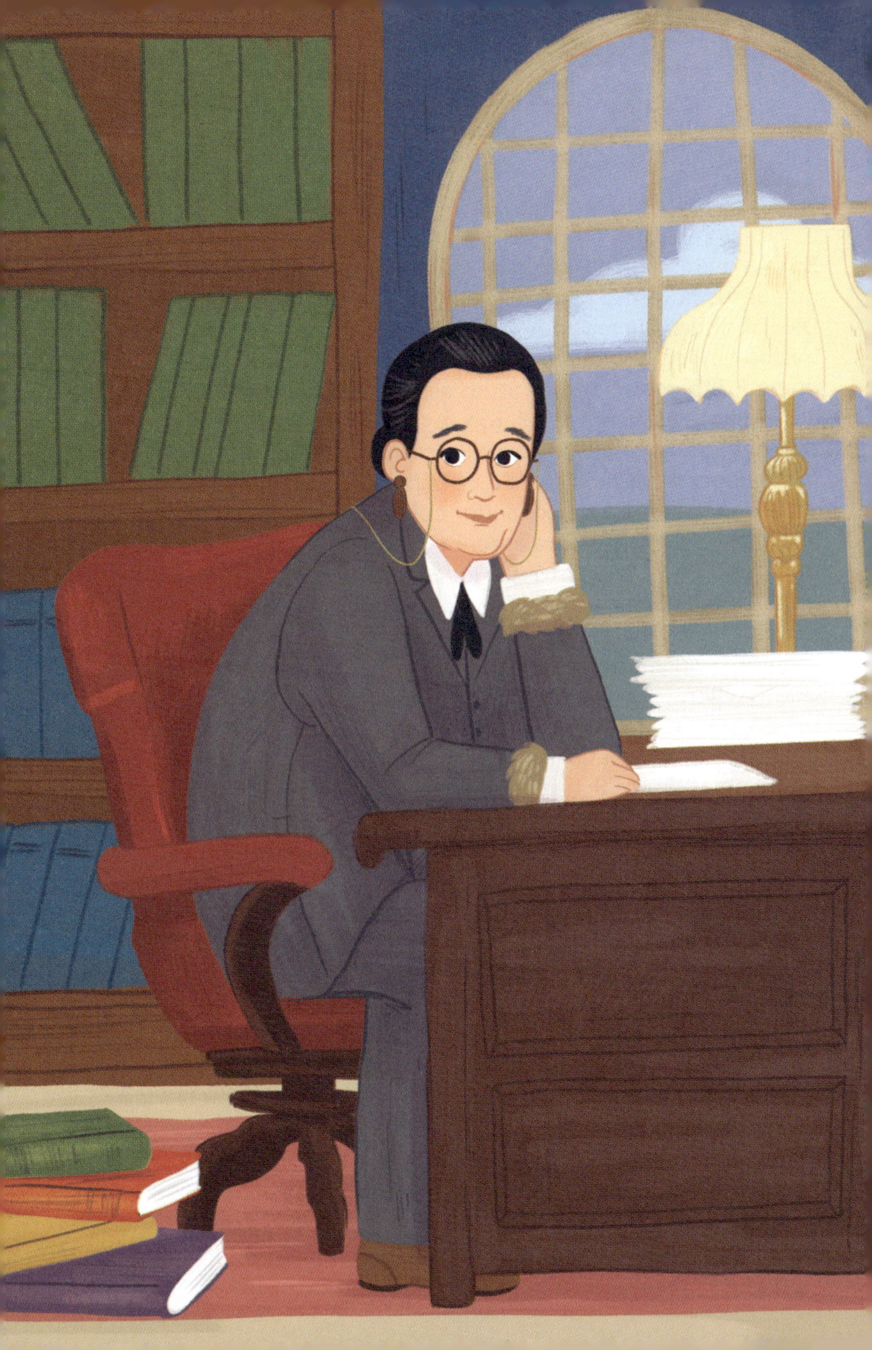

EDITH SCHAEFFER
(1914-2013)
L'Abri - El refugio

En una reunión de un grupo de jóvenes, Edith escuchó a alguien decir que Jesús no era el Hijo de Dios y que la Biblia no era la Palabra de Dios. ¡Edith sabía más que él! Se levantó y discrepó con el orador. Al mismo tiempo, un joven al otro lado de la sala hizo lo mismo. Así fue como Edith conoció a su futuro esposo, Francis Schaeffer.

Edith y Francis se casaron, y Dios bendijo a los Schaeffer con cuatro hijos. La familia se fue a Suiza, donde Edith y Francis pudieron trabajar como misioneros. Se instalaron en una casa en un tranquilo valle de montaña. Los Schaeffer comenzaron a invitar a los hijos de los vecinos a su casa para aprender sobre Jesús. Pero a los dirigentes de su pueblo no les gustó que los Schaeffer compartieran sus puntos de vista religiosos. Les dijeron que se fueran.

Edith y su marido se mudaron con su familia a otro pueblo en las montañas suizas. Allí tenían la libertad de abrir su casa a cualquiera que quisiera venir a hablar de Dios y encontrar respuesta a sus preguntas. Francis y Edith le pidieron a Dios que enviara a aquellos que necesitaban conocerlo. Dios respondió a su oración. La gente empezó a oír hablar de los Schaeffer y venían a alojarse como huéspedes en su casa, en L'Abri, que en francés significa «El refugio».

Edith y Francis nunca juzgaban a los que venían. Edith les mostraba a todos el mismo amor y hospitalidad. Era acogedora, cálida y no los juzgaba, ¡como Jesús! Cocinaba, limpiaba y compartía con los invitados la verdad de que Dios es real y está siempre presente en su vida diaria. El ministerio de L'Abri creció y continúa todavía, sirviendo a personas de todas las edades.

Edith y Francis Schaeffer oraron una excelente oración, una que tú también deberías decir. Pídele a Dios que te envíe personas que necesiten conocerlo. ¡Así podrás ser como Edith y hablarles sobre Jesús!

··

MIS HIJITOS, NO AMEMOS SOLO DE PALABRA; AMEMOS DE VERDAD CON LO QUE HACEMOS.

1 JUAN 3.18

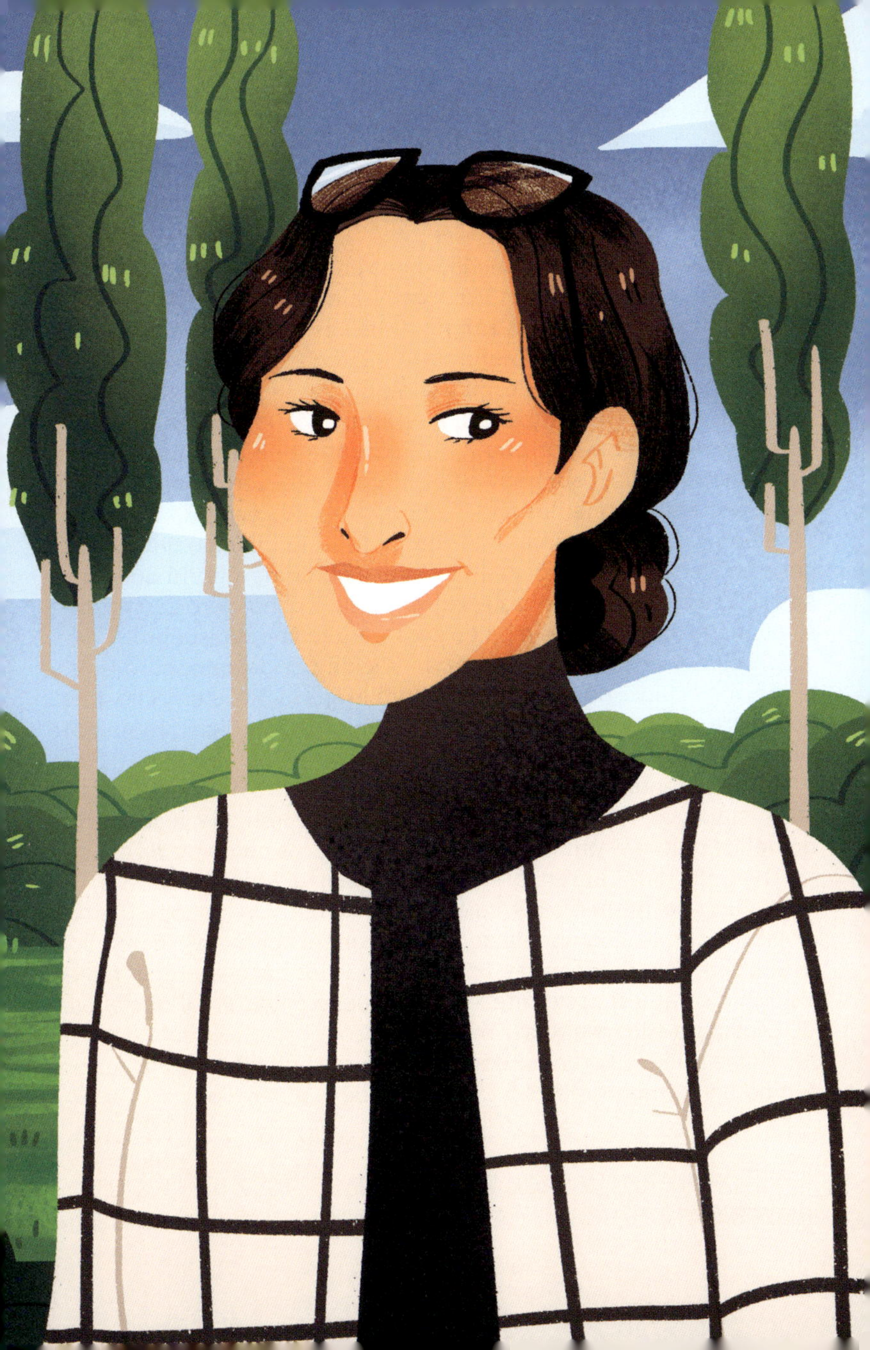

Lauren Scruggs

(1988–)

Triunfo después de la tragedia

El 3 de diciembre de 2011 comenzó como un día normal para la modelo y bloguera de moda Lauren Scruggs. Esa noche, Lauren y su madre fueron a cenar a casa de sus amigos. Después, uno de los amigos, que era piloto, le preguntó a Lauren si le gustaría subir a un vuelo para ver las luces de Navidad desde el aire.

Cuando Lauren se subió a la avioneta, tuvo una fuerte sensación de miedo. No sabía por qué, pero pensaba que algo iba a pasar. Después del vuelo, Lauren se sintió aliviada. Recuerda haber bajado de la avioneta y poner los pies en el suelo... ¡y ya está!

Lauren se había acercado a la hélice del avión. Quedó gravemente herida. Cuando despertó en el hospital, Lauren descubrió que había perdido su ojo y su mano izquierda. Le dolía mucho, pero Lauren, que es cristiana, oraba y confiaba en Dios para recibir consuelo.

Tenía un largo camino de recuperación por delante, pero la fe y la oración la hicieron avanzar. Su padre le leía la Biblia en el hospital. Su madre y su hermana le hacían compañía. Lauren dice que siempre sintió que Jesús estaba allí con ella.

Su accidente hizo que se diera cuenta de que a muchas chicas no les gusta algo de sus cuerpos. Quería que supieran que la apariencia no define quiénes son. Lauren le preguntó a Dios cómo podía ayudar.

Hoy en día, Lauren dirige una organización dedicada a dar confianza en sí mismas a las mujeres que han perdido brazos o piernas. Colabora con una compañía que provee un recubrimiento parecido a la piel para brazos y piernas artificiales que los hacen parecer reales. Lauren dice que el accidente le dio un nuevo propósito y que el plan de Dios para ella resultó ser muy hermoso.

¿Qué puedes aprender de la historia de Lauren? ¿Alguna vez has tenido un momento difícil y Dios te ayudó a superarlo?

••

«Si tienes que pasar por el agua, yo estaré contigo. Si tienes que cruzar ríos, no te ahogarás; si tienes que pasar por el fuego, no te quemarás, las llamas no arderán en ti».

ISAÍAS 43.2 DHH

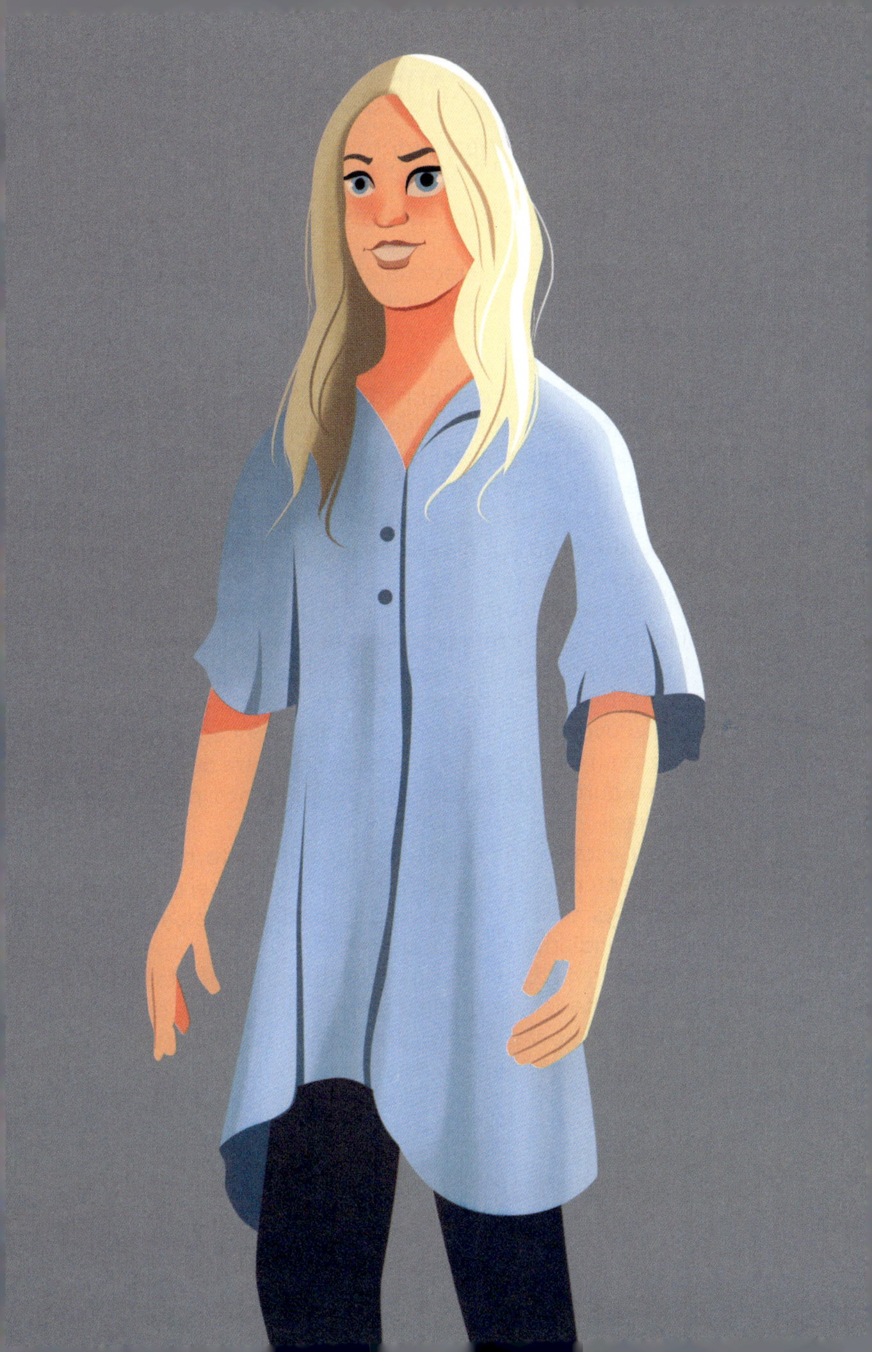

Ida Scudder
(1870-1960)
Doctora misionera

En la familia de Ida Scudder, estadounidense, había muchos médicos misioneros en la India. Su padre era uno de ellos. Ida no tenía planeado convertirse en misionera. Quería regresar a Estados Unidos, ir a la universidad y casarse. Pero entonces sus planes cambiaron.

Su madre se puso enferma. El padre de Ida la necesitaba en la India para ayudar con su trabajo. Mientras trabajaba allí, Ida vio morir a tres mujeres porque querían ser tratadas por una mujer y no había ninguna doctora. En ese momento, sintió que era el plan de Dios que se hiciera doctora y ayudara a la gente en la India. Ida oró: «Dios, si tú quieres que me quede en la India, pasaré el resto de mi vida tratando de ayudar a estas mujeres».

Ida obtuvo en Estados Unidos su título de doctora. Luego regresó a la India. Viajando en una carreta tirada por bueyes, llevaba suministros médicos y cuidados a pequeñas aldeas. Oraba con los aldeanos. Y, cuando se cansaba, Ida oraba por fuerzas: «Padre, cuya vida está dentro de mí y cuyo amor siempre me rodea, concédeme que esta vida permanezca en mi vida hoy y todos los días, para que, con alegría de corazón, sin apuro ni confusiones de pensamiento, pueda realizar mis tareas diarias».

Ida Scudder estableció clínicas y un hospital, y formó a mujeres para que fueran enfermeras. Quería hacer aún más por el pueblo indio, así que abrió una escuela de medicina donde las mujeres, y más tarde los hombres, aprendieron a ser médicos.

Su escuela todavía existe. El Colegio Médico y Hospital Cristiano es una de las facultades de medicina más importantes de la India. Ida creó su lema: *No para ser ministrado, sino para ministrar*. ¿Qué crees que significa eso? ¿Qué aprendiste sobre la oración gracias a la historia de Ida?

....

«Porque tuve hambre, y ustedes me dieron de comer. Tuve sed, y me dieron de beber. Fui forastero, y me hospedaron».

Mateo 25.35

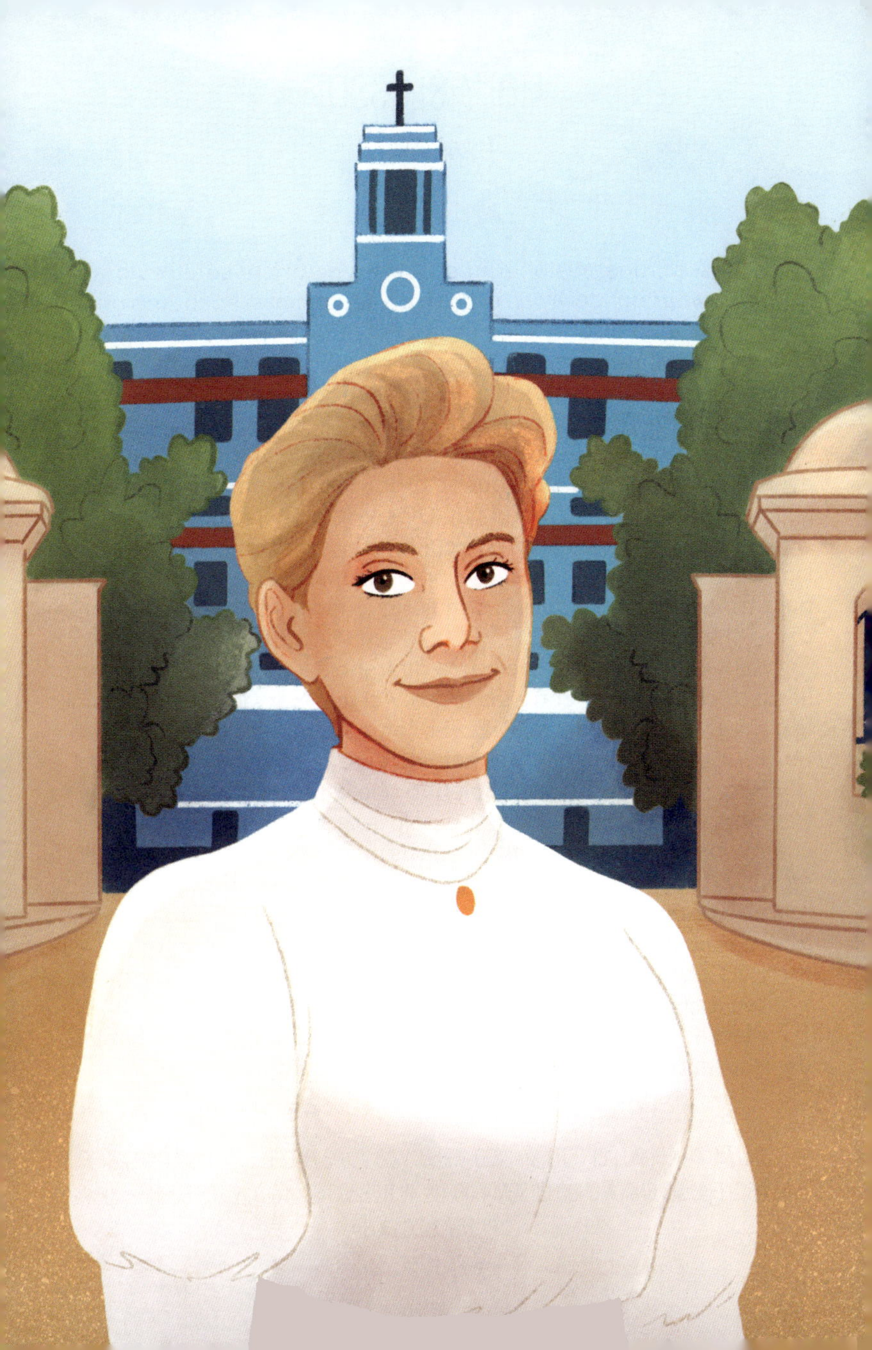

Mary Slessor
(1848-1915)

Arriesgada

Mary Slessor, una misionera escocesa en África, se atrevió a ir a lugares lejanos donde vivían tribus nativas africanas. Pocos misioneros, sobre todo mujeres, tuvieron el valor de ir allí. Temían no sobrevivir. La superstición, así como la creencia en demonios, espíritus y falsos dioses, estaba muy extendida entre las tribus.

Muchas de las personas de la tribu eran maltratadas por culpa de las falsas creencias. Pero eso no impidió que Mary interviniera para ayudar. De hecho, ella creía que su propósito era mostrar misericordia a la gente. Y así, con la ayuda de Dios, entró en acción.

Mary abrió una casa donde cuidar a algunos de los miembros de la tribu que eran abandonados por los suyos, o incluso abandonados para morir. Acogió a muchas mujeres y niños. Cuidaba a los niños como si fueran suyos.

Sabía que, si quería marcar la diferencia y mostrarles el amor de Jesús, tenía que vivir entre las tribus. Así que Mary le pidió a Dios que la guiara y le diera fuerza. Oró: «Señor, para mí la tarea es imposible, pero para ti no. Guíame en el camino y yo te seguiré».

Se adentró en la selva, sabiendo que estaba arriesgando su vida. Mary aprendió el idioma de la tribu. No le daba miedo hablar y decirles cuándo no estaba de acuerdo con sus maneras. Sorprendentemente, se convirtió en su amiga. Participaba en sus buenas costumbres. Se reía con ellos y compartía las comidas con ellos. La gente de la tribu acabó aceptándola y además sentía respeto e incluso amor por ella. Mary les enseñó sobre el Señor y, aun cuando no aceptaban lo que ella tenía que decir, solo les mostraba bondad.

Piensa: si Dios te pidiera que arriesgaras tu vida para hablarles de Jesús a otros, ¿serías como Mary y obedecerías?

....

«No me preocupo por ello. No creo que mi vida valga mucho, pero deseo terminar la obra que me encomendó el Señor Jesús. Mi trabajo es predicar las buenas nuevas del favor de Dios».

Hechos 20.24

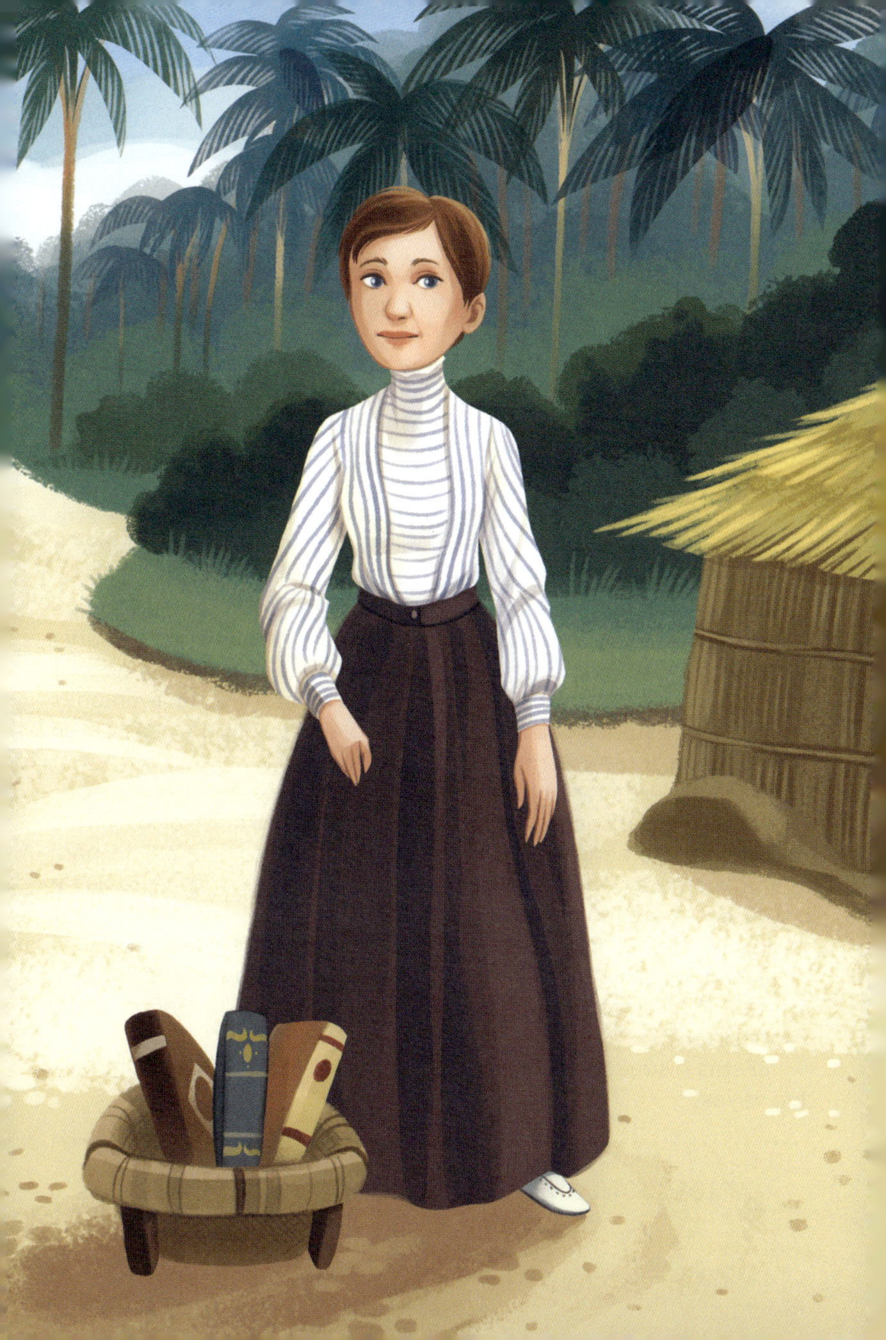

Amanda Berry Smith
(1837-1915)

«Señor, estoy dispuesta a ir»

Amanda Berry Smith hablaba con Dios en todo momento. Un día le pidió dirección para su vida y sintió que Dios le decía: «Ve, y yo iré contigo». ¿Pero ir a dónde?

Así lo cuenta ella: «Estaba sentada con los ojos cerrados y orando en silencio... Cuando abrí los ojos... me pareció ver una hermosa estrella... y dije: "Señor, ¿es eso lo que quieres que vea? Si es así, ¿qué más?". Entonces me incliné hacia atrás y cerré los ojos. En ese momento vi una gran letra G y dije: "Señor, ¿quieres que lea en Génesis o en Gálatas? Señor, ¿qué significa esto?". En ese momento vi la letra O. Dije: "Vaya, eso significa *ir*, en inglés". Y dije: "¿Qué más?". Y una voz me dijo claramente: "Ve a predicar"».

En la época de Amanda, en Estados Unidos, era casi inaudito que una mujer predicara, especialmente una mujer negra. Amanda sabía que se enfrentaría a los prejuicios. Pero ella respondió al llamado de Dios y predicó la Palabra de Dios. Comenzó a predicar en reuniones religiosas en Estados Unidos. Luego viajó al extranjero y predicó en Gran Bretaña, India y África.

Dios tenía una tarea especial más para ella, esta vez en Estados Unidos. Había entonces mucha discriminación contra los niños huérfanos afroamericanos. Amanda recaudó dinero suficiente para abrir un orfanato donde los niños estuvieran bien cuidados. Para ganar lo suficiente para mantener el orfanato, dirigía un pequeño periódico. Su orfanato servía de hogar para hasta treinta niños a la vez.

Amanda Berry Smith había nacido siendo esclava. Dios le dio la libertad. Y, cuando le dio una misión, ella obedeció. «Señor, estoy dispuesta a ir».

¿Estás dispuesta a obedecer y decir que sí cuando Dios te diga que vayas?

....

«¿Quién quiere contribuir voluntariamente haciendo un donativo para el Señor?».
1 Crónicas 29.5 dhh

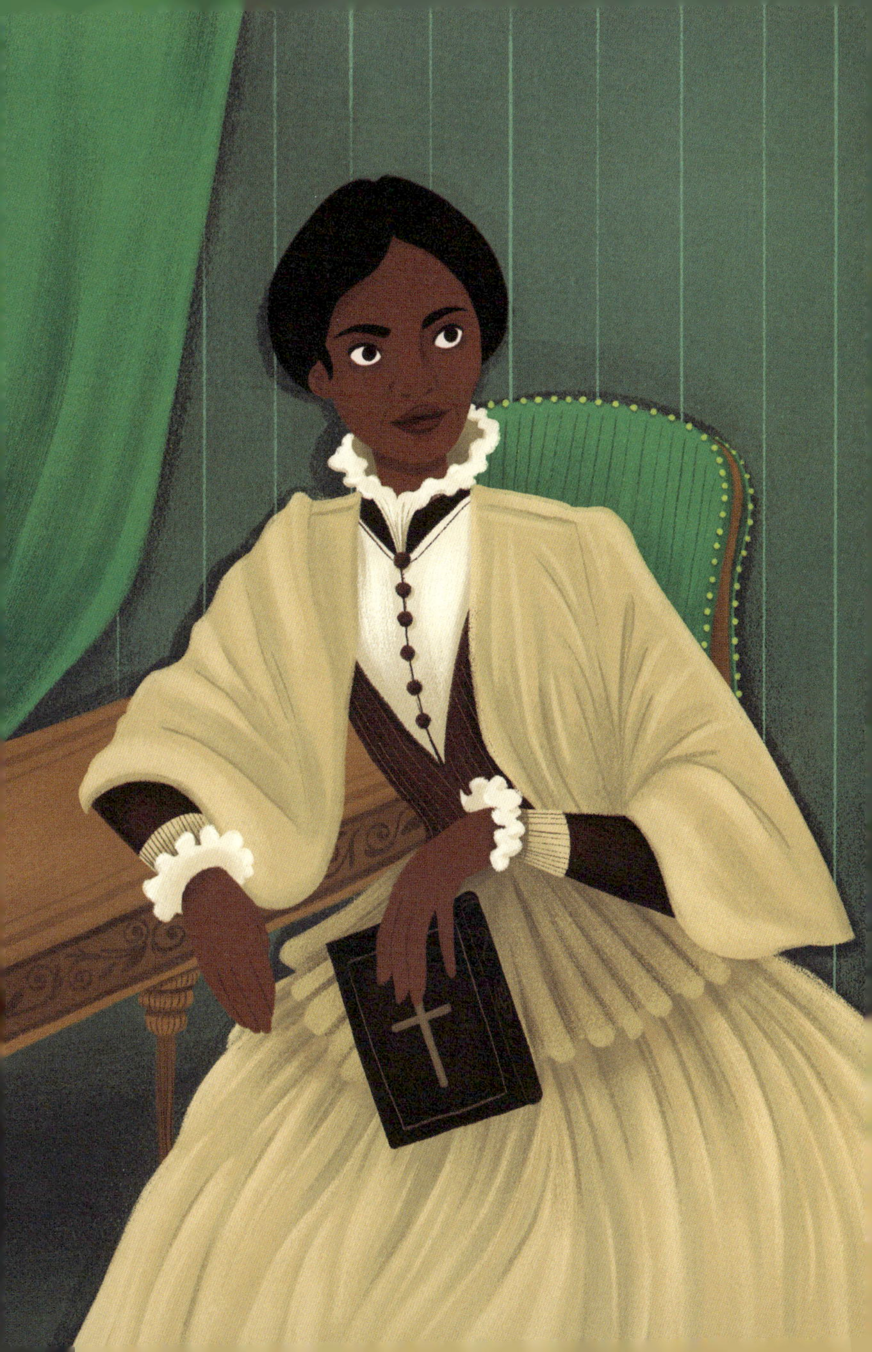

Hannah Whitall Smith
(1832-1911)

¿Suficientemente buena?

Hannah Whitall Smith hacía todo lo posible por ser buena, pero sin éxito. Creció en un hogar con reglas estrictas sobre cómo comportarse y agradar a Dios. Pero a veces Hannah cometía errores. Se sentía enojada consigo misma. Sentía que necesitaba esforzarse aún más para ser perfecta. No bastaba con orar pidiendo perdón.

En sus esfuerzos cada vez mayores, Hannah no sentía un profundo amor por Dios. Se sentía inútil; nada de lo que hacía le parecía suficientemente bueno. Hannah se preguntaba si existía Dios.

Cuando era una joven de treinta y tantos años, Dios guio a Hannah hacia cristianos que tenían ideas diferentes a las suyas. Parecían más alegres y no se sentían agobiados por la idea de vencer el pecado. Hannah lo cuenta con sus propias palabras:

Les pregunté por su secreto y me respondieron: «Solo se trata de dejar todos nuestros esfuerzos y confiar en el Señor para que él nos haga santos».

«¡Qué! —dije—: ¿Quieren decir que han dejado por completo sus propios esfuerzos y que no hacen nada más que confiar en el Señor?».

«Sí —fue la respuesta—, el Señor lo hace todo». Nos abandonamos a él. Ni siquiera intentamos vivir nuestras vidas por nosotros mismos... y él vive en nosotros. Él obra en nosotros».

Hannah Whitall Smith había aprendido el secreto de una vida cristiana feliz: la gracia de Dios. Significa no recibir el castigo que mereces. Jesús vino a asumir el castigo por nosotros. Gracias a él, Dios nos ama y nos perdona incluso cuando cometemos errores. Por fin, Hannah se sintió libre. ¡Sabía que era lo suficientemente buena!

Todo el mundo comete errores. Cuando te pase a ti, recuerda la historia de Hannah: Dios te ama de todos modos. Pídele que te perdone.

....

Pero él me contestó: «Mi favor es contigo. Es suficiente. Mis poderes trabajan mejor en los débiles». Entonces, me siento feliz de ser débil y tener problemas para que así, pueda tener el poder de Cristo en mí.

2 Corintios 12.9

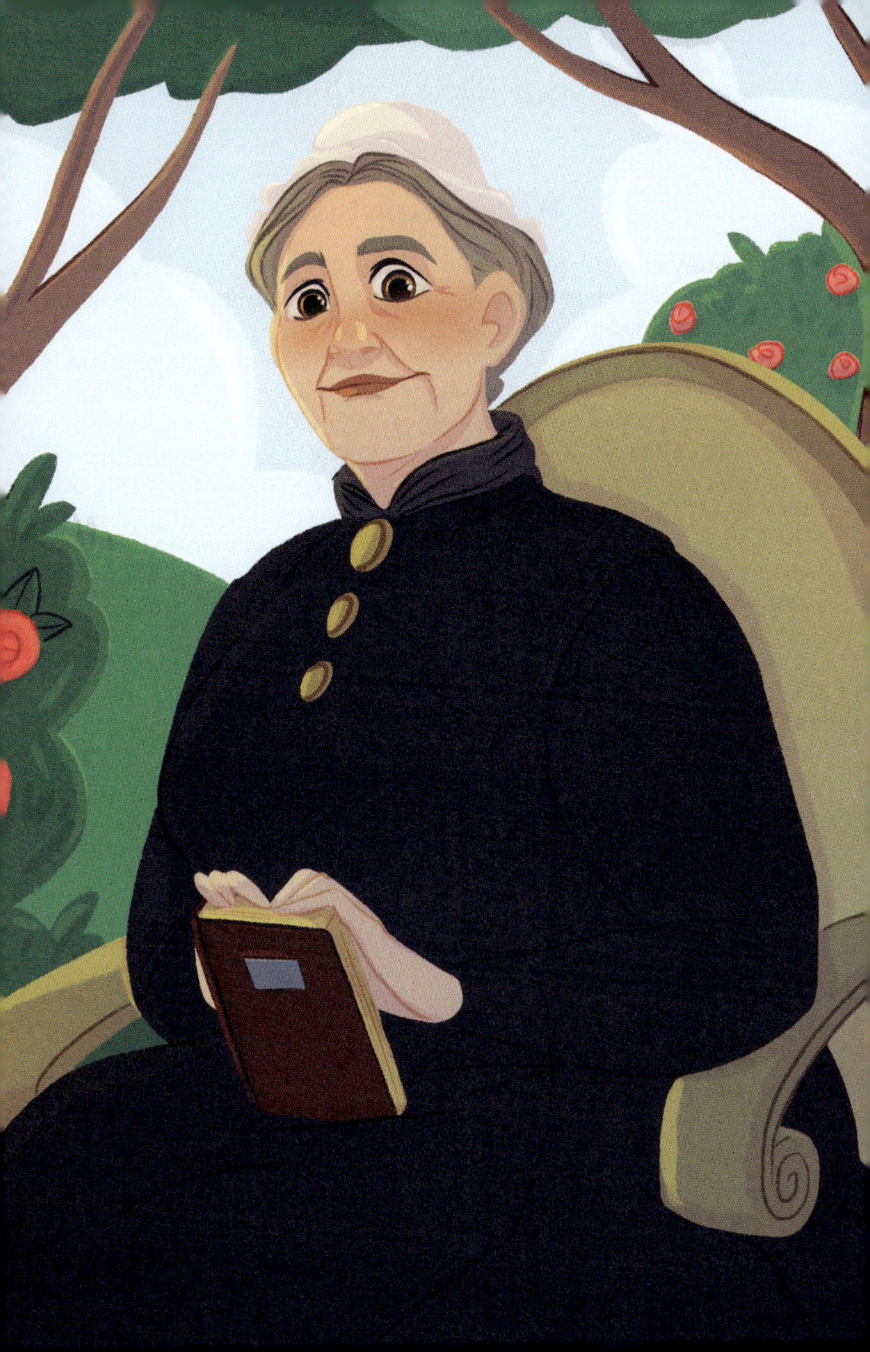

BONNIE ST. JOHN
(1964-)

Hablando con Dios

Tal vez hayas oído hablar de Bonnie St. John. Fue la primera afroamericana en ganar medallas en los Juegos Paralímpicos de Invierno, un evento internacional en el que los atletas con discapacidades físicas compiten en los deportes de invierno. Ganó una medalla de plata y dos de bronce esquiando con una sola pierna.

Cuando Bonnie tenía cinco años, los médicos le amputaron la pierna derecha por un defecto de nacimiento. Vivir con una pierna le enseñó a Bonnie paciencia, mientras aprendía a hacer cosas que para el resto eran fáciles.

Bonnie trabajó duro. Le iba bien en la escuela y en casi todo lo que emprendía. Pero ella también tenía problemas. En su vida habían pasado cosas malas que no podía olvidar. Todas las cosas buenas que experimentaba no podían compensar esos malos recuerdos. No podía encontrar alegría en su corazón.

Ella creía en Dios y sabía que era bueno orar. Pero, para Bonnie, orar era más un ejercicio diario que hablar con Dios. Cuando empezó a dejar de lado sus malos sentimientos, Bonnie descubrió una nueva forma de hablar con él. Oraba todo el día, pequeñas oraciones, hablando con Dios como lo haría con un amigo. Bonnie aprendió que orar te hace sentir bien. Si le entregaba sus problemas a Dios, él la ayudaba a encontrar el gozo. Un día, cuando estaba a punto de dar un discurso a una gran multitud, Bonnie oró, ¡y se imaginó a Jesús participando en un baile! Pensó que tal vez estaba tratando de enseñarle a disfrutar de la vida en lugar de preocuparse o tener miedo.

Una cosa que Bonnie descubrió es que cada cual habla con Dios de manera diferente. Piensa en tu forma de orar. ¿La oración te hace sentir más cerca de Dios? Si no, tal vez deberías cambiar tu forma de orar. Pregúntales a tus amigos cristianos cómo oran.

· ·

NOSOTROS NO SABEMOS QUÉ QUIERE DIOS QUE LE PIDAMOS EN ORACIÓN, PERO EL ESPÍRITU SANTO ORA POR NOSOTROS CON GEMIDOS QUE NO PUEDEN EXPRESARSE CON PALABRAS.

ROMANOS 8.26 NTV

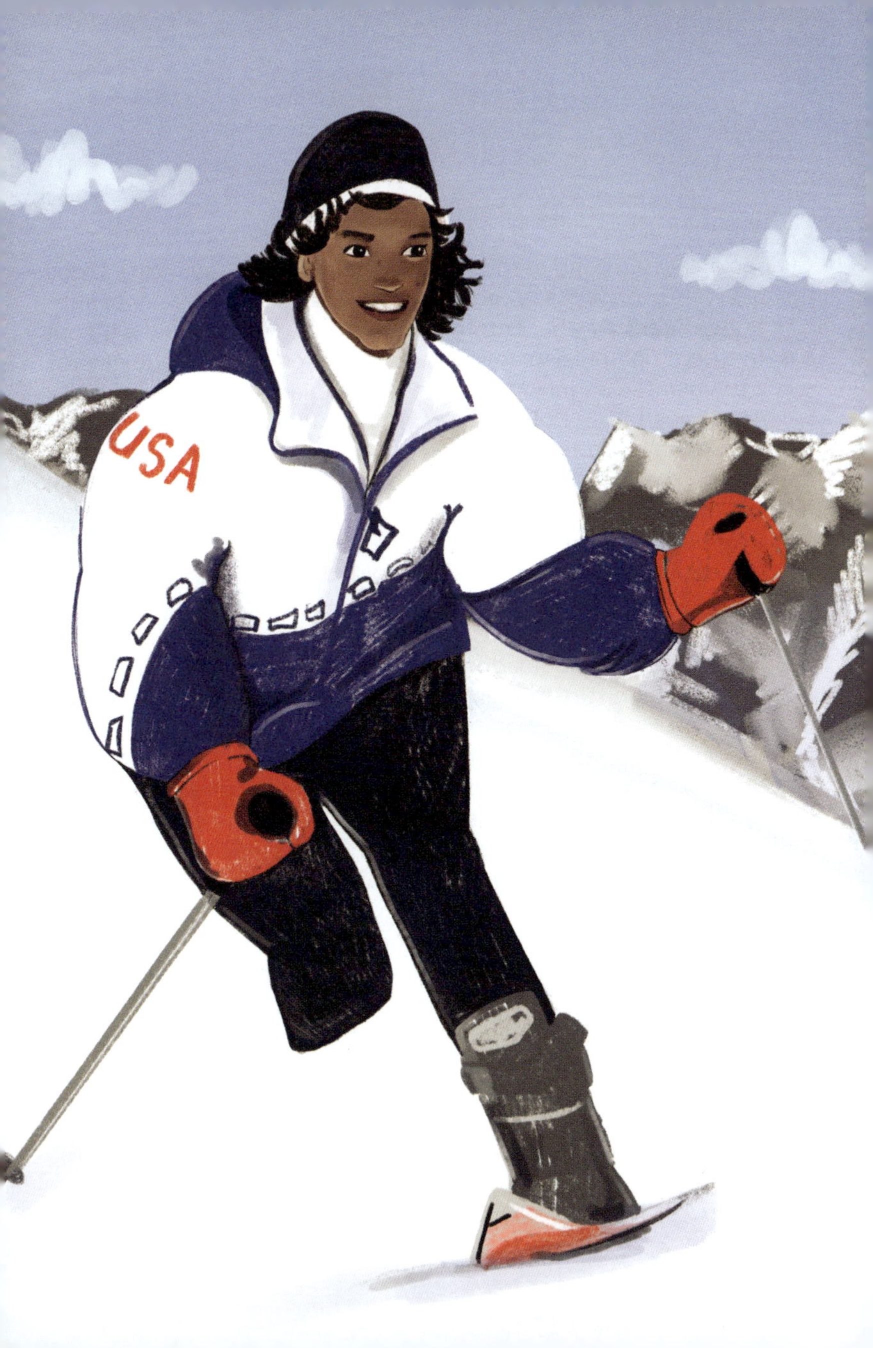
USA

Betty Stam

(1906-34)

La oración de Betty

Cuando era joven, Betty escribió esta oración: «Señor, renuncio a todos mis planes y propósitos, a todos mis deseos y esperanzas, y acepto tu voluntad para mi vida. Entrego mi persona, mi vida, todo a ti para ser tuya para siempre… Úsame como quieras, envíame donde quieras y haz tu voluntad en mi vida cueste lo que cueste, ahora y siempre».

Años más tarde, Betty y su marido, John, fueron a China para trabajar en la obra misionera. En aquella época, los comunistas conspiraban para derrocar al gobierno chino. Los comunistas odiaban a los cristianos, y los misioneros estaban en peligro.

Después pasar un tiempo en China, y cuando tenían una hija de seis meses, les avisaron de que había soldados comunistas cerca. Los soldados llegaron a su puerta antes de que pudieran huir. En lugar de reaccionar con miedo y rabia, Betty los recibió con la amabilidad propia de Jesús. Los soldados secuestraron a Betty, a John y a su bebé. Los comunistas exigieron un rescate de 20.000 dólares por su liberación. Betty y su marido sabían que, si la central de su misión pagaba un rescate, eso solo fomentaría más secuestros de cristianos. Aunque los Stam eran tratados como criminales por ser cristianos, tenían una profunda paz en sus corazones, porque sabían que, si morían por su fe, su servicio a Dios valía la pena.

Por desgracia, la historia de Betty no tiene un buen final. Su bebé se salvó, pero los comunistas asesinaron a Betty y a su marido. Su historia se difundió por todo el mundo y tocó muchos corazones. Incluso animó a otros a convertirse en misioneros y a continuar la obra que Betty y John habían comenzado.

Vuelve a leer la oración de Betty. ¿Qué piensas de sus palabras? ¿Qué puedes aprender de ellas?

••

«No tengan miedo de los que matan el cuerpo, porque ellos no pueden matar el alma».

Mateo 10.28

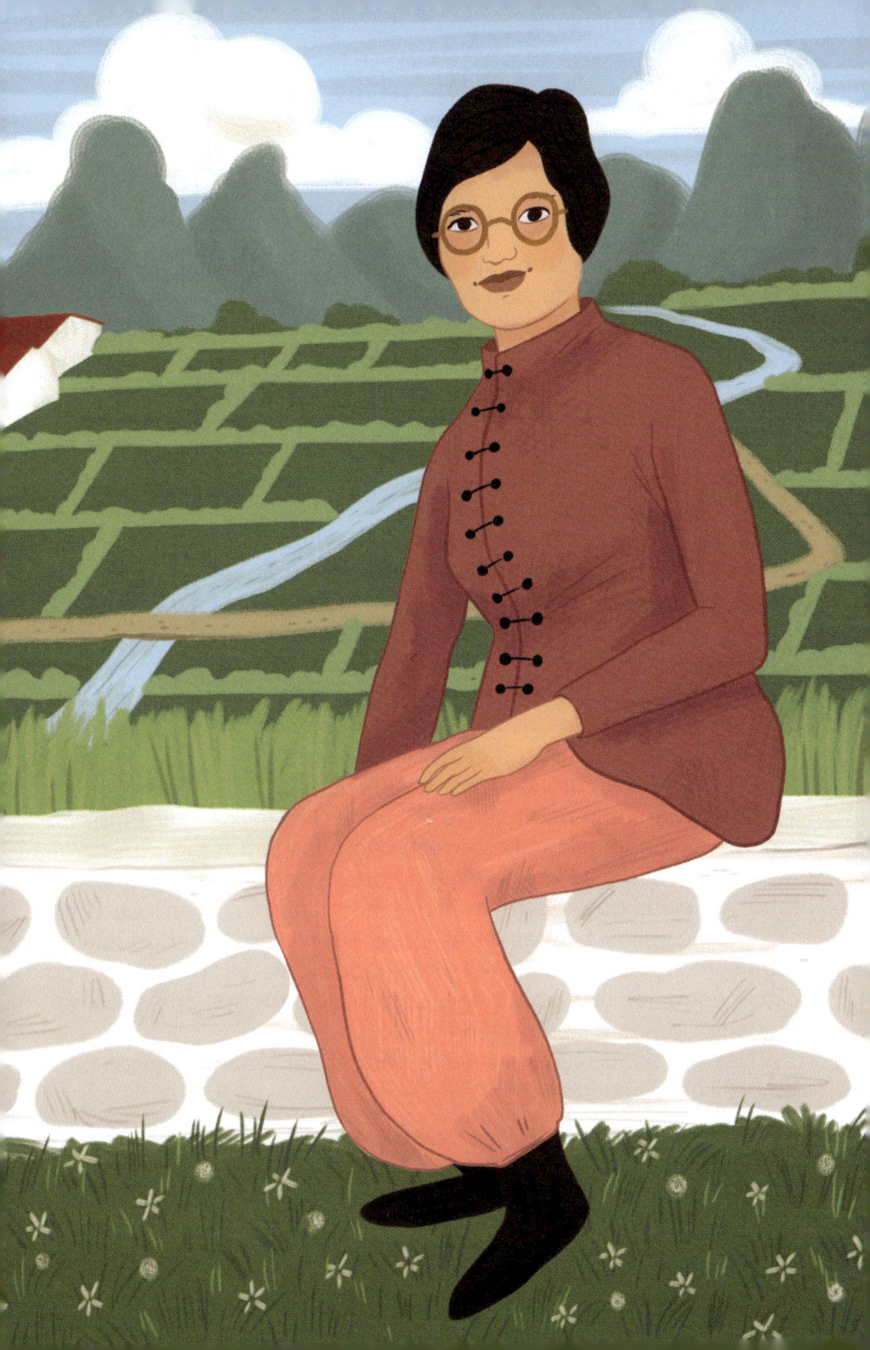

EDITH STEIN
(1891-1942)
Una judía cristiana

Edith Stein nació en 1891 en una familia judía de Polonia. Su familia creía en Dios, y Edith fue educada en la fe judía de su casa. Pero, cuando llegó a la adolescencia, Edith dejó de orar. Buscaba respuestas. No creía que Dios fuera real.

Su búsqueda la llevó a una universidad alemana para estudiar filosofía: las diferentes ideas sobre cómo y por qué existen las personas, el mundo y el universo. Era una excelente estudiante. En sus estudios, Edith aprendió sobre diferentes religiones y se interesó en la fe católica. Pero aun así no creía en Dios.

Un día, Edith vio a una joven que venía del mercado y entraba en una iglesia católica para orar. Edith se sorprendió de lo natural que parecía. La mujer simplemente entró en la iglesia vacía para tener una conversación tranquila con Dios. Pensando en eso, Edith decidió leer el Nuevo Testamento.

Dios abrió su corazón a la verdad. Descubrió que *sí* creía en Dios. ¡Ella también creía en Jesús! Edith Stein se convirtió en cristiana. Entendió que Dios tenía toda su vida planeada.

Se hizo monja y sirvió a Dios y a los demás con su trabajo. Pero su vida terminó tristemente en la Segunda Guerra Mundial. Edith vio cómo los soldados alemanes arrestaban a los judíos sin otra razón que la de ser judíos. «Nunca imaginé que las personas pudieran ser así, ni tampoco que mis hermanos y hermanas tuvieran que sufrir así... Oro por ellos a todas horas», dijo Edith. Pero, siendo judía de nacimiento, no se libró del mal. Los soldados la metieron en un campo de concentración nazi y allí murió. Como Edith era cristiana, sabemos que tiene vida para siempre en el cielo.

¿Has entregado tu vida a Jesús para poder tener una «vida para siempre» en el cielo tú también?

• •

«La vida que dura para siempre es: conocerte a ti, el verdadero Dios, y conocer a Cristo a quien has enviado».

Juan 17.3

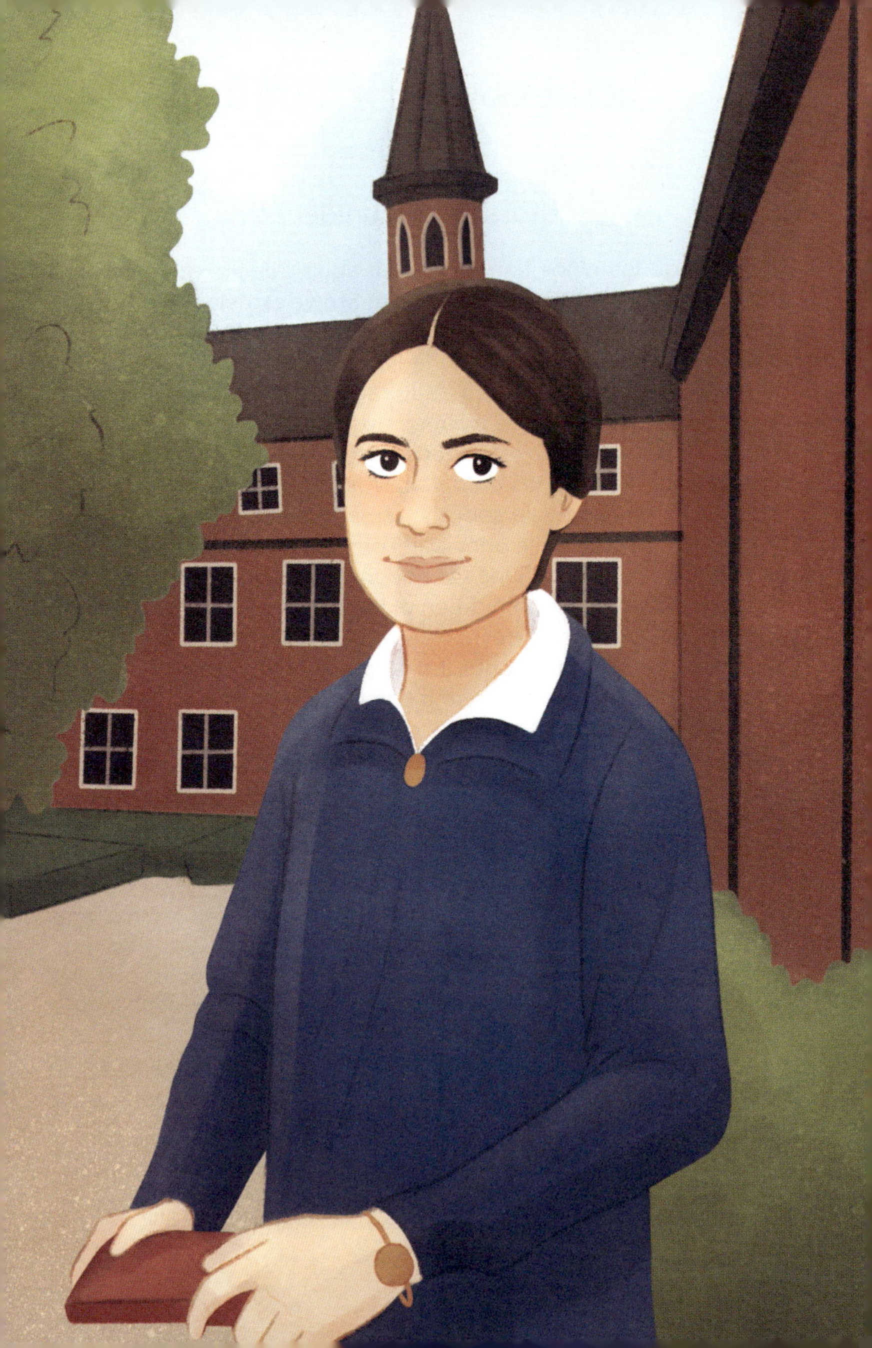

Harriet Beecher Stowe
(1811-96)
Escritora estadounidense

La mayoría de los niños han oído a un adulto decir: «Cuando seas mayor lo entenderás». Si Harriet Beecher Stowe estuviera aquí, podría decirte: «Cuánto me gustaría poner la experiencia de cincuenta años en sus jóvenes vidas, para darles la llave de esa cámara del tesoro, cada gema de la cual me ha costado lágrimas y luchas y oraciones, pero deben trabajar ustedes mismos por estos tesoros interiores».

Harriet fue una autora estadounidense que vivió durante la época en que los afroamericanos eran esclavos. Ella odiaba la esclavitud. Harriet escribió una novela sobre el tema, titulada *La cabaña del tío Tom*, en la que el personaje principal, Tom, un esclavo afroamericano, sufre terriblemente, pero nunca abandona su fe cristiana. El libro hizo famosa a Harriet. Fue prohibido en el Sur y aún hoy es criticado por su lenguaje en algunas partes.

Ella dijo: «Yo no lo escribí. Lo escribió Dios. Yo solo seguí su dictado». Harriet se veía a sí misma como una sierva de Dios. La idea de *La cabaña del tío Tom* se le ocurrió durante un servicio religioso. Su esposo la instó a escribir, diciéndole que sus palabras podrían ayudar a la generación siguiente.

Harriet oraba para que terminara la esclavitud. Habló en contra de la esclavitud en un momento en que las mujeres solían guardar silencio. Sabía que la esclavitud era anticristiana. Además de trabajar para ponerle fin en Estados Unidos, Harriet animó a las mujeres de Inglaterra a luchar contra la esclavitud. Escribió: «Les pedimos, como hermanas, esposas y madres, que eleven sus voces ante sus conciudadanos y sus oraciones ante Dios para quitar esta aflicción y desgracia del mundo cristiano».

Harriet querría que recordaras sus palabras. ¿Qué has aprendido de su historia? ¿Qué puedes hacer hoy para ayudar a las personas a llevarse bien?

«Les doy una ley nueva. Deben amarse unos a otros como yo los he amado».

Juan 13.34

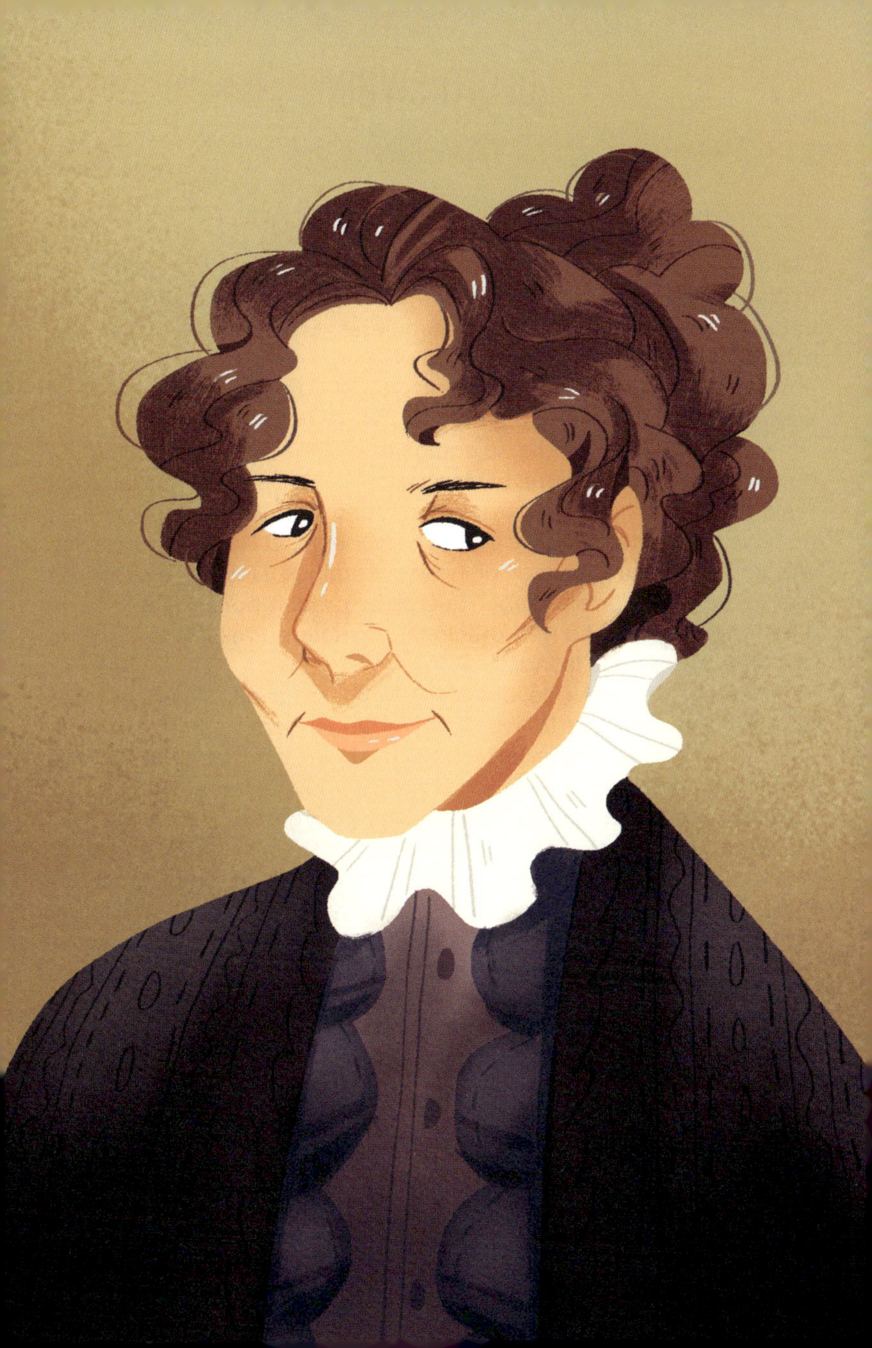

Clara Swain
(1834–1910)
Misionera médica

Clara Swain fue la primera mujer en convertirse en misionera médica. El plan de Dios para Clara era que viajara a la India para ayudar a los enfermos de allí, sobre todo a las mujeres. En el mundo actual, una estadounidense como Clara se subiría a un avión y llegaría a la India en menos de un día. Pero a principios de 1800 no había aviones. Clara viajó en barco y se sintió mareada la mayor parte del camino.

Cuando llegó a la India, su equipaje no había llegado, y no llegaría hasta la semana siguiente. El transporte a caballo y en tren también tenía sus problemas. Le preocupaban los tigres que había cerca. Clara no tenía suficiente comida y estaba hambrienta. El viaje fue duro, pero ella siguió adelante; las oraciones de sus amigos y familiares le dieron fuerza. Le reconfortaba saber que otros oraban por ella. Más tarde escribió cartas y pidió más oraciones, no solo por ella, sino también por los enfermos de la India.

Además de cuidar de los enfermos, Clara formaba a estudiantes de medicina para que la ayudaran. En aquel tiempo, a los médicos varones no se les permitía tratar a las mujeres. Clara trabajaba muchas horas, tratando a más de mil trescientas mujeres en el primer año. Ayudaba a su curación, les daba Biblias y les hablaba de Jesús.

Clara decidió que las mujeres necesitaban un hospital, así que le pidió a Dios que lo hiciera posible. Milagrosamente, un gobernador indio donó el terreno y tres años más tarde abrió sus puertas el primer hospital de mujeres de la India. Se llamó Hospital Misionero Clara Swain, y aún existe hoy en día, atendiendo tanto a mujeres como a hombres.

Piensa en cómo Clara recibió ayuda por sus propias oraciones y por las de los demás. ¿Tienes un amigo con una necesidad especial? Pídele a Dios su ayuda.

Amados hermanos, oren por nosotros.

1 Tesalonicenses 5.25 NTV

HOSPITAL CLARA SWAIN

PRIMER HOSPITAL PARA MUJERES EN ASIA
1870

JONI EARECKSON TADA
(1949-)
Dios dijo que no

Joni Eareckson Tada probablemente te diría que hay cosas más importantes que poder caminar o usar las manos. ¡Ella lo sabe! A los diecisiete años, Joni sufrió un accidente de buceo que cambió su vida. Lleva cincuenta años en silla de ruedas, sin poder caminar y con unas manos que apenas le sirven.

Conocer a Jesús es lo único que hizo que Joni pudiera soportar la peor experiencia de su vida. Oró para que Dios la sanara, pero Dios dijo que no. Y, con el tiempo, Joni se dio cuenta de que no haber sido curada fue un regalo. Aquello hizo profundizar la relación de Joni con Dios y le permitió iniciar un ministerio para ayudar a otros, especialmente a los discapacitados. Joni probablemente te diría: «Prefiero estar en esta silla de ruedas conociendo a Jesús que estar de pie sin él».

El ministerio de Joni se llama Joni and Friends. Presenta programas de radio y televisión en todo el mundo en los que comparte la Palabra de Dios e historias edificantes. Ha escrito docenas de libros, grabado álbumes de canciones, e incluso protagonizado una película sobre su vida.

Aunque la vida no siempre ha sido fácil para ella, Joni no ha permitido que eso le impida vivir con alegría. Sí, sabe lo que es estar deprimida, desear que su accidente nunca hubiera ocurrido. Incluso ha dudado de Dios. Pero ella te diría que él nunca le ha fallado ni decepcionado. En realidad, Dios usa la vida de Joni para ayudar a otros a salir de su depresión y a vivir una vida cristiana alegre.

Si Dios respondiera que no a tu petición de curarte, ¿qué harías?

•••

«Porque mis ideas no son como las de ustedes,
y mi manera de actuar no es como la suya».

Isaías 55.8 DHH

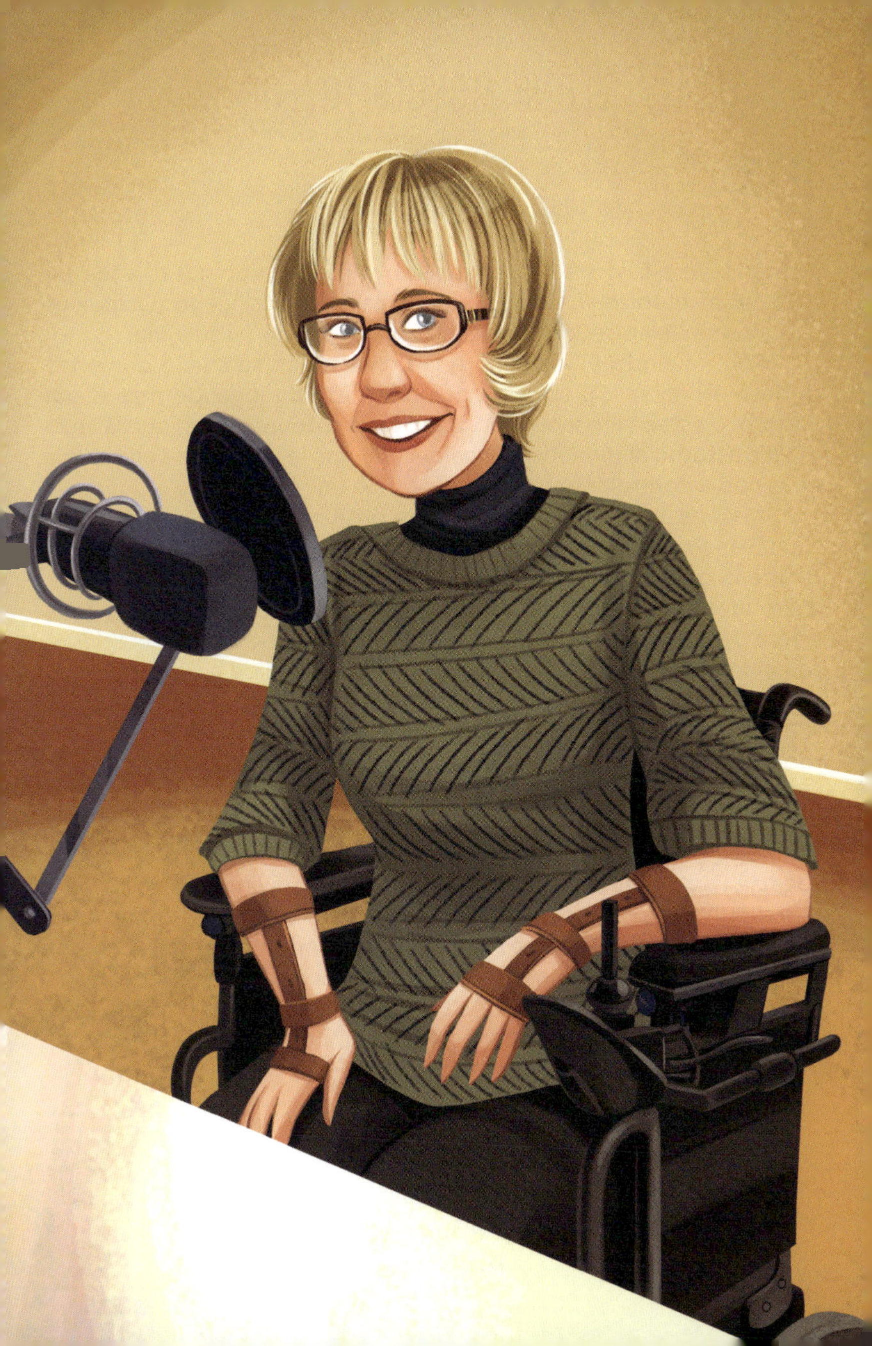

Elana Meyers Taylor
(1984-)
Representar a Cristo

Elana Meyers Taylor se propuso ser olímpica ya con nueve años. Le encantaba el *softball*, y decidió que la llevaría a los Juegos Olímpicos de verano. Le entregó todo al *softball*, su corazón y su alma.

Pero, cuando Elana llegó a la universidad, su sueño comenzó a desmoronarse. Su equipo de *softball* estaba jugando mal. Elana tampoco estaba jugando bien. Cayó en una depresión, lo que la llevó a un trastorno alimenticio. Elana decidió que la única cosa en su vida que podía controlar era comer o no. Fue una mala decisión.

Necesitaba confiar en algo más profundo que ella misma. Así que Elana exploró diferentes religiones. Un día, mientras leía un libro sobre budismo, Elana comenzó a llorar. No podía explicar por qué, pero en ese momento se dio cuenta de que al único que necesitaba era a Jesús. La depresión y el trastorno alimenticio desaparecieron cuando Elana oró y le entregó a Jesús el control de su vida.

Su sueño de las Olimpiadas también se había ido. Lo intentó, pero no entró en el equipo de *softball*. Dios tenía otro plan. El *bobsled*. Elana no estaba segura, pero lo intentó ¡y entró en el equipo estadounidense! Hasta el momento, ha ganado tres medallas olímpicas.

Hoy, Elana se apoya en la oración y también en Mateo 22.37-39, que dice que hay que amar a Dios con todo el corazón y amar a los demás. Eso significa amar a sus rivales, lo cual no siempre es fácil. Elana las ayuda siempre que puede y disfruta compartiendo su fe con ellas.

Elana Meyers Taylor se siente honrada por representar a Estados Unidos en las Olimpiadas, pero aún más honrada por servir a Jesús. Ella ve su deporte como una plataforma para difundir el amor de Dios. Cuando compite, Elana quiere que su comportamiento refleje su fe. Está ahí representando a Cristo.

«"Amarás al Señor tu Dios, con todo tu corazón y con toda tu alma y con toda tu mente". Este es el primero y más grande mandamiento. El segundo es semejante: "Amarás a tu vecino como a ti mismo"».

MATEO 22.37-39

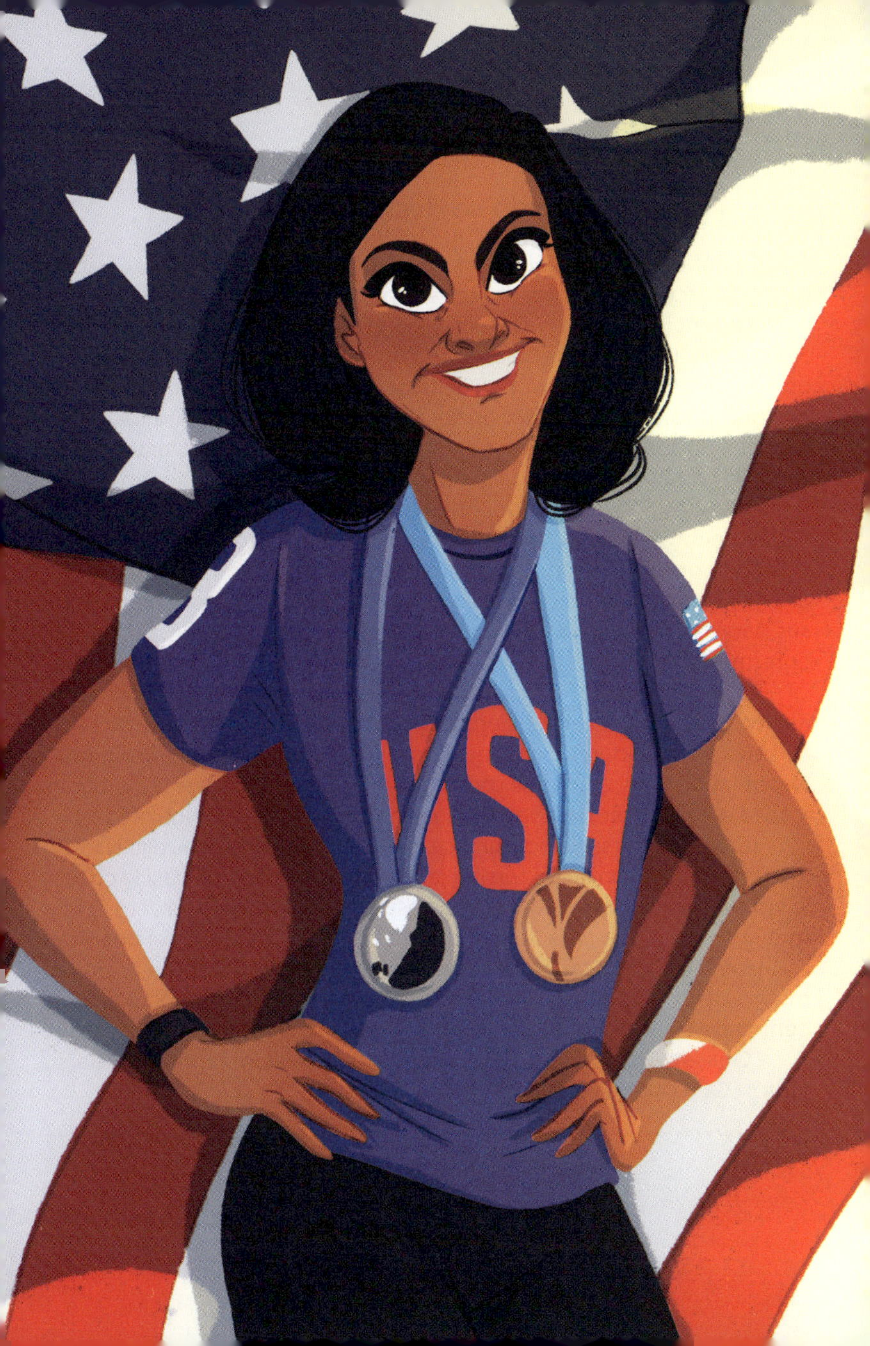

NIKI TAYLOR
(1975–)
Todo se desmorona

Niki Taylor quería ser bióloga marina y, algún día, tener hijos. Cuando tenía catorce años, su madre, que era fotógrafa, envió fotos de Niki a una agencia de modelos. Así, Niki salió en la portada de la revista *Seventeen*. Tuvo más trabajos como modelo. A los diecisiete años, fue una de las chicas más jóvenes de la portada de *Vogue*. Por entonces, era una adolescente millonaria y trabajaba constantemente como modelo. Su sueño de ser bióloga marina había tomado otra dirección.

Niki todavía soñaba con ser madre. Se casó con dieciocho años y tuvo gemelos con diecinueve. Creía que ya lo tenía todo. Su vida era un sueño hecho realidad. Pero entonces todo comenzó a desmoronarse.

Su hermana menor, Krissy, era más que su hermana, era su mejor amiga. El 2 de julio de 1995, Niki la encontró inconsciente en casa de sus padres. Los sanitarios no pudieron salvar a Krissy. Murió de una rara enfermedad cardíaca. La muerte de Krissy le rompió el corazón a Niki.

Al año siguiente, el matrimonio de Niki terminó en divorcio. La ansiedad la llevó a tomar ciertos medicamentos. Se volvió adicta.

Niki se consideraba cristiana, pero había tenido otras prioridades. Necesitaba a Dios, así que se rodeó de amigos cristianos que la ayudaran. Volvió a consagrar su vida a Cristo en 1998 y le dio el control total.

«Cuando eres salva no significa que todo sea perfecto», dijo Niki. En 2001 resultó herida en un terrible accidente de auto que casi le cuesta la vida. Como cristiana, Niki abordó esa crisis de forma diferente. Decía que la oración y la fe la llevaron a pasar varios meses en el hospital.

Hoy, Niki está sana, se ha vuelto a casar, tiene un negocio, es madre de cuatro hermosos hijos y, lo mejor de todo, Dios ocupa el centro de su vida.

¿Qué ayudó a Niki a superar los momentos más difíciles de su vida? ¿Qué puedes aprender de su historia?

••

> Deja tus preocupaciones al Señor, y él te mantendrá firme;
> nunca dejará que caiga el hombre que lo obedece.
>
> Salmos 55.22

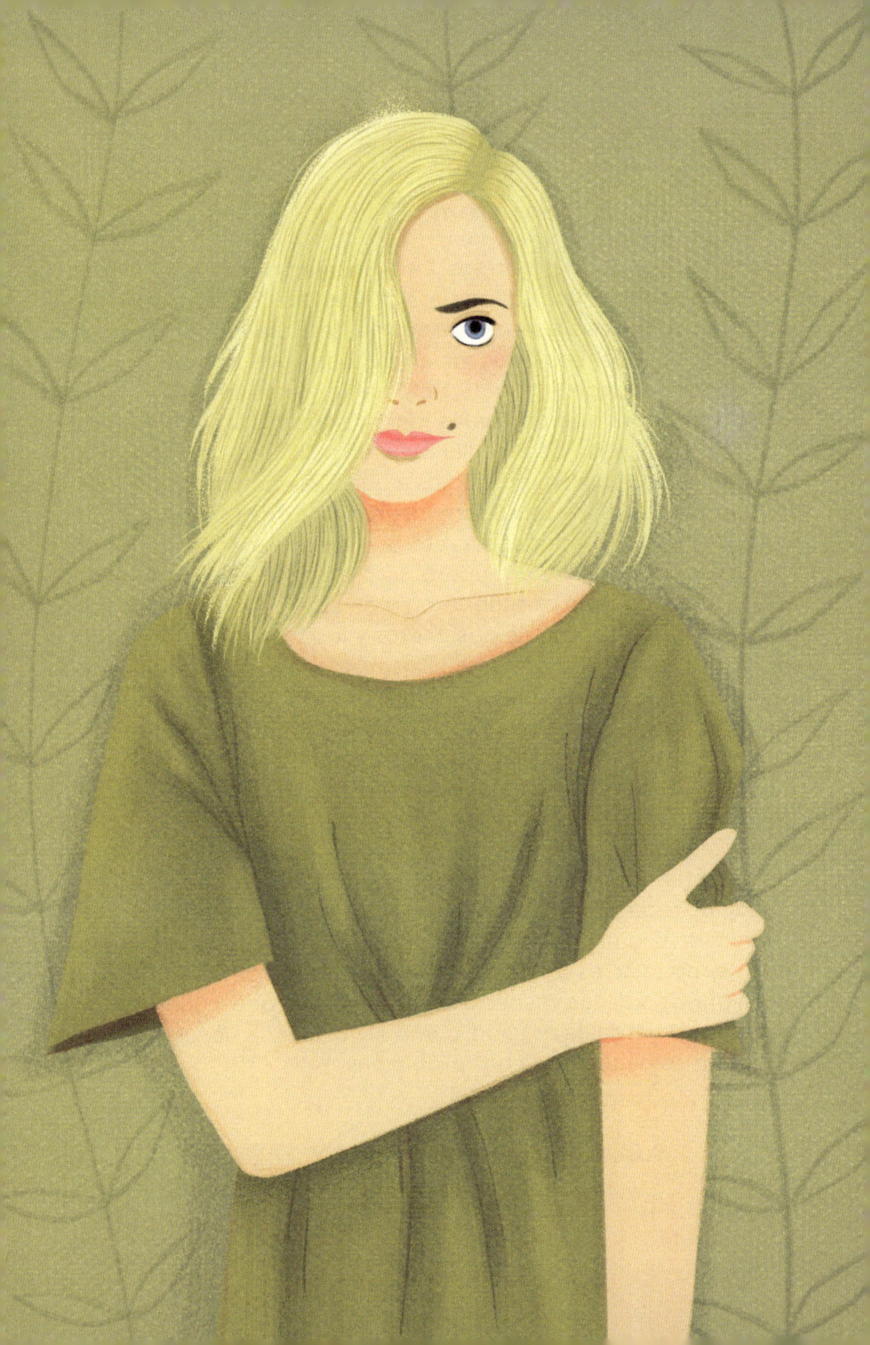

Corrie ten Boom
(1892-1983)
Corrie toma el volante

Corrie ten Boom creció en los Países Bajos durante la Segunda Guerra Mundial. Su familia, que era cristiana, acogía a todos en su casa, especialmente a los judíos, a quienes los soldados nazis odiaban solo por ser judíos. Los nazis los arrestaban y los llevaba a campos de prisioneros donde sufrían terriblemente y morían.

Los ten Boom oraban por los judíos, pero querían hacer más. Se convirtieron en parte de algo llamado «la resistencia holandesa». La familia invitaba a sus amigos judíos a quedarse con ellos. Si los nazis llegaban a la casa, los ten Boom idearon que sus huéspedes judíos se escondieran en un lugar secreto lo suficientemente grande para seis personas, detrás de un ropero. Su plan funcionó por un tiempo, hasta que los nazis lo descubrieron y arrestaron a la familia Boom. Los llevaron a un campo de prisioneros y los maltrataron. Parte de la familia de Corrie murió allí, pero ella sobrevivió y fue liberada. Corrie regresó a los Países Bajos y continuó ayudando a los necesitados. Incluso perdonó a los soldados que fueron crueles con ella.

Corrie pasó el resto de su vida viajando por el mundo hablando de su experiencia con los nazis y de cómo la fe y la oración la guiaron en aquellos tiempos difíciles. Incluso escribió un libro sobre ello titulado *El refugio secreto*.

Corrie ten Boom solía preguntar: «¿La oración es tu volante o es tu rueda de repuesto?». Piensa en ello. El volante se utiliza para guiar un vehículo. ¡Sin él, ese vehículo andaría por toda la carretera! Una rueda de repuesto es un plan de apoyo; está ahí cuando la necesitas, pero la mayoría de las veces no la necesitas. Así que, cuando pienses en Corrie, recuerda: la oración, como el volante, la necesitas todo el tiempo, no solo cuando tienes problemas.

SIGAN ORANDO. MANTÉNGANSE VIGILANTES Y SIEMPRE AGRADECIDOS.

COLOSENSES 4.2

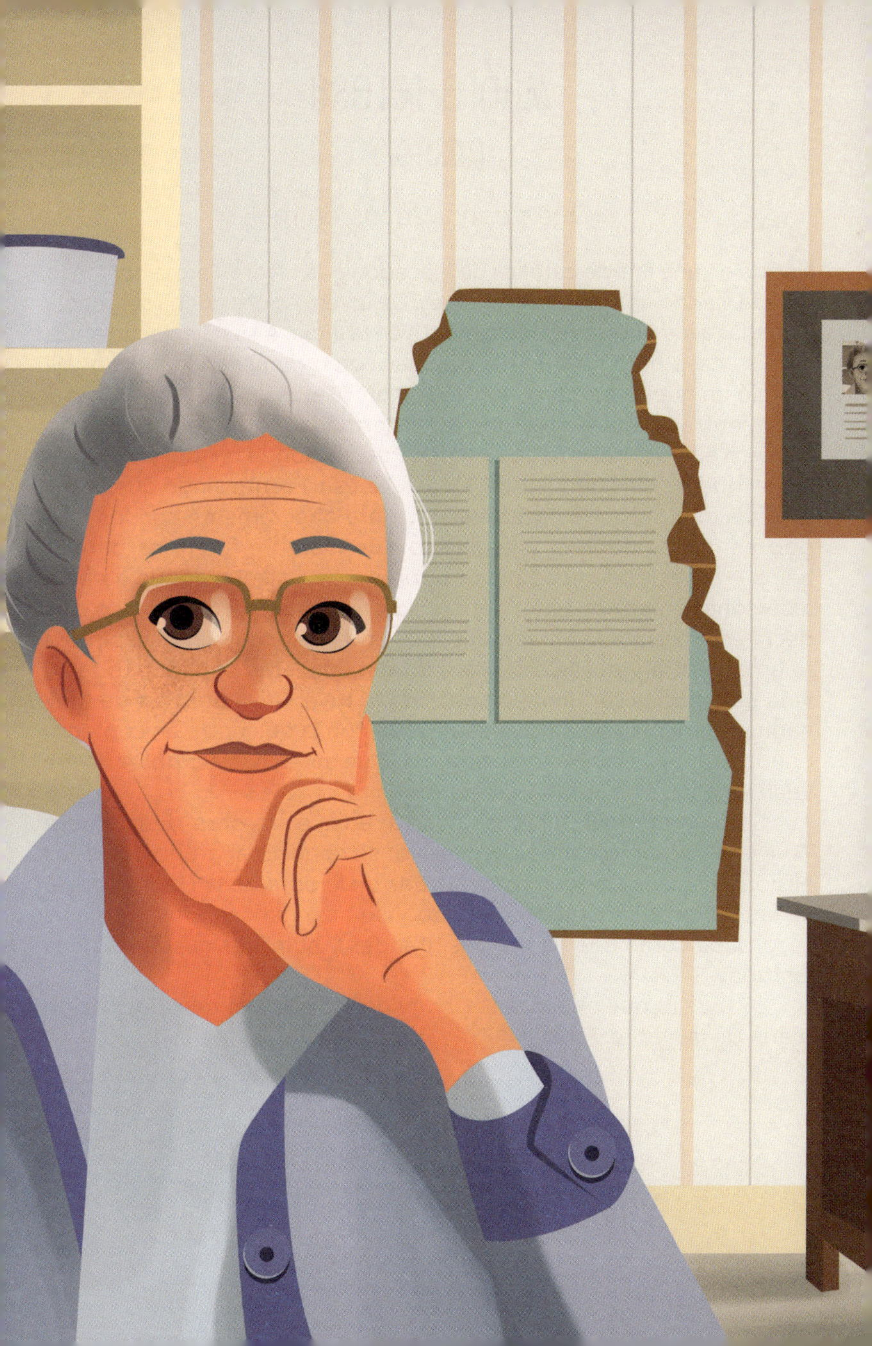

Madre Teresa
(1910-97)

«Que vean a Jesús en mí»

Nacida en una familia católica de Macedonia, la Madre Teresa comenzó su vida siendo una niña llamada Inés. De joven, Agnes quería ser monja y ayudar a los pobres, especialmente en la India. A sus dieciocho años, dejó su casa para formarse y trabajar como monja en la India, y allí recibió un nuevo nombre: hermana María Teresa.

Mientras estaba en la India, la hermana María Teresa enseñó primero en un convento en Calcuta. Fue allí donde recibió el nombre por el que hoy la conocemos: Madre Teresa. Pronto sintió que Jesús le decía que dejara la escuela y trabajara directamente con los más pobres de los pobres, y eso es lo que hizo. Se fue a los barrios bajos —zonas extremadamente pobres— de Calcuta, donde atendía a personas enfermas, hambrientas, solas y olvidadas. Y todos los días decía esta oración: «Amado Jesús...inunda mi alma con tu espíritu y tu amor. Entra y posee todo mi ser tan completamente que toda mi vida solo pueda ser un resplandor de la tuya. Brilla a través de mí y habita tan dentro de mí que cada alma con la que entre en contacto pueda sentir tu presencia en mi alma. Que miren hacia arriba y no me vean ya a mí, sino solo a Jesús... Amén».

Se unieron más personas para ayudar en la obra de la Madre Teresa. Al ir aumentando de número, se conoció al grupo como las Misioneras de la Caridad. Las noticias de la obra de la Madre Teresa se extendieron por todo el mundo y se hizo famosa. Hoy en día es recordada como una de las más grandes y humildes cristianas de la historia.

¿Sabes lo que significa ser humilde? Una pista: relee la oración diaria de la Madre Teresa.

···

«Pues aquellos que se exaltan a sí mismos serán humillados,
y los que se humillan a sí mismos serán exaltados».

Lucas **14.11** ntv

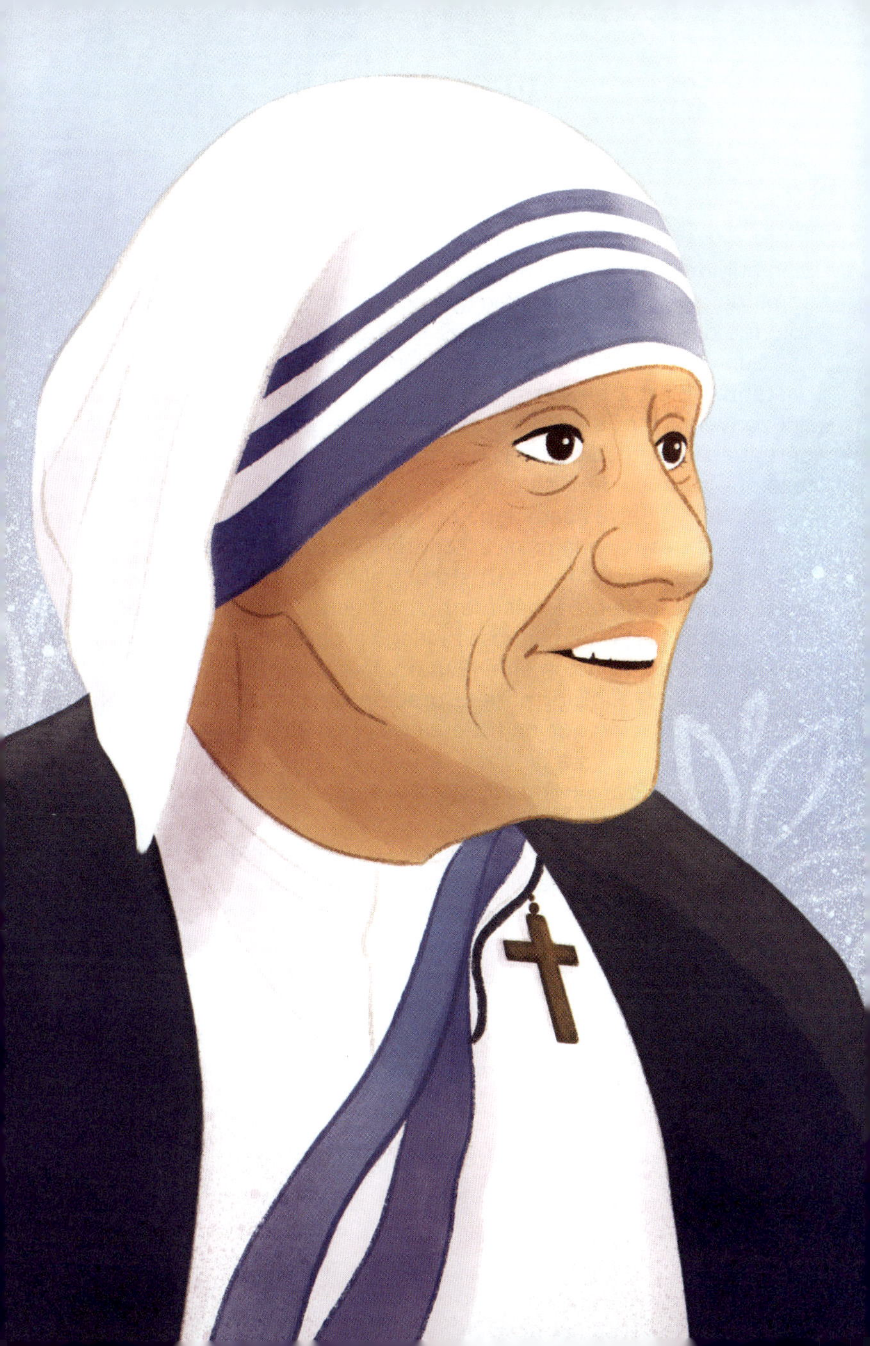

Teresa de Ávila
(1515-82)

Fe ardiente

Si le hubieras pedido a Teresa de Ávila que describiera su fe, habría admitido que, durante un buen tiempo, cuarenta años para ser exactos, solo fue tibia, ni caliente ni fría. Estaba en la media.

Cuando tenía veintiún años, Teresa entró en un convento que era bastante abierto. Le permitían relacionarse con personas de fuera del convento y podía tener sus propias pertenencias. Estas cosas le permitían centrarse en otras que no eran su devoción a Dios, lo cual hizo que su fe se debilitara.

Un día, mientras caminaba en el convento, Teresa se fijó en una estatua de Jesús en la cruz. Lo contempló de una manera distinta y sintió el poderoso amor de Cristo por ella. A partir de ese momento, la fe de Teresa se hizo más fuerte. De hecho, se hizo tan fuerte que abandonó todas las demás cosas. Relegó al pasado las cosas mundanas y puso toda su atención en el Señor y la oración.

Para ella era importante la oración en silencio. Decía: «Nunca querría una oración que no hiciera crecer las virtudes en mi interior». Dios le dio talento para dirigir, y Teresa inició conventos para mujeres y monasterios para hombres donde podían dedicar sus vidas a la oración y a servir a Dios.

Teresa dedicó todos los días de su vida a servir al Señor. Tenía un don para entender la vida espiritual y escribió sus ideas sobre la oración y sobre vivir para Dios. Todavía hoy, más de cuatrocientos años después, se leen y estudian sus escritos espirituales. Teresa de Ávila llegó a ser el ejemplo perfecto de una mujer cuya fe tibia se convirtió en una fe fuerte y ardiente.

¿En qué cosas pones tu foco? ¿Hay algo que te distraiga de tu relación con Dios?

··

Condúcelos al camino recto, para que tengan una fe firme.

Tito 1.13

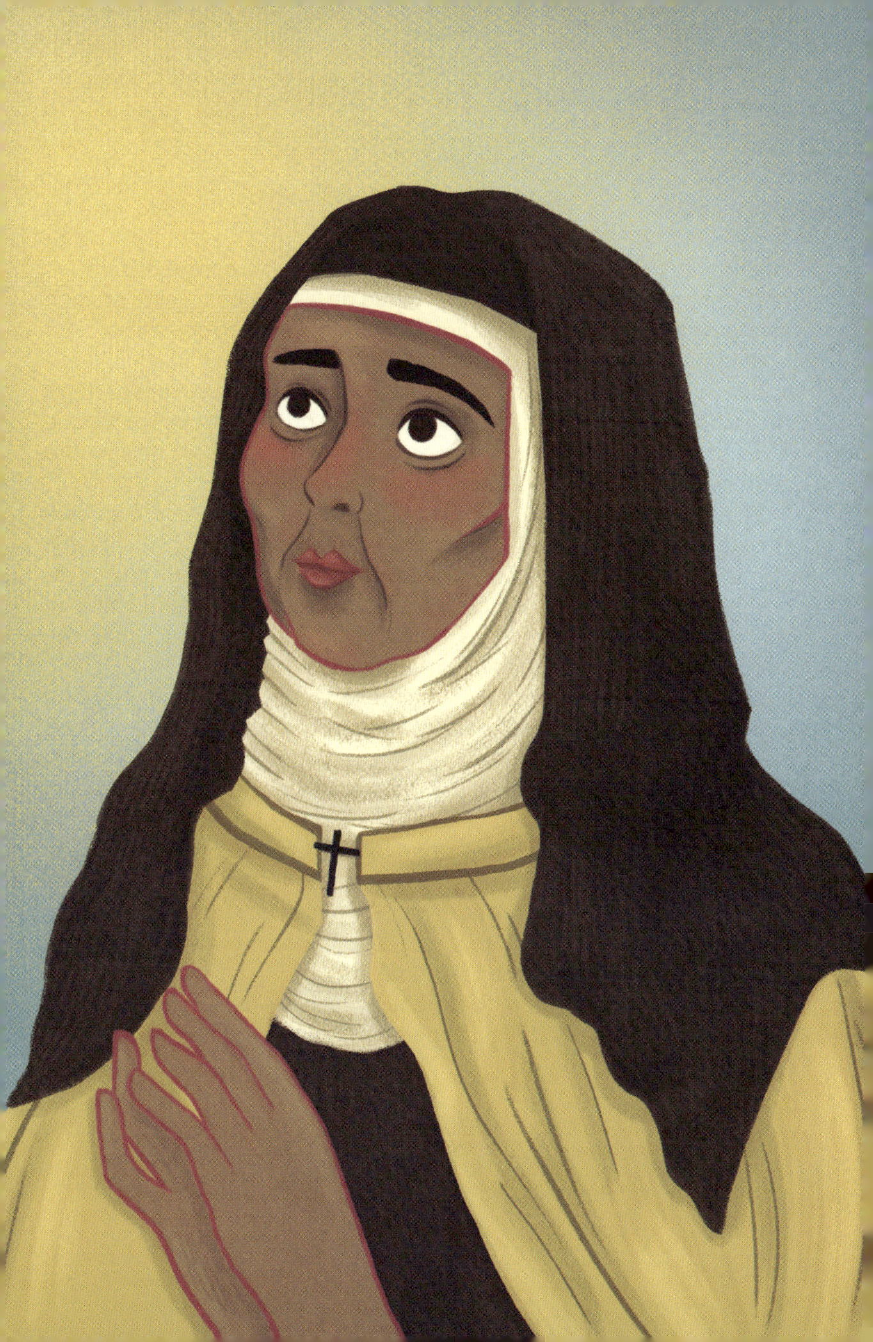

Teresa de Lisieux
(1873-97)

El caminito

¡Oh, Dios mío! Te ofrezco todas mis acciones de este día para las intenciones y la gloria de... Jesús». Teresa de Lisieux decía esta oración todas las mañanas. Le pedía a Dios que tomara todo lo que ella hiciera ese día y que girara en torno a él.

Cuando Teresa decía esa oración, vivía en un convento, apartada del resto del mundo. Estaba allí desde los quince años. Era lo que quería, servir a Dios como monja y orar por los demás. Pero no siempre fue una experiencia agradable.

El convento era un lugar frío. Las monjas tenían solo lo que necesitaban y nada más. Teresa era la más joven del convento. A algunas de las monjas mayores no les gustaba y la llamaban consentida porque venía de una familia de clase media y su padre la llamaba su «princesita». La vida entre estas mujeres mayores no era fácil y Teresa a veces se imaginaba haciendo otra cosa.

Un día, mientras leía la Biblia, Teresa se dio cuenta de que hay muchas funciones diferentes en la iglesia. Leyó 1 Corintios 13 y, mientras lo leía, sintió que su corazón se llenaba de amor. «Oh, Jesús —oró—, he encontrado mi llamado: mi llamado es el amor».

A partir de ese día, Teresa cambió su actitud. Todo lo que hacía giraba en torno a la bondad y el amor. Incluso cuando otros la trataban mal, ella respondía con amor. Llamó a sus actos de bondad «el caminito». No hizo nada grande ni que saliera en los titulares, pero de muchas pequeñas maneras, ya fuera con acciones u oraciones, Teresa de Lisieux ayudaba a los demás.

¿Se te ocurren algunas pequeñas maneras de mostrar amor y bondad a los demás? Pídele a Dios que te ayude con ideas.

··

El amor todo lo sufre, todo lo cree, todo lo espera, todo lo soporta.

1 Corintios 13.7

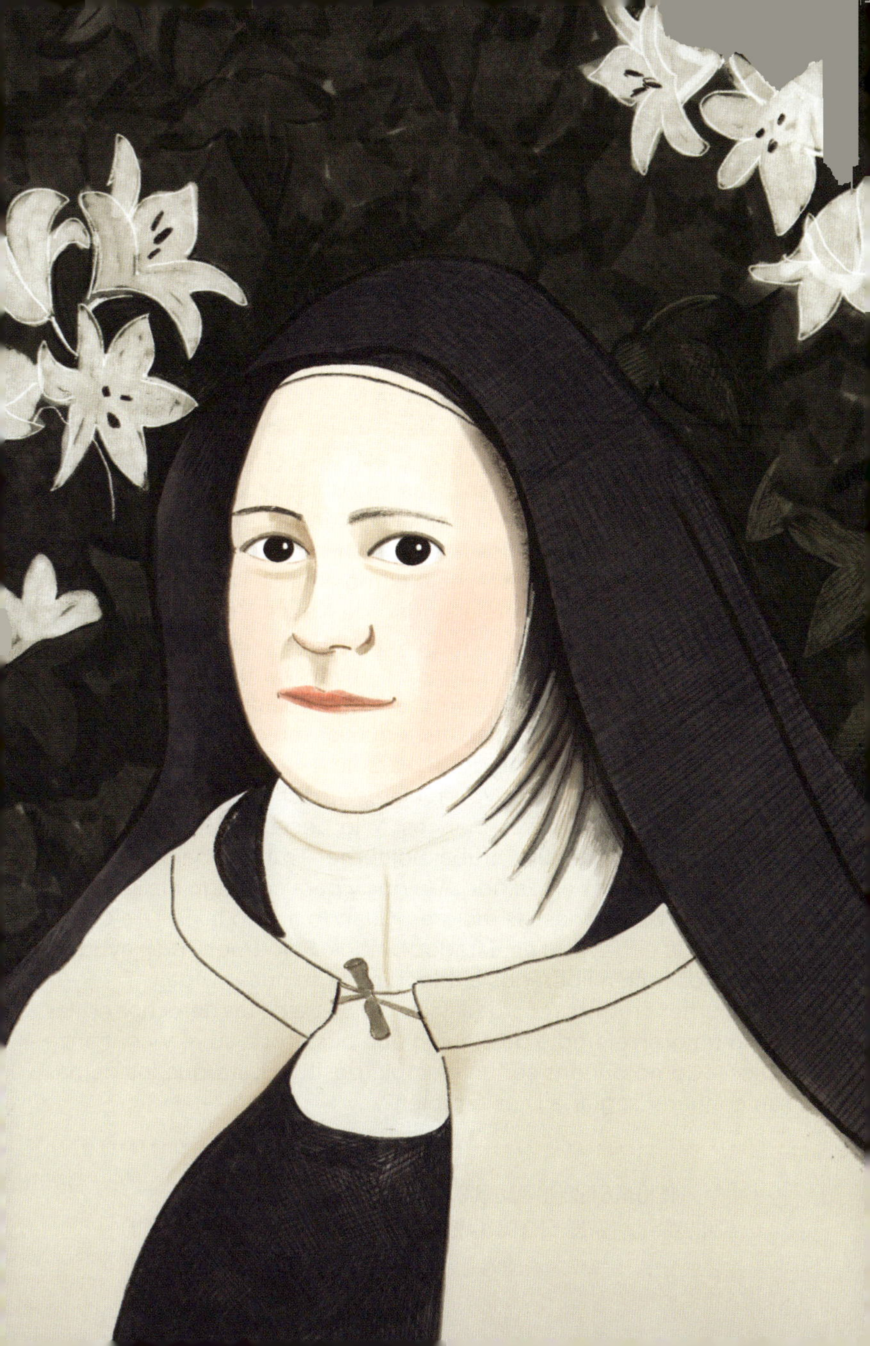

SOJOURNER TRUTH
(1797-1883)
La viajera

¿Te imaginas ser separada de tu familia y vendida con un rebaño de ovejas? Ese tipo de vida no era algo extraño para los afroamericanos cuando Sojourner Truth era joven. Nació siendo esclava, llamada Isabella, y encontró su propia manera de adorar a Dios. Pasaba tiempo a solas orando en el bosque. Incluso se hizo un templo en el bosque con maleza, una habilidad que probablemente aprendió de su madre.

Cuando tenía unos treinta años, el estado de Nueva York empezó a permitir a los esclavos dejar a sus amos. Isabella decidió fugarse porque su dueño no quería liberarla. No tenía ni idea de adónde ir, pero oró y confió en que Dios la guiara en la dirección correcta.

Siendo ya libre, Isabella trabajó como ama de llaves e hizo labor misionera con los pobres en la ciudad de Nueva York. Tenía una fe cristiana muy fuerte y le pidió a Dios que le diera un nuevo nombre. Isabella creía que Dios quería que se llamara Sojourner Truth.

Sojourner comenzó a viajar y a predicar la Palabra de Dios. Aunque en aquel tiempo no estaba bien visto que las mujeres expresaran sus opiniones en público, eso no detuvo a Sojourner Truth. No le parecía justo que los afroamericanos y las mujeres no disfrutaran de las mismas libertades que los hombres blancos. Y lo decía... y siempre que se enfrentaba a un obstáculo, oraba. Sojourner Truth trabajó duro para liberar a los esclavos en Estados Unidos y para conseguir la igualdad de derechos para todas las mujeres. Cuando acabó la Guerra Civil y se ilegalizó la esclavitud en Estados Unidos, Sojourner Truth ayudó a los esclavos recién liberados a adaptarse a su nueva vida.

Sojourner Truth es recordada como pionera de los derechos civiles y como un gran ejemplo de alguien que puso toda su fe y confianza en Dios. ¿Cómo puedes ser un ejemplo positivo para que los demás elijan confiar y seguir a Dios también?

CRISTO NOS LIBERTÓ PARA QUE VIVAMOS EN LIBERTAD. POR LO TANTO, MANTÉNGANSE FIRMES Y NO SE SOMETAN NUEVAMENTE AL YUGO DE ESCLAVITUD.

GÁLATAS 5.1 NVI

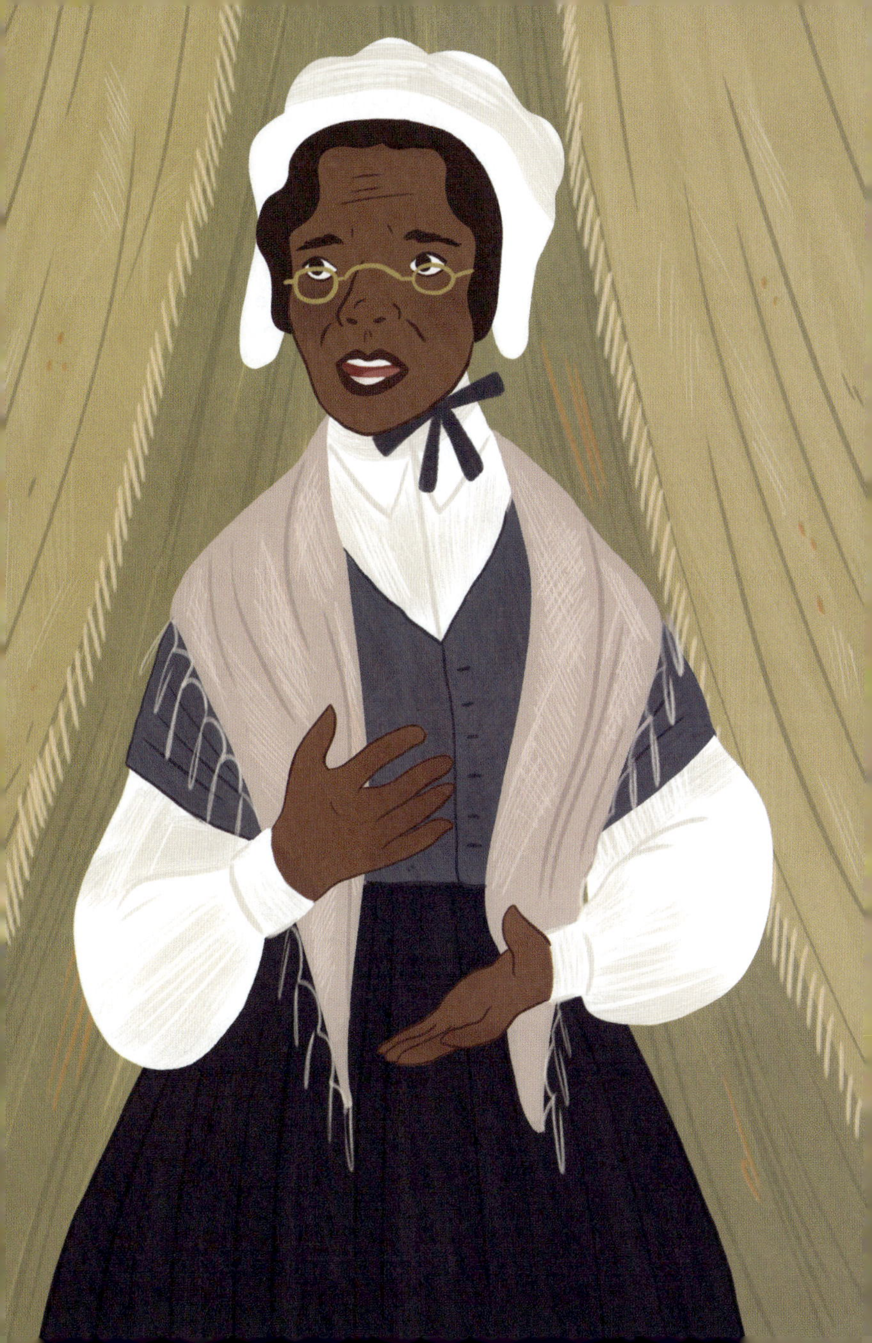

Harriet Tubman
(1820-1913)

¡Deja ir a mi pueblo!

Si conoces la historia de Moisés, sabes que sacó al pueblo de Dios, los israelitas, de la esclavitud en Egipto. Muchos años después, Harriet también sacó a *su* pueblo, los afroamericanos, de la esclavitud. Así es como llegó a ser llamada la «Moisés» de su pueblo.

Durante la vida de Harriet, muchas personas buenas y solidarias querían ayudar a los esclavos a escapar a través del llamado Tren Subterráneo. No era un tren, sino una red de rutas y lugares secretos donde los esclavos fugitivos podían esconderse con seguridad hasta que alcanzaban la libertad en un estado donde la esclavitud fuera ilegal.

Después de años de abusos de su amo, Harriet logró escapar de la esclavitud. Viajaba de noche. «Acude a ayudarme, Señor; estoy angustiada», oraba. Después de un largo viaje y de refugiarse en las casas del Tren Subterráneo a lo largo del camino, Harriet alcanzó la libertad. Pero, para Harriet, con eso no bastaba. Ella conocía el camino de salida, así que regresó una y otra vez para ayudar a fugarse a sus familiares y a otros esclavos. Harriet siguió con perseverancia y valentía, arriesgando su vida para liberar a otros. «Le rogué a Dios que me hiciera fuerte y capaz de luchar, y eso es lo que siempre he pedido desde entonces», dijo. Harriet confió en que Dios la protegería mientras ayudó a unos trescientos esclavos a escapar hacia la libertad. Hoy en día se la recuerda como la líder más famosa del Tren Subterráneo. Su historia se enseña en las escuelas y se ha sugerido que su retrato reemplace al del presidente Andrew Jackson en los billetes de veinte dólares.

Piensa en la valiente historia de Harriet. ¿Qué crees que le dio la fuerza no solo para fugarse, sino también para volver y ayudar a otros a escapar?

••

Vivan esta vida de libertad amando y ayudando a otros.

Gálatas 5.13

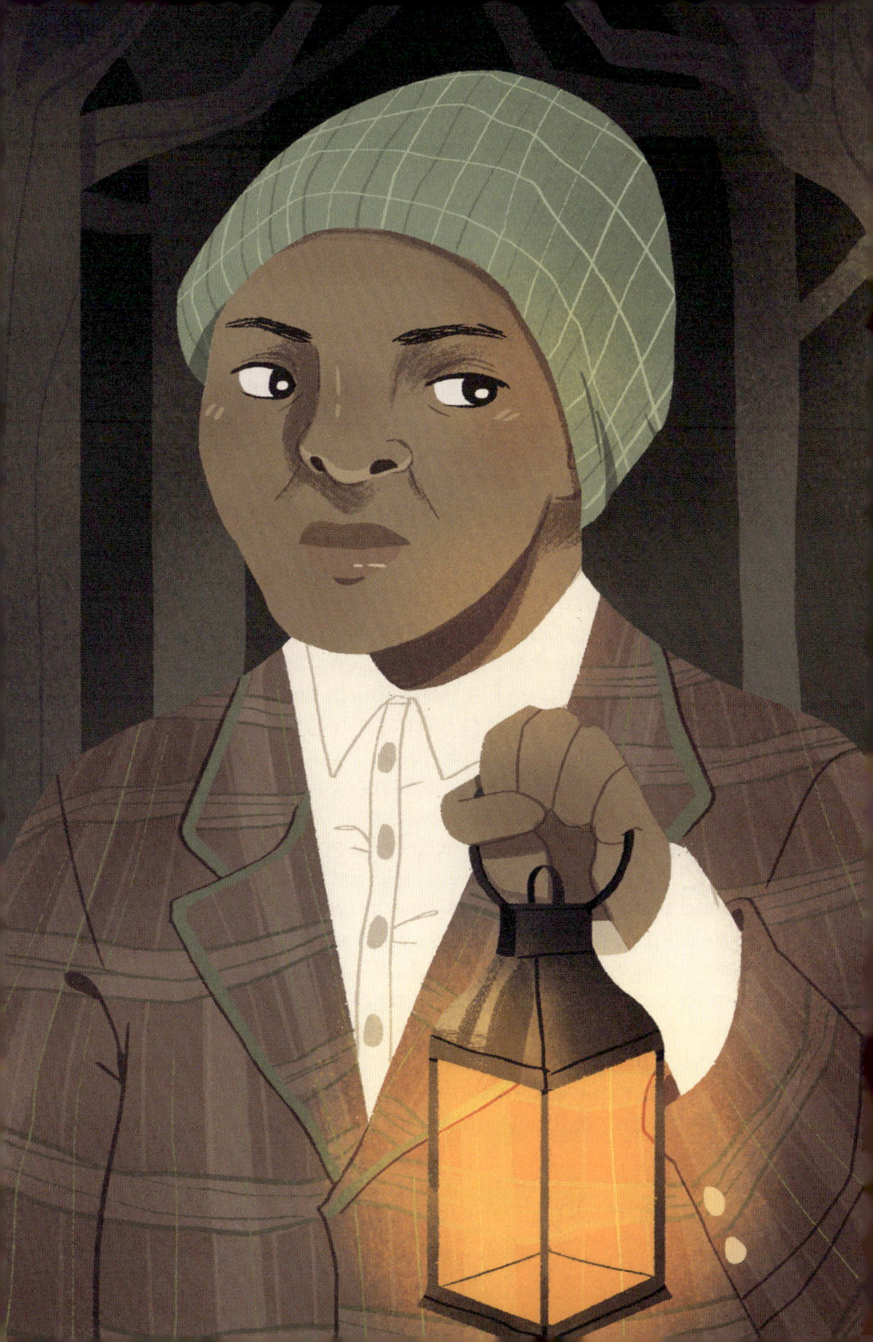

Mary Ball Washington
(1707-89)
La madre de George Washington

Una madre ama a sus hijos pase lo que pase, y así es como Mary Washington amaba a su hijo George. Lo amaba tanto que a veces su amor era controlador. Mary podría ser sobreprotectora. Cuando George, con 15 años, quiso alistarse en la marina, su madre no lo dejó. ¡Demasiado peligroso! George amaba a su madre, pero su relación se volvió tensa.

Mary era huérfana desde los trece años. Tal vez, la pérdida de sus padres hizo que asfixiara a George con su amor. George también sabía lo que era perder a un padre. El suyo murió cuando George tenía solo once años. Las emociones de Mary y su hijo relacionadas con la pérdida chocaban, y a veces eso causaba tensión.

Cuando George fue mayor, llegó a ser comandante del Ejército Continental durante la Guerra de la Revolución, la guerra en la que las colonias americanas lucharon por independizarse de Gran Bretaña. Su madre estaba en casa en Fredericksburg, Virginia, preocupada por él. No había mucho que pudiera hacer para ayudar. Así que todos los días iba a su lugar tranquilo favorito, un lugar rocoso con árboles de sombra y parras trepadoras, y oraba. Mary regresaba a casa confortada y fortalecida por el amor de Dios.

Después de la guerra, e incluso después de que George se convirtiera en el primer presidente de Estados Unidos, su relación siguió siendo tensa. Pero eso no disminuyó el amor de Mary por su hijo. Se veían a veces, y George la ayudó en su vejez. Solo podemos preguntarnos si llegó a darse cuenta de cuánto lo amaba su madre y de lo mucho que oraba por él. Puede que fuera controladora, pero Mary Ball Washington fue una buena madre.

Quizás haya momentos en los que no te lleves bien con tus padres, pero no permitas que eso te separe de ellos. ¡Recuerda que te aman! Dios también te ama. Pídele que te ayude cuando no os llevéis bien.

«Le pedí al Señor que me diera este hijo, y él me lo concedió».

1 Samuel 1.27 DHH

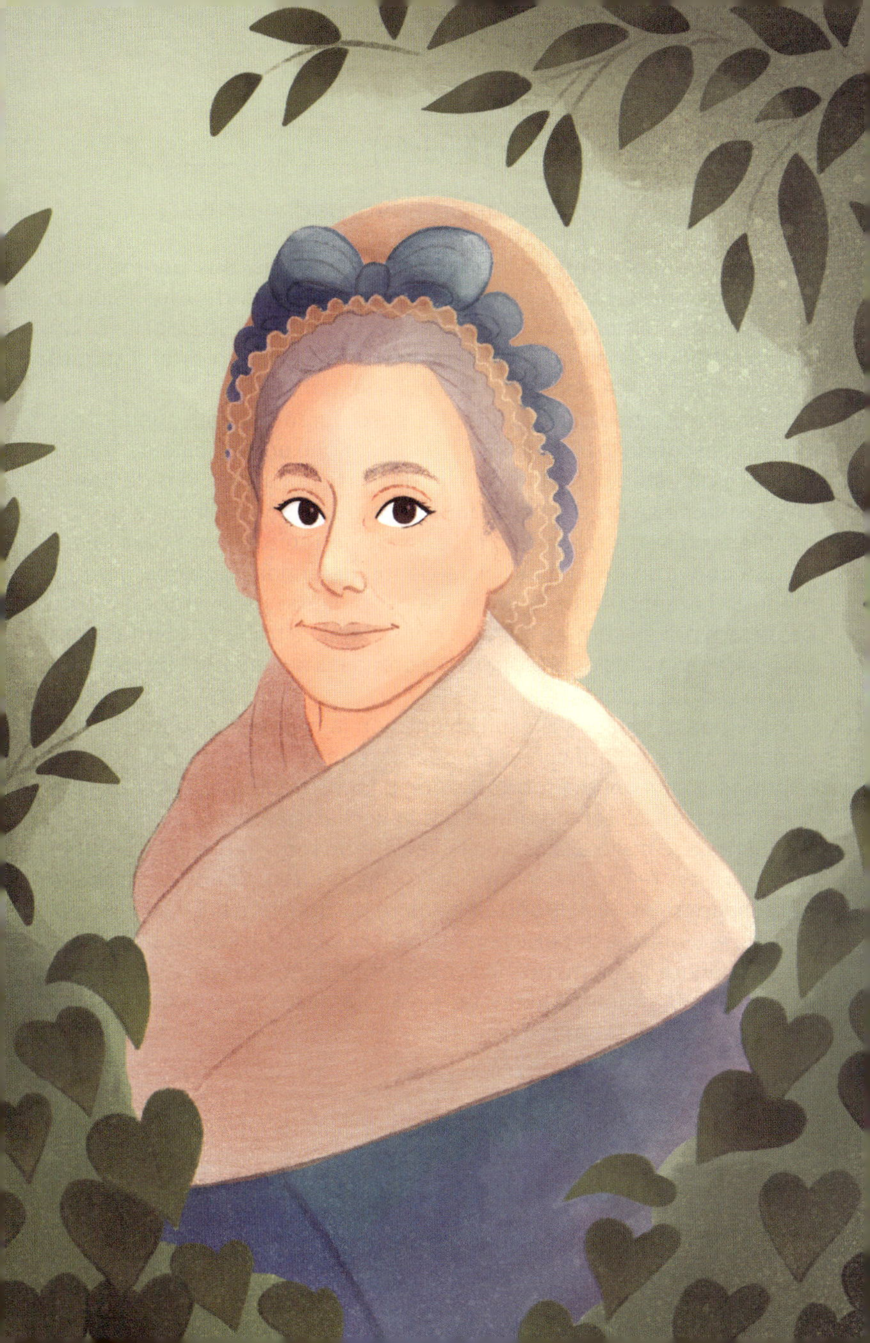

SIMONE WEIL
(1909-43)
Buscando la verdad

Simone Weil nació en una familia judía de París. Sus padres eran agnósticos: no tenían opinión sobre la existencia de Dios. Siendo adolescente, Simone no se sentía parte de nada. Se deprimió. Su corazón necesitaba más. Anhelaba la verdad, algo, no estaba segura de qué, que trajera belleza y bondad a su corazón.

Simone no había leído la Biblia, pero durante su búsqueda de la verdad descubrió los Evangelios. La impresionó un versículo de Mateo: «¿Quién de ustedes daría a su hijo una piedra cuando le pide pan?» (7.9). Simone se preocupaba por los pobres y por cualquiera que no recibiera buen trato. Así que este versículo tenía sentido para ella.

Se convirtió en una activista de los derechos humanos, y eso a menudo la metió en problemas. La despidieron de su trabajo como profesora por sus firmes convicciones. Se fue a trabajar a las fábricas para estar entre los pobres, para ser como los desfavorecidos. Simone quería sentir su dolor.

La idea de Jesús y su sufrimiento en la cruz era algo con lo que Simone podía identificarse. Empezó a pensar más en él. Entonces, mientras leía un poema sobre el amor, Simone sintió que Jesús entraba en su corazón. Entendió que él era la verdad que buscaba.

Simone le pidió a Dios que la vaciara de todo lo que era. Le pidió que la convirtiera en alimento para los pobres. Simone tenía una personalidad intensa. ¡Podía ser una reina del drama! En su oración, le pidió a Dios que la paralizara, la hiciera perder todos sus sentidos y se adueñara de su mente. Independientemente de las palabras que usara, en ese momento Simone recibió a Jesús, y la verdad, en su corazón. Quería ser más como él.

••

Jesús dijo: «Yo soy el camino, la verdad, y la vida. Nadie puede ir al Padre si no es por mí».

Juan 14.6

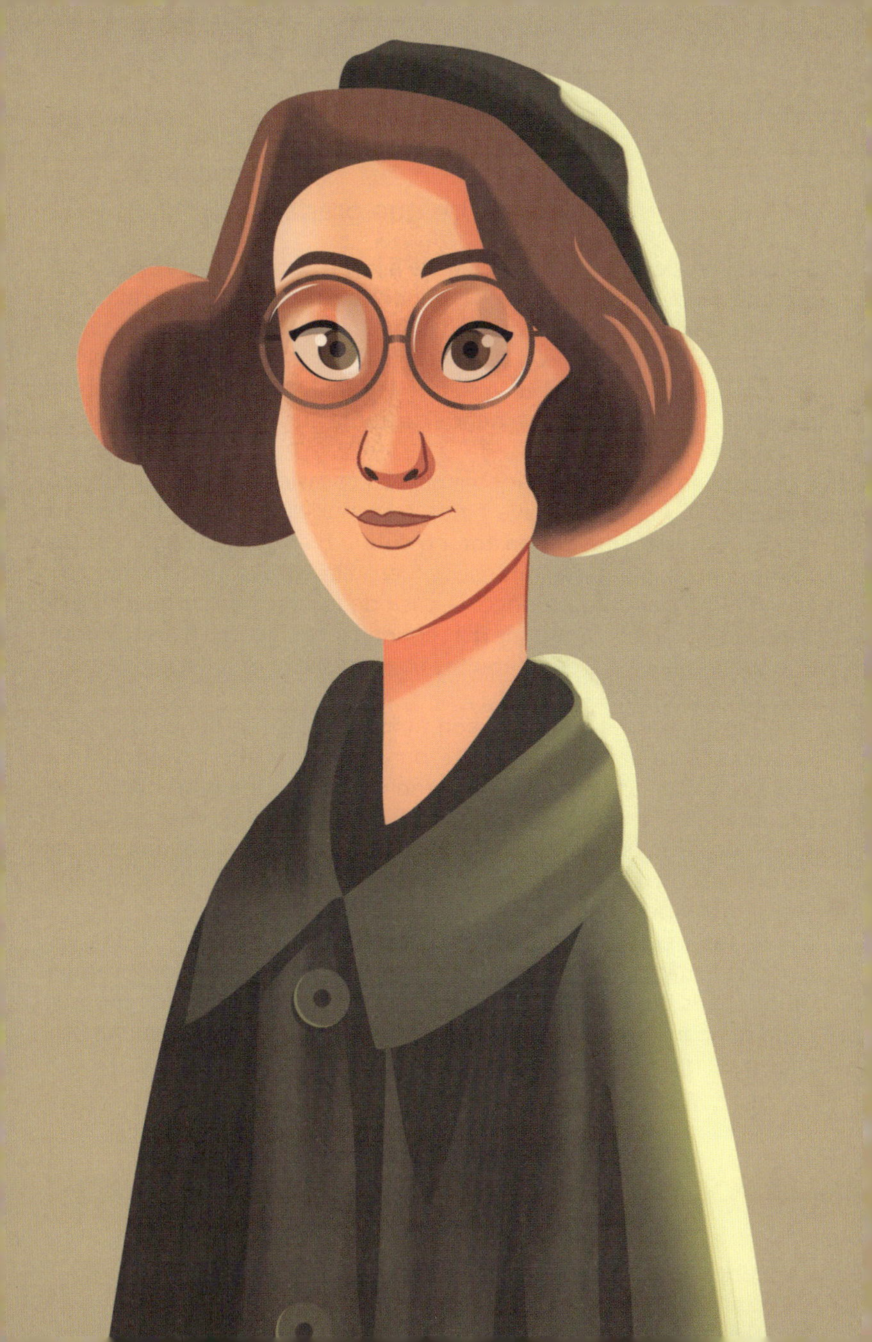

Susanna Wesley
(1669-1742)
Una madre que oraba

Susanna Wesley, que tuvo diecinueve hijos, se subía a veces el delantal por encima de la cabeza, ¡debe de haber sido una visión muy extraña! Pero sus hijos sabían lo que esto significaba: *No molesten a mamá. Está ocupada hablando con Dios.* Así que, mientras ella oraba, los niños jugaban, leían o estudiaban a su alrededor. El delantal de Susana se convirtió en una especie de tienda de adoración donde tener algo de privacidad para la oración.

Susanna tuvo que lidiar con muchas cosas difíciles como esposa y madre. Dio a luz a nueve niños que murieron siendo bebés. Su marido, Samuel, que era pastor, no cubría bien sus necesidades. De hecho, sus problemas económicos fueron tan graves que terminó en la cárcel. Y, por si fuera poco, la casa de los Wesley se quemó, ¡no una, sino dos veces! Después del segundo incendio, sus hijos tuvieron que separarse y vivir en diferentes hogares hasta reconstruir su casa. ¡Tardaron dos años enteros!

Quizás pienses que lidiar con tantos problemas haría difícil que Susanna fuera una buena madre para sus hijos. ¡Pero sí lo fue! Su firme fe y confianza en Dios hicieron que fuera una gran madre. Le encantaba estar con sus hijos. Y le daba prioridad a pasar tiempo a solas con cada uno de ellos. Además de dirigir su ajetreada casa, se las arreglaba para educar a los niños, enseñarles la Palabra de Dios y orar con y por ellos.

Susana confiaba en Dios para que la ayudara en todas las circunstancias difíciles que enfrentaba. Y, lo más importante, ¡seguía orando! Sus conversaciones con Dios la ayudaban sin duda a pasar cada día con esperanza y fe en su corazón. ¿Tú también confías en Dios para que te ayude en los momentos difíciles?

Sus hijos se levantan y la bendicen. Su marido la alaba:
«Hay muchas mujeres virtuosas y capaces en el mundo, ¡pero tú las superas a todas!».

Proverbios 31.28-29 NTV

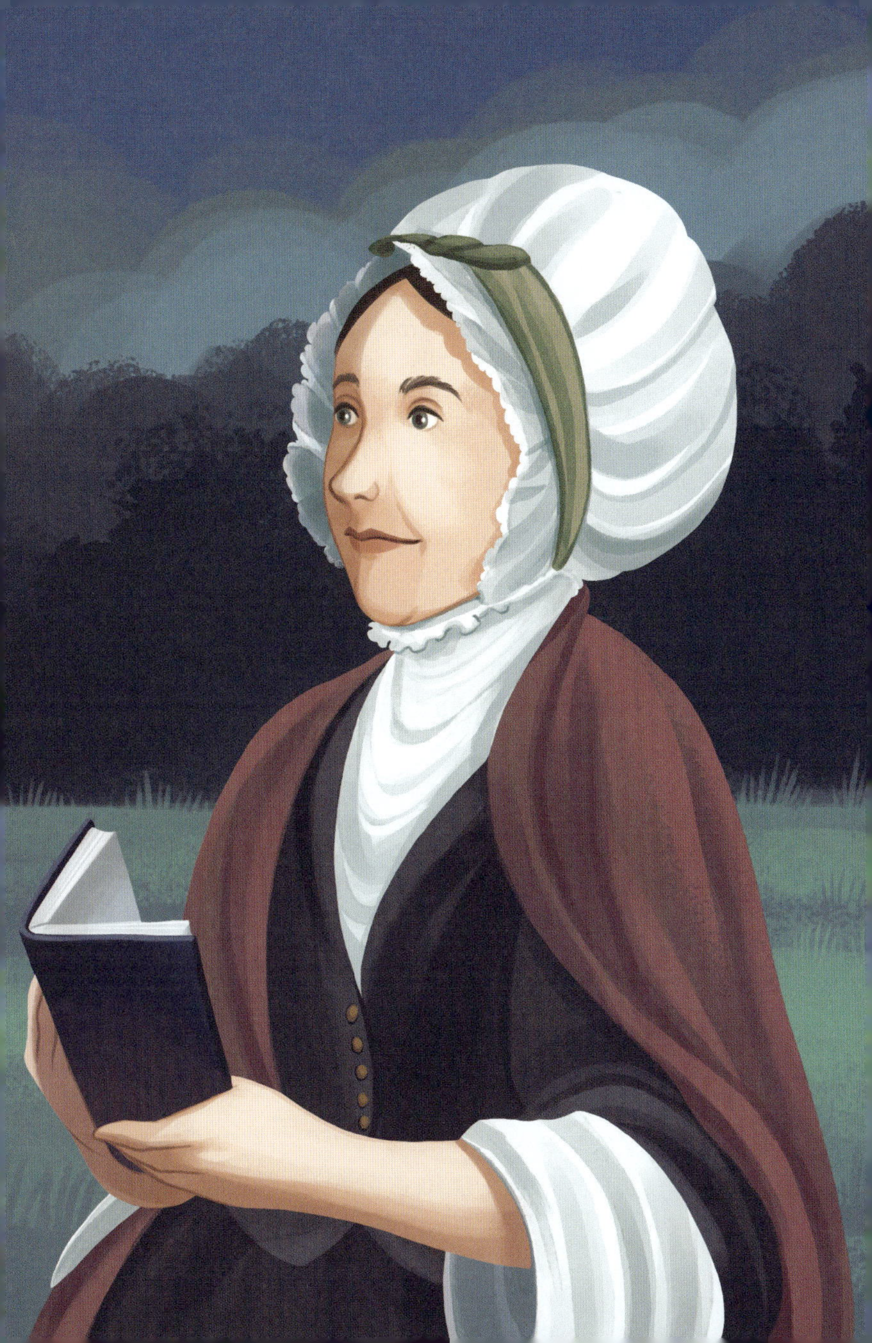

PHILLIS WHEATLEY
(1753-1784)
Dios dirigió el camino

La historia de Phillis Wheatley es un ejemplo de Romanos 8.28: «Sabemos que Dios hace que todas las cosas sean para bien a los que le aman y han sido escogidos para formar parte de su plan».

La historia comienza con Phillis, de siete años de edad, en un barco de esclavos, secuestrada de su hogar en África y llevada a Estados Unidos para ser vendida como esclava. Muchos esclavos eran tratados mal por sus dueños, pero no sería así con Phillis. A ella la compró John Wheatley para que fuera la sirvienta de su esposa, Susanna, quien reconoció lo inteligente que era la pequeña Phillis, así que ella y los dos hijos de los Wheatley comenzaron a enseñar a Phillis a leer. Eso hizo que quisiera aprender sobre muchas cosas diferentes. Los Wheatley eran una familia cristiana, así que Phillis aprendió sobre Jesús y la importancia de la oración. Le entregó su vida a Jesús como su Salvador y Señor y se convirtió en cristiana.

A los diez años, Phillis leía libros escritos en griego y latín e incluso los traducía al inglés. Dios le había dado un don para escribir, sobre todo poesía, y los Wheatley la animaron, incluso permitiéndole escribir en lugar de hacer tareas. Poco tiempo después, los poemas de Phillis fueron publicados. Fue la primera afroamericana y la primera esclava estadounidense en publicar un libro de poemas.

Los Wheatley liberaron a Phillis. Como mujer libre, continuó escribiendo y vendiendo su obra. Muchos de sus poemas tenían tema cristiano.

«Oh Dios mío —escribió en uno de sus poemas de oración—, intrúyeme en mi ignorancia e ilumina mi oscuridad. Tú eres mi Rey».

Dios había tomado la horrible situación de Phillis y la había resuelto para bien. Phillis se enfrentaría a más luchas en su vida, pero las superó todas con la oración y la ayuda de su Rey.

DESPUÉS QUE USTEDES HAYAN SUFRIDO POR UN TIEMPO, DIOS LOS HARÁ COMPLETOS, LOS GUARDARÁ EN EL CAMINO RECTO, Y LES DARÁ FORTALEZA.

1 PEDRO 5.10

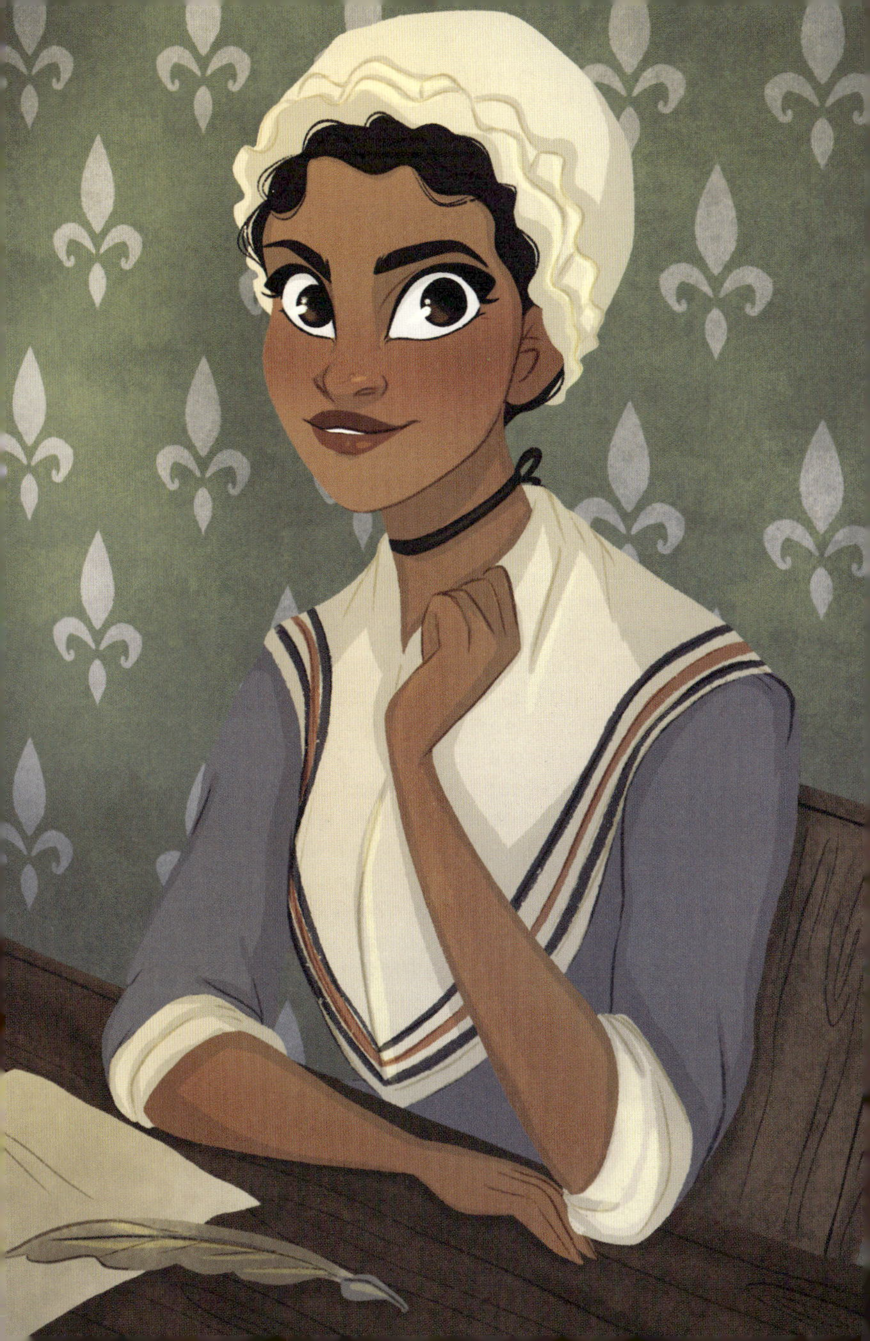

Laura Ingalls Wilder
(1867-1957)

La lista de Laura

¿Conoces a Laura Ingalls Wilder? Escribió una popular serie de libros sobre su vida en los tiempos de los pioneros americanos. El primer libro, *La casa del bosque*, comienza la historia de las aventuras de toda una vida de Laura y las dificultades que afrontaron ella y su familia.

Los Ingalls eran cristianos. Orar, leer la Biblia y memorizar las Escrituras eran parte de su vida cotidiana. Laura escribió en sus libros sobre su fe. Pero la mayoría de la gente no sabe esto: cuando ya fue mayor y se casó con Almanzo Wilder, Laura escribió una lista de versículos para leer en diferentes situaciones.

Esta es la lista de Laura (en sus propias palabras):
Al enfrentar una crisis, lee Salmos 46
Cuando estés desanimada, lee Salmos 23 y 24
Sola o con miedo, lee Salmos 29
Planificar un presupuesto, Lucas 19
Para vivir con éxito con los demás, lee Romanos 12
Enferma o con dolor, lee Salmos 91
Cuando viajes, lleva contigo Salmos 121
Cuando estés muy cansada, lee Mateo 11.28-30 y Romanos 8.31-39
Cuando las cosas van de mal en peor, lee 2 Timoteo 3
Cuando te dejan los amigos, aférrate a 1 Corintios 13.
Para la paz interior, Juan 14
Para evitar calamidades, Mateo 7.24-27
Para saber lo que puede hacer la confianza en Dios, Hebreos 11
Si tienes que luchar, el final de Efesios
Cuando hayas pecado, lee 1 Juan 3.1-21 y que Salmos 51 sea tu oración.

La lista de Laura puede ayudarte cada día. Lee Salmos 51 y, mientras lees, piensa en Laura y en todas las mujeres que has conocido en este libro. ¿Qué has aprendido de ellas sobre la oración?

Inclina tu cabeza y ora. Dios te espera y te escucha.

....

«Entonces ustedes me invocarán, y vendrán a mí en oración y yo los escucharé».

Jeremías 29.12 DHH

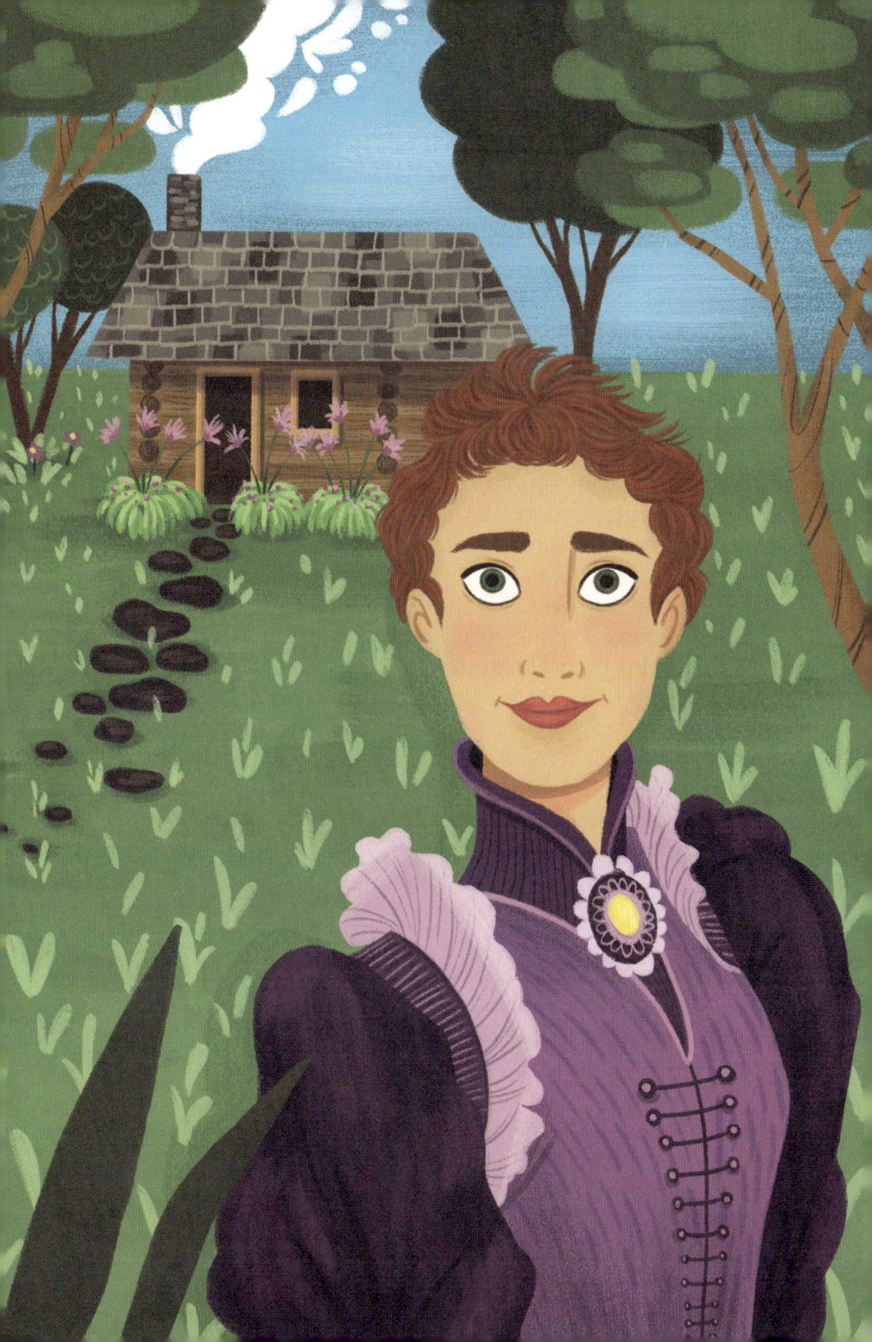

La mujer del pozo

(Juan 4.1-30)

Agua viva

Jesús y sus discípulos estaban en una larga caminata hacia un lugar llamado Galilea. Un pequeño pueblo en Samaria parecía el lugar perfecto para descansar. Así que, mientras sus discípulos iban a comprar un almuerzo, Jesús se sentó junto a un pozo. Una mujer samaritana vino con un cántaro para buscar agua y Jesús le pidió un trago.

Los judíos y los samaritanos no se llevaban bien. Cuando Jesús, que era judío, le pidió agua a la samaritana, ella dijo: «¿*Tú* me pides agua a *mí*?». Jesús respondió: «Si supieras cuán generoso es Dios y quién soy yo, serías tú quien pidiera, y yo te daría agua viva».

Jesús lo sabe todo. Sabía el tipo de vida que llevaba esta mujer. Había tenido cinco maridos y ahora vivía con otro hombre. Pero no tenía muchas ganas de que Jesús supiera la verdad. Jesús quería que ella viviera de una manera agradable a Dios. Quería que tuviera *agua viva*, es decir, que creyera en él como la única forma de tener la vida eterna en el cielo.

Jesús le dijo a la samaritana que sabía todo sobre sus maridos y el otro hombre. «Lo importante no es *dónde* vives —dijo Jesús—, sino *cómo* vives. Dios quiere personas que, cuando adoran y oran, sean sinceras consigo mismas y con él».

«Así que eres profeta —dijo la mujer—. Bueno, algún día vendrá el Cristo, el que *realmente* lo sabe todo. Veremos lo que tiene que decir».

«Soy yo», le dijo Jesús.

La historia de la mujer samaritana contiene una importante lección sobre la oración. Cuando ores, sé sincera con Jesús. Él quiere siempre la verdad. No tengas miedo. Él ya sabe cómo vives. Si se lo pides, te perdonará enseguida.

··

No puedo tener mayor alegría que oír que mis hijos están siguiendo la verdad.

3 Juan 1.4

La mujer que necesitaba ser sanada
(Marcos 5.25-34; Lucas 8.43-48)

Solo un toque

La Biblia cuenta una historia sobre una mujer que necesitaba ser sanada y manifestaba una gran fe, es decir, creía en algo como verdad perfecta. No sabemos su nombre, pero sí sabemos que creía en Jesús con todo su corazón.

Llevaba doce años padeciendo una enfermedad que la hacía sangrar. La mujer había visto a muchos médicos, pero ninguno pudo ayudar. Su enfermedad empeoró. Además, se había gastado todo su dinero en médicos. No le quedaba nada y estaba ya desesperada.

¡Jesús venía! La mujer oyó que Jesús estaba de paso cerca de donde ella vivía. Así que se apresuró a ir allí y vio una multitud que lo seguía, empujando por todas partes para acercarse a él.

Si tan solo pudiera acercarme lo suficiente para tocar su abrigo, sé que seré sanada, pensó la mujer. Así que se abrió paso entre la multitud y, cuando estuvo lo suficientemente cerca, tocó el extremo de la túnica de Jesús. Tan pronto como lo tocó, quedó sanada.

Jesús se detuvo. «¿Quién me tocó? —preguntó—. Sé que alguien me ha tocado porque he sentido que el poder salía de mí» (Lucas 8.45-46, paráfrasis mía).

La mujer tenía tanto miedo que temblaba. Se arrodilló delante de Jesús y le dijo que creía que, con solo tocarla, la sanaría.

Jesús le dijo amablemente: «Hija, tu fe te ha sanado. Ve en paz».

La historia de esta mujer sucedió hace muchos años. Hoy no tienes que tocar a Jesús para llamar su atención. Solo ora con fe para que Jesús pueda ayudarte en lo que necesites. Y, si necesitas más fe, puedes pedírsela también. Jesús está siempre contigo y listo para ayudar.

....

Sus misioneros le dijeron al Señor: «Danos más fe».

Lucas 17.5